名家散文经典译丛

开小差
的狗

——

〔奥〕弗兰茨·卡夫卡 著

叶廷芳 编　叶廷芳 等 译

人民文学出版社
PEOPLE'S LITERATURE PUBLISHING HOUSE

Franz Kafka
SELECTED ESSAYS

图书在版编目(CIP)数据

开小差的狗/(奥)弗兰茨·卡夫卡著;叶廷芳编;
叶廷芳等译.—北京:人民文学出版社,2018(2022.3 重印)
(名家散文经典译丛)
ISBN 978‐7‐02‐014085‐5

Ⅰ.①开… Ⅱ.①弗… ②叶… Ⅲ.①散文集-奥地
利-现代 Ⅳ.①I521.65

中国版本图书馆 CIP 数据核字(2018)第 063062 号

责任编辑 朱卫净 邱小群 骆玉龙
装帧设计 钱 珺

出版发行 **人民文学出版社**
社 址 **北京市朝内大街 166 号**
邮政编码 **100705**

印 刷 **山东临沂新华印刷物流集团有限责任公司**
经 销 **全国新华书店等**

开 本 **890 毫米×1240 毫米 1/32**
印 张 **9.25**
字 数 **179 千字**
版 次 **2019 年 7 月北京第 1 版**
印 次 **2022 年 3 月第 2 次印刷**

书 号 **978-7-02-014085-5**
定 价 **45.00 元**

如有印装质量问题,请与本社图书销售中心调换。电话:010‐65233595

目录

箴　言

——对罪愆、苦难、希望和真正的道路的观察^①

1

真正的道路在一根绳索上，它不是绷紧在高处，而是贴近地面的。它与其说是供人行走的，毋宁说是用来绊人的。

2

所有人类的错误无非是无耐心，是过于匆忙地将按部就班的程序打断，是用似是而非的桩子把似是而非的事物圈起来。

3

人类有两大主罪，所有其他罪恶均和其有关，那就是：缺乏耐心和漫不经心。由于缺乏耐心，他们被逐出天堂；由于漫不经心，他们无法回去。也许只有一个主罪：缺乏耐心。由于

---

① 这里译的一百余条箴言都是卡夫卡自己生前从他的笔记中选出来的，他加以誊清并编了号，但未加总标题。这里的副标题原为卡夫卡的挚友、卡夫卡遗稿的整理者和编纂者马克斯·勃罗德所加。文中以"*"号起首的段落是被卡夫卡划掉的，但未从中抽去。——编者注

缺乏耐心，他们被驱逐，由于缺乏耐心，他们回不去。

4

许多亡者的影子成天舔着冥河的浪潮，因为它是从我们这儿流去的，仍然含有我们的海洋的咸味。这条河流对此感到恶心不堪，于是翻腾倒流，把死者们冲回到生命中去。但他们却欣喜万分，唱起感恩歌，摸着这愤怒的河。

5

从某一点开始便不复存在退路。这一点是能够到达的。

6

人类发展的关键性瞬间是持续不断的。所以那些把以往的一切视为乌有的革命的精神运动是合乎情理的，因为什么都还没有发生过。

7

"恶"的最有效的诱惑手段之一是挑战。

8

恶犹如与女人们进行的、在床上结束的斗争。

9

A目空一切，他以为他在"善"方面远远超出了他人，因为他作为一个始终有诱惑力的物体，感到自己面临着日益增多的、来自各种至今不明方向的诱惑。

10'

正确的解释却是，一个魔鬼上了他的身，无数小魔鬼就纷纷拥来为大魔鬼效劳。

11/12

观念的不同从一只苹果便可以看出来：小男孩的观念是，他必须伸直脖子，以便刚好能够看到放在桌面上的苹果；而家长的观念呢，他拿起苹果，随心所欲地递给同桌者。

13

认识开始产生的第一个标志是死亡的愿望。这种生活看来是不可忍受的，而另一种又不可企及，人们不再为想死而羞愧；人们憎恨旧的牢房，请求转入一个新的牢房。在那里人们将开始学会憎恨这新的牢房。这种想法包含着一点残余的信念：在押送途中，主人会偶尔穿过通道进来，看着这个囚徒，说："这个人你们不要再关下去了，让他到我这儿来。"

14

* 假如你走过一片平原，假如你有良好的走的意愿，可是你却在往回走，那么这是件令人绝望的事情；但你如果是在攀

登一座峭壁，它就像你自身从下往上看一样陡峭，那么倒退也可能是地理形态造成的，那你就不用绝望了。

15

像一条秋天的道路：还未来得及扫干净，它又为干枯的树叶所覆盖。

16

一个笼子在寻找一只鸟。

17

这个地方我还从来没有来过：呼吸与以往不同了，太阳旁闪耀着一颗星星，比太阳更加夺目。

18

如果当时有这种可能性：建造巴比伦之塔，但不爬上去，那么也许会得到允许的。

19

* 别相信恶之所为，你在它面前不妨保守秘密。

20

豹闯入寺院，把祭献的坛子一饮而空；此事一再发生，人们终于能够预先作打算了，于是这成了宗教仪式的一个部分。

21

像这只手这样紧紧握着这块石头。可是他紧紧握着石头，仅仅是为了把它扔得更远。但即使很远，也仍然有路可通。

22

你是作业，举目不见学生。

23

真正的敌对者那里有无穷的勇气输入你的身上。

24

理解这种幸福：你所站立的地面之大小不超出你双足的覆盖面。

25

除非逃到这世界当中，否则怎么会对这个世界感到高兴呢？

26

＊藏身处难以计数，而能使你获救的只有一处，但获救的可能性又像藏身处一样的多。目标确有一个，道路却无一条；我们谓之路者，乃踌躇也。

似消极之事，正成为我们的义务；而积极之事已经交给我们了。

一旦自身接纳了恶魔，它就不再要求人们相信它了。

你自身接纳恶魔时所怀的隐念不是你的，而是恶魔的隐念。

＊这头牲口夺过主人手中的皮鞭来鞭挞自己，意在成为主人，却不知道，这只是一种幻想，是由主人皮鞭上的一个新结产生的。

善在某种意义上是绝望的表现。

自我控制不是我所追求的目标。自我控制意味着：要在我的精神存在之无穷放射中任意找一处进行活动。如果不得不在我的周围画上这么一些圈圈，那么最佳办法莫过于：瞪大眼睛一心看着这巨大的组合体，什么也不做。观看相反使我的力量得到增强，我带着这种增强了的力量回家就是。

32

乌鸦们宣称，仅仅一只乌鸦就足以摧毁天空。这话无可置疑，但对天空来说它什么也无法证明，因为天空意味着：乌鸦的无能为力。

33

＊殉道者们并不低估肉体，他们让肉体在十字架上高升。在这点上他们与他们的敌人是一致的。

34

他的疲惫是角斗士斗剑后的那种疲惫，他的工作是将小官吏工作室的一角刷白。

35

没有拥有，只有存在，只有一种追求最后的呼吸、追求窒息的存在。

36

以往我不能理解，为什么我的提问得不到回答；今天我不能理解，我怎么竟会相信能够提问。但我根本就不曾相信过什么，我只是提问罢了。

37

我对这一论断——他也许拥有，却不存在——的答复，仅仅是颤抖和心跳。

38

有人感到惊讶，他在永恒之路上走得何其轻松，其实他是在往下飞奔。

39a

对恶魔不能分期付款——但人们却在不停地试着这么做。

可以想象，亚历山大大帝尽管有着青年时代的赫赫战功，尽管有着他所训练的出色军队，尽管有着他自我感觉到的对付世界变化的应变能力，他却在海勒斯彭特^①（Hellespont）前停下了脚步，永远不能逾越，而这不是出于畏惧，不是出于犹豫，不是出于意志薄弱，而是由于大地的滞重。

39b

道路是没有尽头的，无所谓减少，无所谓增加，但每个人却都用自己儿戏般的尺码去丈量。"诚然，这一码尺的道路你还得走完，它将使你不能忘怀。"

---

① 即达达尼尔海峡的旧称。

40

仅仅是我们的时间概念让我们这样称呼最后的审判，实际上这是一种紧急状态法。

41

世界的不正常关系好像令人宽慰地显现为仅仅是一种数量上的关系。

42

把充满厌恶和仇恨的脑袋垂到胸前。

43

猎犬们还在庭院里嬉耍，但那猎物却无法逃脱它们，尽管它正在飞速穿过一片片树林。

44

为了这个世界，你可笑地给自己套上了挽具。

45

马套得越多，就跑得越快——就是说不会把桩子从地基中抽出（这是不可能的），但会把皮带子扯断，于是就成了毫无负担的欢快的驰骋了。

46

"sein"这个字在德语中有两个意义:"存在"和"他的"。

47

他们可以选择,是成为国王还是成为国王们的信使。出于孩子的天性,他们全要当信使。所以世上尽是信使,他们匆匆赶路,穿越世界,互相叫喊,由于不存在国王,他们叫喊的都是些已经失去意义的消息。他们很想结束这种可悲的生活,但由于职业誓言的约束,他们不敢这么做。

48

相信进步意味着不相信进步已经发生。这其实不是相信。

49

A是个演奏能手,而天空是他的见证。

50

*人若没有对某种不可摧毁的东西的持续不断的信仰,便不能活下去,而无论这种不可摧毁的东西,还是这种信仰都可能是长期潜伏着的。这种潜伏的表达方式之一便是相信一个自己的上帝。

51

* 需要由蛇来居中斡旋；恶魔能诱惑人，却无法变成人。

52

* 在你与世界的斗争中，你要协助世界。

53

不可欺骗任何人，也不可欺骗世界——隐瞒它的胜利。

54

除了一个精神世界外，别的都不存在。我们称之为感性世界的东西，不过是精神世界中的恶而已，而我们称之为恶者，不过是我们永恒的发展中的一个瞬间的必然。

* 最强烈的光可以使世界解体。在弱的眼睛前面，世界会变得坚固，在更弱的眼睛前面它会长出拳头，在再弱一些的眼睛前面，它会恼羞成怒，并会把敢于注视它的人击得粉碎。

55

这一切都是骗局：寻求欺骗的最低限度、停留于普遍的程度或寻求最高限度。在第一种情况下，人们想要使善的获取变得过于容易，从而欺骗善；通过给恶提出过于不利的斗争条件而欺骗恶。在第二种情况下，由于人们即使在尘世生活中也不追求善，从而欺骗善。在第三种情况下，人们通过尽可能远远避开善而欺骗善，并由于希望能通过把恶抬高到极限使它无所作为，从而欺骗恶。这么看来，比较可取的是第二种情况，因为无论何种情况下善总是要被欺骗的，但在这种情况下，恶没有受到欺骗，至少看上去如此。

56

有些问题是我们无法回避的，除非我们生来就不受其约束。

57

除了感性世界外，语言只能暗示性地被使用着，而从来不曾哪怕近似于比较性地被使用过，因为它（与感性世界相适应）仅仅与占有及其关系相联系。

58

*人们尽可能少说谎，仅仅由于人们尽可能少说谎，而不是由于说谎的机会尽可能地少。

59

*一级未被脚步踏得深深凹陷的楼梯台阶，就其自身看，只是木头的一种单调的拼凑。

60

谁若弃世，他必定爱所有的人，因为他连他们的世界也不要了，于是他就开始察觉真正的人的本质是什么，这种本质无非是被人爱，前提是：人们与他的本质是彼此相称的。

61

* 如果有谁在这个世界之内爱他人，那么这与在这个世界之内爱自己相比，既非更不正当亦非更正当。剩下的只有一个问题：第一点是否做得到。

62

只有一个精神世界而没有其他存在这一事实夺去了我们的希望而给我们以确切性。

63

我们的艺术是一种被真实照耀得眼花缭乱的存在：那照在退缩的怪脸上的光是真实的，其他的都不真实。

64/65

逐出天堂就其主要部分而言是永恒的；被逐出天堂已成定局，在尘世生活亦不可避免，尽管如此，过程的永恒性（或照尘俗的说法：过程的永恒的重复）却使我们不仅期望有一直留在天堂中的可能，而且事实上一直有留在那里的可能，不管我们在这里知道还是不知道这一点。

66

他是地球上一个自由的、有保障的公民，因为他虽然被拴在一根链条上，但这根链条的长度容他自由出入地球上的空间，只是这根链条的长度毕竟有限，不容他越出地球的边界。同样，他也是天空的一个自由的、有保障的公民，因为他被拴在一根类似于空中的链条上。他想要到地球上去，天空中那根链条就会勒紧他的脖子，他想要到天空中去，地球上的那根就会勒住他。尽管如此，他拥有一切可能性，他也感觉到这一点；是的，他甚至拒绝把这整个情形归结于第一次被缚时所犯的一个错误。

67

他追逐着事实，犹如一个初学滑冰者那样，而且他无论什么地方都滑，包括禁止滑冰的地方。

68

有什么比信仰一个家神更为快活！

69

理论上存在一种完美的幸福的可能性：相信心中的不可摧

毁性，但不去追求它。

70/71

不可摧毁性是一体的；每一个人都是它，同时它又为全体所共有，因此人际间存在着无与伦比的、密不可分的联系。

72

*同一个人的各种认识尽管截然不同，却有着同一个客体，于是又不得不回溯到同一个人心中的种种不同的主观上去。

73

他猛吃着从他自己桌上扔下的残食，这样他虽然有一阵子肚子比谁都饱，却耽误了吃桌子上的东西；于是后来就再也没有残食被扔下来了。

74

假如天堂中应该被摧毁的东西是可摧毁的，那么这就不是关键性的；但假如那是不可摧毁的，那么我们就是生活在一种错误的信仰中了。

75

*用人类来考验你自己吧。它使怀疑者怀疑，使轻信者相信。

76

有这种感觉："我不在这里抛锚"——就马上感觉到周身浪潮起伏，浮力陡增！

*一个突变。回答问题时瞻前顾后、小心翼翼、怀着希望、窥测着方向，绝望地在问题的那不可接近的脸上探索着，跟着它踏上最荒唐、亦即为回答所避之唯恐不及的道路。

77

与人的交往诱使人进行自我观察。

78

精神只有不再作为支撑的时候，它才会自由。

79

性欲的爱模糊了圣洁的爱；它单独做不到这一点，但由于它自身无意识地含有圣洁的爱的因素，它便能做到。

80

真理是不可分割的，所以它无法认识自己，谁要想认识它，那必定是谎言。

81

谁也不能要求得到归根结底对他有害的东西。如果在哪个人身上有这种表象——这种表象也许一直是有的——那么可以这样来解释：某人在一个人身上要求某物，此物虽然对这个某人有益处，却对为评判此事而被牵扯进来的第二个某人 [①] 有严重损害。如果那个人从一开始，而不是直到评判时，就站在第二个某人一边，那么第一个某人也许就消失了，于是那种要求也随之消失。

82

我们为什么要为原罪而抱怨；不是由于它的缘故我们被逐出了天堂，而是由于我们没有吃到生命之树的果子所致。

83

我们之所以有罪，不仅是由于我们吃了认识之树的果子，而且还由于我们没有吃生命之树的果子。有罪的是我们所处的境况，与罪恶无关。

84

我们被创造出来，是为了在天堂生活，天堂是为我们的享受而存在的，如今我们的使命已经改变了，天堂的使命是否也随之改变呢? 则没有人说出。

---

① 文中的"某人"和"第二个某人"似指一个人心中的两种力量。

85

恶是人的意识在某种过渡状态的散发。它的表象并非感性世界，而是感性世界的恶，这恶在我们的眼里却呈现为感性世界。

86

自原罪以来，我们认识善与恶的能力基本上是一样的；尽管如此，我们却偏偏在这里寻找我们特殊的长处。但在这种认识的彼岸才开始出现真正的不同。这种相近的表象产生于下述原因：没有人仅仅获得这种认识便满足了，而一定要努力将这种认识付诸实施。但他没有获得这方面的力量，所以他必须摧毁自己，即使要冒这样的风险：摧毁自己后甚至可能会得不到那必要的力量，但对他来说没有别的办法了，只有作此最后的尝试（这也是吃认识之禁果这一行动所包含的死亡威胁之真谛；也许这也是自然死亡的本来意义）。面临这种尝试时他畏惧了；他宁可退还对善与恶的认识（"原罪"这一概念可追溯到这种恐惧），但已经发生的事情无法倒退，而只能搅混。为此目的产生了种种动机，整个世界为它们所充斥，甚至整个可见的世界也许亦只不过是想要安宁片刻的人们的一种动机而已。这是一种伪造认识之事实的尝试，是将认识搞成目的的尝试。

87

一种信仰好比一把砍头的斧，这样重，又这样轻。

88

死亡在我们面前，就像挂在教室墙壁上一幅描写亚历山大战役的画，要通过我们这一生的行动来使之暗淡或干脆磨灭它。

89

一个人有自由的意志，体现在三个方面：第一，当他愿意这种生活时，他是自由的。现在他当然不能回去了；因为他已不是当时愿意这种生活的他了，而就这点而言，他生活着又何尝不是实施他当初的意愿的方式。

第二，在他可以选择这一生的行走方式和道路时，他是自由的。

第三，他的自由表现在：他作为那样一个人（他有朝一日将重新成为那样一个人），怀着一种意愿：在任何情况下都沿着这一人生道路走下去，并以此方式恢复自我。诚然，他走的是一条虽可选择、但繁如迷宫的道路，以致这一生活中没有一块小地方不曾被他的脚印所覆盖。

这就是自由意志的三重性，但它也（同时）是一种单一性，而且从根本上说是铁板一块，以致没有一点空隙可容纳一种意志，无论是自由的还是不自由的。

90

*两种可能：把自己变得无穷小或本来就是这么小。第二种是完成式，即无为；第一种是开端，即行动。

91

*为避免用词上的误解：需要以行动来摧毁的东西，在摧毁之前必须牢牢抓住；自行粉碎的东西正在粉碎，但无法摧毁。

92

最早的偶像膜拜一定是对物的恐惧，但与此相关的是对物的必然性的恐惧，与后者关联的方是对物负有责任的恐惧。这种责任似乎非常重大，以致人们不敢把它交给任何非人的力量，因为即使通过一种生物的中介，人的责任仍不可能充分减轻，仅仅同一种生物交往，也将会留下责任的许多印证。所以人们让每一种物都自己负责；不仅如此，人们还让这些物对人相对地负起责任来。

93

*最后一次心理学。

94

生命开端的两个任务：不断缩小你的圈子和再三检查你自

己是否躲在你的圈子之外的什么地方。

95

有时恶握在手中犹如一把工具，它自觉不自觉地、毫无异议地让人撂在一边，只要人们想要这么做的话。

96

生的快乐不是生命本身的，而是我们向更高生活境界上升前的恐惧；生的痛苦不是生命本身的，而是那种恐惧引起的我们的自我折磨。

97

受难是这个世界的积极因素，是的，它是这个世界和积极因素之间的唯一联系。

只有在这里，受难就是受难。那些在这里受难的人并非在别的地方会由于这种受难而升腾，而是：在这个世界上被称为受难的事，在另一个世界上（一成不变，仅仅摆脱了它的反面）是极乐。

98

* 关于宇宙的无限宽广和充实的想象是把艰辛的创造和自由的自我思索之混合推到极端的结果。

对我们尘世生活短暂性的理由的永恒辩护哪怕只有半点相信，也要比死心塌地相信我们当前的负罪状况令人压抑得多。忍受前一种相信的力量是纯洁的，并完全包容了后者，只有这种力量才是信仰的尺度。

*有些人估计，除了那原始大欺骗[①]外，在第一件事情中都有一个独特的小骗局在针对着他们，这好比是：当一出爱情戏在舞台上演出时，女演员除了对她的情人堆起一副虚假的笑容外，还有一副特别隐蔽的笑容是留给最后一排楼座中完全特定的一个观众的。这可谓"想入非非"了。

100

关于魔鬼的知识可能是有的，但对魔鬼的信仰却没有，因为再没有比魔鬼更魔鬼的东西了。

101

罪愆总是公然来临，马上就会被感官抓住。这归结于它有许多根子，但这些根子并不是非拔出不可的。

102

我们周围的一切苦难我们也得忍受。我们大家并非共有一

---

① 可能指亚当、夏娃对上帝的欺骗。

个身躯，却共有一个成长过程，它引导我们经历一切痛楚，不论是用这种或那种形式。就像孩子成长中经历生命的一切阶段，直至成为白发老人，直至死亡（而这个阶段从根本上看似乎是那以往的阶段——无论那个阶段是带着需求还是怀着畏惧——所无法接近的），我们同样在成长中经历这个世界的一切苦难（这同人类的关系并不比同我们自己的关系浅）。在这一关系中没有正义的容身之地，但也不容用对苦难的惧怕或将其作为一个功劳来阐述苦难。

103

你可以避开这世界的苦难，你完全有这么做的自由，这也符合你的天性，但也许正是这种回避是你可以避免的唯一的苦难。

105[①]

这个世界的诱惑手段和关于这个世界只是一种过渡的保证符号，实际上是一回事。这是有道理的，因为只有这样这世界才能诱惑我们，同时这也符合实情。可是最糟的是，当我们真的被诱惑后便忘记了那个保证，于是发现善将我们引入了恶，女人的目光将我们诱到了她的床上。

106

谦卑给予每个人——包括孤独地绝望着的人——以最坚固

---

① 第104条原文无。

的人际关系，而且立即生效，当然唯一的前提是，谦卑必须是彻底而持久的。谦卑之所以能够这样，是因为它是真正的祈祷语言，同时是崇拜和最牢固的联系。人际关系是祈祷关系，与自己的关系是进取关系；从祈祷中汲取进取的力量。

*一旦欺骗消除，你就不能朝那边看了，或者说你会变得呆若木鸡。

107

大家对A都非常友好，就像是人们小心翼翼地保护着一张出色的台球桌，连优秀的台球手都不让碰，直到那伟大的台球手到来，他仔细地检查桌面，不能容忍在他到来之前造成的任何损坏。然后，当他自己开始击球时，却以最无所顾忌的方式大肆发泄一通。

108

"然后他回到他的工作中去，仿佛什么事都不曾发生似的。"这是一句我们熟悉的话，记不清在多少旧小说中出现过，虽然它也许没有在任何小说中出现过。

109

"不能说我们缺乏信仰。单是我们的生活这一简单的事实在其信仰价值方面就是取之不竭的。"——"这里面有一种信仰价值吗？人们总不能不生活。""恰恰在这'总不能'中存在着信仰的疯狂力量；在这一否定中这种力量获得了形象。"

　　*你没有走出屋子的必要。你就坐在你的桌旁倾听吧。甚至倾听也不必，仅仅等待着就行了。甚至等待也不必，保持完全的安静和孤独好了。这世界将会在你面前自愿现出原形，不会是别的，它将如醉如痴地在你面前飘动。

断想篇[①]

** 我住房中有一扇门我至今没有注意到。它开在卧室中与邻房相连接的那道墙上。我从来没有为它动过脑筋，其实我根本不知道它的存在。实际上它是非常显而易见的。虽然它的下半部被床给挡住了，可它远远高出于床，高出一扇门，一扇大门的高度。昨天它被打开了。当时我正在餐室里，与卧室还隔着一个房间。我去吃午饭的时间比平时晚了许多，屋里已经没人了，只有女用人还在厨房干活。这时卧室里传出了噪声。我赶紧跑过去，看见那扇门被慢慢地打了开来，一股巨大的力量把床推向一边。我喊道："谁？想干什么？当心！注意！"期待着一队骠汉拥进来。可是进来的只是一个瘦瘦的年轻人。门缝刚够他通过，他就钻了进来，友好地向我问候。

** 那是乡间一个傍晚。我坐在我的阁楼里关着的窗后注视着那个牧牛人。他站在刚收割过的田野上，嘴里叼着烟锅，鞭

---

① 这一则则断篇是勃罗德从作者笔记本和零散的残篇断简中收集起来的，可独立成篇（每篇之前均加了 **）。——编者注

子插在地里，好像对在远近深沉的寂静中平静地吃着草的牲口漠不关心似的。这时响起了敲打窗户的声音，我从瞌睡中惊醒，镇静了一下，大声说"没什么，是风在撼动窗户"。当敲打声再次响起时，我说："我知道，那只不过是风。"但在第三次敲打时响起了一个请求放他进来的声音。"那确实只是风。"我说着拿来放在箱子上的灯，点燃了它，把窗帘也放了下来。这时整个窗子开始颤抖，一种卑屈的、无言的哀求。

　　** 来了两个士兵，抓住了我。我挣扎着，可他们抓得很紧。他们把我押到他们的主人那儿。那是个军官，他的制服好花呀！我说："你们想要干什么？我是个老百姓。"那军官微笑着说："你是个老百姓，但这并不妨碍我们抓你。军队拥有无上的权力。"

　　** 猎人的小屋孤零零地坐落在山林中。他和他的五条狗在那里过冬。可是这个国度中的冬天是多么漫长啊！差不多可以说长达人的一生。

　　这个猎人心情很好，他不缺任何重要的东西，无须为缺这少那抱怨，他甚至认为自己的装备太富裕了。"假如有个猎人到我这儿来，"他想，"假如他看到我的设施和储备，他就会结束打猎生涯。可是这难道不也是结束吗？这儿没有猎人。"

　　他向他的狗走去，它们在角落里睡觉，下面铺着毯子，上面盖着毯子。这是猎犬的睡眠。它们并没有睡，它们等待着去打猎，而这看上去像是睡眠。

　　** 彼得有个未婚妻住在邻村。一天晚上他去找她，有许多事要商量，因为过一个礼拜他们就要举行婚礼了。商谈进行得很成功，一切都如他所愿地得到了安排。将近十点时，他嘴里叼着烟斗，心满意足地回家去。这条路他十分熟悉，他根本不在意。忽然，他在一片小树林里吓了一大跳，一开始他也不知道为什么。然后他看见了两只闪着金光的眼睛，一个声音说道："我是狼。""你想要什么？"彼得说，由于紧张，他张开胳膊站着，一只手攥着烟斗，另一只手攥着手杖。"要你，"狼说，"我找吃的找了一整天了。""求求你，狼，"彼得说，"今天放过我吧，过一个礼拜就是我的婚礼日，让我经历这一天吧。""这我可亏了，"狼说，"我从等待中能得到什么好处呢？""过后你可以吃我们俩，我和我的妻子，"彼得说。"婚礼前又有什么呢？"狼说，"在那之前我可也不能饿肚子啊。现在我已经对饥饿感到厌恶了，如果我不能马上得到什么，即使不愿意，我现在也得吃了你。""求你了，"彼得说，"跟我来，我住得不远，这个礼拜我将拿兔子喂你。""我至少还得得到一头羊。""好的，一头羊。""还有五只鸡。"

　　** 城门前没有人，门拱下也没有人。我踏着扫得干干净净的石子路走过去。透过城墙上的一个方孔可以看到守门人的小屋内部，但小屋是空的。这虽然奇怪，可是对我很有好处，因为我没有任何身份证件，我所有的财产就是一件皮衣和一根手杖。

** 她睡着了。我不叫醒她。为什么你不叫醒她？这是我的不幸，又是我之所幸。谓之不幸，是我不能叫醒她，我的脚不能踩上她的屋子那滚烫的门槛，我不认识去她家的路，我不知道那条路所在的方向，我离她越来越远，无力得像一片叶子被秋风吹离它的树；再说，我从来没有在那棵树上待过，是秋风中的一片叶子，不错，但不来自任何树。——谓之幸运的是，我没有叫醒她。如果她从铺位上站起来，如果我从铺位上站起来，像一头狮子从它的铺位上站起来，而我的吼叫闯进我战战兢兢的耳朵里，那我该怎么办呢？

** "怎么样？"这位先生一边微笑着看着我，一边挪动着他的领带。这景象我的目光还能忍受得住，但过了一会儿我还是主动地微微侧转点身子，越来越全神贯注地盯着桌面看，好像那儿开启了一个洞口，且越来越深，把我的目光往下拽去。这时我说："您想考核我，但并不能证明您有这资格。"这回他大笑起来："我的存在就是我的资格，我坐在这儿就是我的资格，我的提问就是我的资格，我的资格就是：您理解我。""好吧，"我说，"权且算是这么回事。""那么我就要考核您了，"他说，"现在我请您端着椅子退回去一点，您这样使我感到很挤。我还要请您不要看两边，而看着我的眼睛，也许对我来说，看着您比听您的回答更重要。"我照他的要求做了之后，他便开始了："我是什么人？""我的考官。"我说。"没错，"他说，"我还是什么人？""我的叔叔。"我说。"您的叔叔，"他叫了起来，"回答得太棒了。""是我的叔叔，"我强调地说，"不是什么更好的。"

＊＊ 我爱她，但不能跟她说话，我窥伺着她，以便不与她相遇。

＊＊ 这是谁？是谁在码头上的树下走着？是谁完全失败了？是谁再不能得救了？谁的墓上滋长着草？梦来了，它们顺流漂了过来，沿着码头堤墙边的一个梯子爬了上来。人们止了步，跟它们聊了起来，它们知道一些事，只是不知道它们自己是从哪儿来的。这个秋日傍晚的天气很温和。它们向河流转过身去，举起胳膊。为什么它们要举起胳膊，而不是把我们拥入怀中？

＊＊ 这是一个政治集会。奇怪的是，大多数大会都是在这个盖满马厩的场地上举行——在河岸旁。人的声音几乎无法从河流的咆哮中透出来。尽管我就坐在码头护墙上，离演说者很近（他们在一个由方石砌成的四方形的台基上居高临下地讲话），但我听明白的很少。当然我早就知道他们要讲的是什么，大家都知道。而且大家意见都一致。我从来没有见过比这更一致的场面了，我也完全赞同他们的意见，这事情太清楚了，不知道说过了多少遍，始终像第一天那么清楚。一致性和清晰性让人

心中发闷，思考力被一致性和清晰性堵住了。有时我宁可只去听河流的声音，别的什么也不要听。

** 有的人说他懒惰，有的人说他畏惧工作。后一种人对他的判断正确。他是畏惧工作。当他开始干一件工作时，他就会产生不得不离开家园的那种感觉。不是个值得爱的家园，但毕竟是一个习惯的、熟悉的、安全的地方。这个工作会把他引向何方呢？他感到自己被拽着走，就像一只幼小的胆怯的狗被人拽着走过大城市的一条街道。使他紧张的不是喧哗的噪声；假如他能听到这噪声，并能区别其组成部分，那么他马上就会需要这些声音。可是他听不到它，被人拽着从噪声中穿过，却一无所闻。只有一种特殊的寂静，似乎从所有方向冲着他，倾听着他，一种想要由他滋养的寂静，只有它是他所能听见的。这是可怕的，既紧张又乏味，几乎令人难以忍受。他会走多远？两三步而已，不会更远了。然后他便厌倦了此行，跌跌撞撞地回家园去，回到那灰色的、不值得爱的家园。这使他对一切工作无不痛恨。

** 我站在大厅的门旁，在离我很远的墙壁背面是国王的卧榻。一个温柔、年轻、体态轻盈的修女在他身边忙活着，把枕头放正，把一张放着各种饮料的小桌子推过去，从中为国王挑选饮料，胳膊肘下还夹着她刚刚朗读过的一本书。国王没有生病，否则他就回到卧室中去了。但他必须躺下，某些令人激动的事把他给撂倒了，把他敏感的心带入了不安之中。一个仆人刚刚禀报了公主和她丈夫的到来，所以修女中断了朗读。我感到很困窘，因为现在也许将要听到亲密的谈话。但由于我已经身在此地，而谁也没有给我离开的任务，也许是故意的，也许是因为我的微不足道而被忘记了，我便认为我有义务留在这里，只是退到了大厅最远的角落里。国王近处的一道小门打开了，公主和驸马一先一后躬着身走了进来，进厅后，公主挽住驸马的胳膊，一起走到国王面前。

"我不能再干下去了。"驸马说。"你在婚礼前庄严地接受了这个义务。"国王说。"我知道，"驸马说，"尽管如此我还是不能再干下去了。""为什么不能？"国王问道。"那外面的空气我无法呼吸，"驸马说，"我无法忍受那儿的喧哗，我不是不会头晕的人，在那高处我感到难受，简而言之，我再也不能干下去了。""最后一点还有点意义，当然是坏意义，"国王说，"其余全是借口。我的女儿意思怎样？""驸马说得有理，"公主说，"他现在过的这种生活是个负担，对他对我都是个负担。你可能没有好好地设身处地想一下，父亲。他必须始终准备着，实际上大约一周才发生一次，但他必须始终准备着。它会发生在最不可思议的时辰。比如我们在一个小小的社交场合坐着进餐，人们多少忘却了一切烦恼，天真地感到高兴。这时守卫闯了进来，呼唤驸马，这时当然一切都必须以最快的速度进行，他必须脱下身上的衣服，钻进那套窄小的、花哨得令人讨厌的、像小丑的、几乎剥夺尊严的规定的制服中去，然后这可怜的人飞快地向外跑去。于是聚会被炸散了，客人纷纷离开。也幸亏如此，因为当驸马回来时，他已经没有能力讲话，没有能力在身边容忍除了我以外的任何人，有时他的力量刚够他跨进门来，然后就倒在了地毯上。父亲，难道有可能继续这样生活下去吗？""妇人之见，"国王说，"我不觉得奇怪，可是你，驸马，现在我明白了，居然听了妇人之见来向我推辞义务，这使我难受。"……

　　** 我住在艾特霍费尔旅馆，是叫阿尔比安-艾特霍费尔或曲普里安-艾特霍费尔还是别的什么名字，我已经记不住了，可能我也不可能再找到它，尽管这是个很大的旅馆，而且设施和服务都特别出色。我再也想不起来，我几乎每天都要换房间，尽管我在那里只住了一个星期挂零；所以我经常忘了我的房号，当我白天或者晚上回去时，总不得不向服务台姑娘询问我当时的房号。当然，所有与我有关的房间都在同一楼层，而且都在同一条过道上。那里房间并不多，我还不至于迷失方向。也许只有这条过道是供旅馆使用的，而其他房间则用于出租和别的目的？我想不起来了。也许那时我也不知道，我根本就不关心这事。但不可思议的是，这栋房子却用固定在墙上的、间距不小的老大的金属字母标出了旅馆这个词和所有者的名字，它们不很耀眼、散发着微弱的红光。要不就是那儿只标着所有者的名字，而没有标出旅馆的字样？这有可能，如果是这样，许多事情就好解释了。可是今天从模糊的记忆出发，更大程度上我仍然宁可认定，"旅馆"的字样是标明在那儿的。许多军官在这旅馆中来来往往。我当然多半整天在城里，有许多事要干，有许多东西要看，所以没有很多时间来观察旅馆生活，但是我经常在那儿见到军官。旁边有个军营，实际上那并不是在旁边，那个旅馆和军营之间的连接是另外一种关系，既比在旁边松散，又比在旁边紧密。今天这不再是那么容易描述的了，其实，那时可能就不容易，我没有认真下过功夫去弄明白这层关系，尽管这种不明白有时给我造成了困难。这么说吧，有时候，当我离开大城市的喧哗回去时，不能马上找到旅馆的入口。不错，旅馆的入口好像很小，也许（如果真是这样，当然就很奇怪了）旅馆本身根本就没有入口，当人们要进入旅馆时，必须通过饭店的门。那么权且算是这么回事吧，可是连那饭店的门我也并不是总能找到的。有时，当我以为是站在旅馆门口时，实际上却是站在军营门口，虽然那是一个完全不同的广场，比旅馆门前安静、清洁，可以说是死寂、洁净，但这两者确实是会搞错的。必须转过一个街角，才能到达旅馆门前。但是我现在觉得，有时候，当然仅仅是有时候，情况又不同了：从那个广场出发，比如在一个走同一条路的军官的帮助下，马上就能找到旅馆的门，而不是别的门；另一扇门，恰恰就是那同一扇门，也就是饭店入口的那扇特别高而狭窄的门，里面有一道镶着条子的漂亮白色门帘挡着。而旅馆和军营是两幢截然不同的建筑，这个旅馆有着通常的旅馆风格，当然有一点银行的特点，而军营则是一座罗马式的小宫殿，低矮而宽广。这座军营的存在已解释了不断有军官出现这一现象，但我从未见过士兵的队列。我已经想不起来，我是怎么得知这座宫殿似的建筑是军营。同军营打交道的机会我倒是经常有的，刚才已经提到过，也就是我气恼地寻找着旅馆的门，在那宁静的广场上团团转的时候。可是一旦我到了楼上的走道里，就感到安全了。在那里我觉得很亲切。暗自庆幸能在这个陌生的大城市里找到这么一个舒适的地方。

** 离开这儿，只要离开这儿！你不必告诉我把我引向何处。哪儿是你的手？咳，黑咕隆咚我摸不着它。假如我已经抓住了你的手，我相信你是不会不拉我一把的。你听见我说的话了吗？你是在房间里吗？也许你压根儿就不在这儿。是什么把你引诱到这北方的冰冻和迷雾中来的，这种地方谁都不会想到有人迹的。你不在这里。你躲开这个地方了。但是我站立着，并且怀着不管你是不是在这里的决心而倒下。

** 可怜的、被废弃的房子！你从来都没有被人住过？你不是祖先留下来的。没有人在研究你的历史。在你里面多么冷啊。风怎样畅通无阻地吹过你的走廊。如果你从来都没有被人住过，那么它的踪迹弄得很模糊就不好理解了。

** 你永远永远不会重新回到城市里了，大钟永远不会在你上空鸣响了。

** 我们的头儿总是远离职工，有时我们整天整天都看不到他，他就在办公室里，他的办公室虽然也在商店营业区里，但有一人高的毛玻璃挡着，穿过商店或从房内走廊那头都可以进入这间办公室。他的回避也许并没有什么特殊的意图，他自己也并不感到与我们有隔阂，但这完全符合他的个性。他觉得督促职工特别勤奋地去工作既无必要又无益处；谁要是不是通过自己的理智恪尽职守，那么在他看来谁就不是一个好帮手，谁就无法在一个平静地运作或充分利用着一切机会的商店里站住脚，会强烈地感觉到自己不配待在这里，以致他不会等待被解雇而主动辞职。这事会发生得很快，从而既不会给商店，也不会给这个职工带来多大的伤害。当然这么一种关系在商界中并不常见，但在我们的头儿那里却表现得十分明显。

　　** 这是一家小商店，却十分繁忙。小街那儿没有入口，必须通过一条过道，穿过一个小院子，才能到达商店门前，门上挂着一块写着店主名字的小板。这是一家服装店，出售成衣，但更多的是出售未经加工的布料。对于一个第一次进入这家商店的局外人来说几乎难以置信，这里卖掉了多少衣服和布料——或者，由于人们无法得知生意的准确结果，应该说，这里以何等的规模和热情在做着生意。刚才已经说过，街旁没有进入商店的直接入口，不仅如此，在院子里看不到顾客的到来，可是店里却挤满了人，不断看得到新人的到来和旧人的消失，也不知到哪儿去了。虽然也有宽大的靠墙货架，但绝大多数货架是围绕着立柱安置的，这些立柱顶着许多凌乱的小圆拱。由于这种布置，从任何一处也无法得知店里有多少人。从立柱后面不断转出新面孔来，而频频的点头、活跃的手势、人丛中的碎步急行、供选择而摊放着的货物的沙沙声、没完没了的讨价还价和争议，即使只涉及一个售货员和一个顾客，却总像是整个商店都卷了进去，这一切把这里的繁忙景象渲染得近乎不真实了。角落里有个木板隔开的小间，很宽，但不高，仅够人在里面坐下，这是账房。木板墙显得十分结实，门极小，没有窗户，只有一个窥视孔，却里外都蒙上了布。尽管如此，在外面这样大的噪音中账房里居然还有人能静得下心来从事书面工作是令人惊讶的。有时，挂在门里的深色的帘子被掀了起来，于是人们便看见一个矮小的账房职员的身子填满了门洞，耳朵上夹着笔，一手遮在眼睛上方，好奇地或者出于职责地观察着店里的混乱。可是这时间很短，他马上就缩了回去，人们还来不及哪怕只向账房里面投上一瞥，门帘已经飞快地落了下来。账房和商店账台之间有某种联系，后者设在店门旁，由一个年轻姑娘管理。她不像想象中那样有许多工作。不是所有的人都付现钱，其实只有极少的人这么做，显然有其他结账方式。

** 下述军事命令是在林荫道上秋天的落叶中找到的，无从得知它出自谁之手，是给谁的：

今天夜里开始进攻。迄今的一切，防御、撤退、逃跑、分散……

　　** 人们给我们带来一个小旧橱。邻居从一个远亲那儿作为唯一的遗赠继承了它。他各种办法都试过，可就是打不开它，最终便把它送到我的技师这儿来了。这个任务真不容易。不仅找不到钥匙，而且连锁都无从发现。要不就是哪儿有个秘密的机制，只有一个在这方面非常有经验的人才能解开它，要不就是这个橱根本就打不开，而只能砸开，这当然再容易不过了。

　　** 这座城市的特点是它的空空荡荡。比如这宽广的环形广场永远空无一人。穿越广场的电车永远空无一人，它们的铃声响亮地、清脆地响着，表达着从瞬间的必要性中解放出来的心情。从环城路广场开始，穿过许多房宇向一条遥远的街道延伸的集市永远空无一人。放在室外、排列在集市入口处两边咖啡馆的许多桌子旁没有一个顾客坐着。广场中央那古老的教堂的大门洞开着，但没有任何人进出。通往大门的大理石石阶把落在上面的阳光统统反射了回去。
　　这是我故乡的城市，我缓缓地，一步一步地游荡在它的街巷之中。

　　** 又是跟那同一个巨人进行的同样的搏斗。当然，他没有搏斗，只有我在搏斗，他只俯卧在我的身上，就像一个佣工趴在饭店桌子上那样，在我的胸上叉着胳膊，把下巴压在我的胳膊上。我能顶得住这个负担吗？

＊＊一只猫抓住了一只老鼠。"你现在想要干什么？"老鼠问道，"你的眼睛真可怕。""嗳，"猫说，"我的眼睛总是这样的。你会习惯的。""我宁可走开，"老鼠说，"我的孩子们在等着我。""你的孩子们在等？"猫说，"那么就走吧，越快越好。我本来只是想问你一个问题。""那就请问吧，时间确实已经很晚了。"

＊＊一口棺材完工了，木匠把它装上了手推车，打算送到棺材铺去。从横街走来一位老先生，在棺材前停了下来，用手杖在上面划拉一下，同木匠开始了一番关于棺材工业的小小的对话。一位拎着买菜包的妇人沿着主要街道走过来，碰了这位先生一下，接着认出他是个老相识，于是也站了一会儿。助手从工场里走出来，有几个有关他手头上的活儿的问题要问师傅。工场上方的一扇窗户中露出了木匠老婆，手中抱着最小的孩子，木匠开始远远地逗他的孩子，那位先生和提着买菜包的妇人也微笑着抬头看着。一只麻雀幻想着在这里找到什么吃的，飞落在棺材上，在那儿跳上跳下。一只狗在嗅着手推车的轮子。

这时忽然从棺材里面发出猛烈敲响棺材盖的声音。那只鸟飞了起来，害怕地在车子上空盘旋。狗狂吠起来，它是所有在场者中最激动的，好像是为失职而感到绝望似的。那位先生和那位妇人蹦到了一边，摊开着手等待着。那助手因一个突然的念头一下跃到棺材上，并坐在上面，他好像觉得这么坐着可不像看着棺材打开、敲击者钻出来那么可怕。也许他已经为这匆忙的举动感到后悔，但既然已经坐在了上面，他就不敢再爬下来了，师傅怎么赶也赶他不下来。上面窗口的女人可能也听到了敲击声，却无法判断声音来自何处，至少根本不可能想到这声音来自棺材里，所以她完全理解不了下面发生的事，惊讶地注视着。一个警察，在一种无以名状的心理的驱使下，又在一种无以名状的恐惧的阻止下，犹豫不决地慢慢踱了过来。

这时棺材盖被大力推开，那助手滑到了一边，一声短促的、异口同声的尖叫从所有人的口中发出，窗口里的女人消失了，显然她正抱着孩子顺着楼梯飞奔下来。

** 当他越狱逃跑，进入树林，迷失了道路时，天色已经是黄昏。林边有幢房子，一幢城市建筑，完全照城市里的样子盖的，有一个城市或城郊风味的挑楼、围着铁栅的屋前小花园，窗后挂着精致的窗纱。一幢城市建筑，却位于无边的寂寞孤独之中。这是个冬日的晚上，野外的天气是很冷的。但这不是野外，这里有城市的交通工具，角上有一辆电车在拐弯，可是这确实不是城里，因为这辆电车没开，而是很久很久以来就停在这里了，永远保持着这个姿势，好像它正在街角拐弯似的。它很久很久以来就是空的，并且根本就不是电车，而是一辆有四个轮子的车子，在透过薄雾朦胧地倾泻而下的月光中说它像什么它就像什么。这里铺着城市里的柏油路，标准平滑的柏油路面，但这只是迷蒙的树影在积雪的公路上漂浮。

** 这是一份委任状。根据我的天性，我只能接受一份委任状，即无人给我的那份。我生活在这个矛盾中，我永远只能在一种矛盾中生活。但实际上每个人都是如此，因为人们活着死，死着活。这就好比一个马戏场由帆布围着，任何人如果不在这帆布圈子里，就什么也看不见。如果有人在帆布上找到了一个孔，那他就能在外面看。当然必须是在人们容忍他这么干的前提下。我们大家都有一瞬得到这种容忍。当然，这是第二个当然，通过这么一个孔人们多半只能看见座席中的观众的背脊。当然，第三个当然，音乐还是能够听到的，还有野兽的吼叫。直到人们最终由于惊恐而昏厥过去，倒在警察的胳膊上——那警察例行公事地在马戏场外转圈，仅仅轻轻地在你肩上拍了一下，提醒你这种紧张的窥视是不正当的，你没有付钱啊。

** 一些人来到我这儿，请求为他们建造一座城市。我说，他们人太少了，有一幢房子就足够容纳他们，我不会为他们建造城市的。可他们却说，还有其他人要来，其中还有夫妻，他们将会生儿育女，而且也不需要一下子建成这座城市，只须先定下轮廓，然后逐步逐步地建。我问他们想把城市建在哪里，他们说，这就把地点指给我看。我们沿着河边，一直走到靠河岸的那个方向十分陡峭、而其他方向平缓下降的非常宽广的高地上。他们说想把城市建在这上面。那上面只稀稀疏疏地长着野草，没有树木，我对此是满意的，可我觉得河岸那边的坡度太陡了，我提请他们注意这一点。他们却说，这没有什么害处，城市可在其他方向的坡上扩展，会有足够的通往水边的口子，而且随着时间的推移，也许会找到制服这陡崖的办法的，无论如何这都不至于构成在这个地方建造城市的障碍。再说他们年轻力壮，能够轻而易举地在这陡坡上爬上爬下，他们立刻就要示范给我看。他们真的这么干了；他们的身躯像蜥蜴似的在岩石缝中晃悠着往上蹿，一会儿就到了上面。我也爬了上去。我问他们，为什么偏偏要选择这儿建造城市。从防卫角度看，这地方不太合适，只有朝河的那边堪称有天然的屏障，而恰恰那边是最不需要防卫的，那儿反而需要随时可以轻易撤走的条件；从其他所有方向则都能毫不费劲地来到这个高地上，并由于其广阔的延伸而难以防御。此外，这里土壤是否肥沃尚未经过检验，依赖于下面的平原，靠马车运输来维持供给，这对于一个城市来说始终是危险的，更别说在不太平的年代了。而且这上面是否能找到足够的饮用水还很难说，他们指给我看的那个小水源看来不足为凭。

　　"你累了，"他们中的一个人说，"你不想建这座城市。""我是累了。"我说着在水源边的一块石头上坐了下来。他们把一块毛巾浸入水中，然后给我擦脸，我谢了他们。接着我说，我想要一个人在这高地上走走，便离开了他们。我转了很长时间。等我回到那儿，天已经黑了，大家都躺在水源边睡觉，天上开始下起小雨来。

第二天早晨我又问了一遍昨天的那个问题。他们未能一下子理解，我怎么会在早晨重复晚上的问题。但接着他们还是对我说，他们无法将他们选择这个地方的理由确切地告诉我，选择这个地方的想法是世世代代传下来的，上上辈子的人就想要在此建城市了，但出于某些同样不曾传得很清楚的原因而未能着手。无论如何他们不是由于心血来潮而到这个地方来的，恰恰相反，他们并不十分喜欢这个地方，而且我所说的那些反驳理由他们自己也已经发现了，并承认那是无可辩驳的，但是偏偏有那先辈的遗命，谁不听从遗命，就将被消灭。所以他们觉得不能理解，我为什么还要犹豫，而不是昨天就开始建城。

我决定离开，沿着陡坡向河边爬下去。可他们中有一个醒了，叫醒了其他人，于是他们便站到了崖边来，这时我刚爬到一半，他们请求我，喊我。我又爬了回来，他们帮着把我拉上去。这回我答应了给他们建这座城市。他们很感激，没完没了地向我阐述他们的心情，还纷纷吻我。

** 在教堂前的露天台阶上跪着一个牧师，他把到他这里来的信徒们的所有请求和诉苦都转化成祈祷，其实不如说他并不转化什么，而只是大声地、多次地复述人们对他讲过的话。比如，有个商人来到他这儿，诉苦说，他今天遭受了一次重大损失，破产了。他话音刚落，跪在台阶上的牧师便将双手平放在上面一级台阶上，祈祷时身子前后摆动："甲今天遭受了一次重大损失，破产了。甲今天遭受了一次重大损失，破产了……”

** 我们是五个朋友。有一回，我们先后从一栋房子里出来，首先出来一个人，在门边站住了，接着第二个人从门里走了出来，其实应该说是滑了出来，像水银球一般轻盈地滑了出来，在离第一个不远的地方站定了，接着是第三个，接着是第四个，再接着是第五个。终于，我们大家站成了一排。我们引起了行人的注意，他们指着我们说道：“这五个人是刚刚从这栋房子里出来的。”从此我们就生活在一起。要不是有个第六者老想插进来，这本来是一种平静的生活。他并没有对我们有所非礼，可我们觉得他烦人，这就够了。为什么他愣要挤到这不想要他的圈子中来呢？我们不认识他，因而也不想接受他。我们五个人以前互相也不认识，老实说，现在我们互相也不认识，可是在我们五个人可以做到和可以容忍的，在这第六者身上就是做不到。再说我们是五个，而不想成为六个。而且这种始终相处在一起的意义何在呢？就我们五个人而言，也没有任何意义，但我们既然已经在一起了，那就这样好了，可我们不想要一种新的结合，这恰恰是建筑在我们的经验之上的。但是怎样让这第六者明白这一切呢？长篇大论的解释无异于把他吸收进我们的圈子来，所以我们干脆什么也不解释，反正就是不吸收他。不管他嘴巴噘得多高，我们总是用胳膊肘把他推开，可是无论我们怎样把他推走，他总还是照来不误。

** 我们在滑溜溜的地上奔跑，有时有人滑倒在地，有时有人眼看就要摔倒，必须由另一个人帮他一把，但必须非常小心，因为他同样脚跟不稳。我们终于来到了一座人们称之为膝盖的小山丘下，但尽管它不高，我们却没法爬上去。一次又一次地滑下来，我们都绝望了，看来我们只能绕道而行，因为爬不上去。可是这也许同样是不可能的，还危险得多，因为一次尝试的失败在此将意味着失足坠落和结束一切。为了避免互相干扰，我们决定各试一个方向。我走了过去，慢慢挪步到崖边，我看到，这里根本就没有道路的影子，没有任何可以立足之地，一切都将毫无停顿地坠入深谷。我坚信，从这里是绝对过不去的；假如那边也不比这里情况好些（这只有看试探的结果了），那我们俩显然就完了。可我们必须闯一闯，因为我们不能待在这里，我们后面——像在驱逐我们似的——耸立着被人们称为脚趾的五座不可逾越的山峰。我再一次分别观察了一下地势——那段其实并不长、却不可逾越的距离，然后闭上了双眼（睁着的眼睛只能给我带来坏处），下定决心不再睁开，除非出现不可思议的事，而我竟然到达了那边。然后我让我的身子向一侧缓缓地倒下去，差不多像梦中那样，倒在地面后便开始向前挪动。我把双臂朝左右两边尽可能远地伸出，这样覆盖和包容了我身边尽可能多的土地好像能给我一点平衡，或者说得更确切些，一点安慰。但是令我惊讶的是，这土地确实能给我某种帮助，它是平滑的，没有任何可以着手之处，可这不是冰冷的土地，有一种热力从它那儿向我涌来，从我这儿又向它涌去，这里有一种联系，但并不是通过手和脚造成的，可它存在着，毫不动摇地存在着。

　　**"那伟大的游泳家来了！那伟大的游泳家来了！"人们呼喊着。我从安特卫普奥运会回来，我在那儿拼出了一个游泳世界纪录。我站在家乡城市火车站前的台阶上，这城市在哪儿呢？俯瞰着暮霭中模糊不清地攒动着的人头，一个让我顺手摸了一下脸蛋的姑娘利索地给我套上了一条绶带，上面用一种外语写着：献给奥运会冠军。一辆汽车开了上来，几位先生把我拥入车内，有两位也坐了进来——市长和另一个人。我们马上就进入了一个金碧辉煌的大厅。当我步入大厅时，楼厅上一个合唱团唱了起来。这里聚集着的几百个客人都站了起来，有节奏地喊着一个什么口号，我没听清他们喊的是什么。我的左边坐着一位部长，不知道为什么介绍他的那个词竟会使我如此惊恐，我用毫无顾忌的目光打量着他，但马上就醒悟过来。右边坐着市长夫人，一个胖女人，我觉得她身上，尤其是胸脯以上，插满了玫瑰花和鸵鸟毛。我对面坐着一个胖男人，脸色白得引人注目，介绍他的名字时我没注意，他把两个胳膊肘都支在桌子上——人们给他留的地方特别大——茫然注视着前方，一声不吭。他的左右两边坐着两个漂亮的金发姑娘，她们很快乐，有着说不完的话，我看看这个，又看看那个。尽管灯光十分充足，但其他客人我都看不太清，也许是因为一切都在运动吧，只见跑堂们来回穿梭，菜端上桌子，杯子举了起来，也许是灯光过亮地照着一切吧。此外秩序还有一些混乱，即有些客人，尤其是女士们，背朝桌子坐着，而且不是椅背位于桌子和背脊之间，而是背脊几乎碰到了桌子。我把这现象指给我对面的两位姑娘看，可是本来话那么多的这两位这回却什么也没说，而只是长时间地微笑着看着我。有人摇响了铃，服务员们的身形顿时在座位之间凝住了，对面那胖子站起来，开始发表讲话。这人为什么这样悲伤？他一边讲话，一边用手帕擦着脸；这本来是无所谓的，像他这么胖，厅里这么热，再加上讲话时用劲，这自然是可以理解的，但我清楚地发现，这是个骗人的幌子，是用于掩饰他擦去眼泪的动作的。他老是看着我，但他仿佛看的不是我，而是我敞开的坟墓。他讲完后，我当然就得站起来，也讲一番话。我正好有一种讲话的冲动，因为有些事我觉得有必要在这儿，或许也在别的地方作出公开的、坦率的澄清，于是我说开了：

尊敬的与会者！我不得不承认，我破了一项世界纪录，但你们如果问我，我是怎么得到它的，我却无法给予你们满意的答复。其实我根本不会游泳。我一直想学，可始终没有机会。那么怎么会把我从祖国送到奥运会去的呢？这个问题也是我正在研究的。首先我必须肯定一点，我并不是在我的祖国，尽管作出了很大的努力，可这儿说的话我仍是一句也听不懂。那么你们会想，最大的可能是搞错人了，可是并没有搞错，我是破了世界纪录，是回到了我的家乡，我的名字就是你们称呼我的这个，到这里为止一切都没错。可是从这里开始一切都不对了，我不是在我的家乡，我不认识你们，也听不懂你们在说什么。还有一点也许虽然不能确切地，但总之是能够否认搞错了人的理由：我听不懂你们的话，这我不觉得有什么关系，听不懂我的话你们好像也没觉得有什么关系。从我前面那位尊敬的发言者的讲话中我相信我只明白了一点，即这篇讲话是极其伤感的。明白这一点对于我来说不仅已经足够了，而且太多了。我到这里后所参加的所有谈话的进程大体上都是如此。现在让我们把话题回到我的世界纪录上吧。

＊＊离开这儿，离开这儿，我们纵马穿过夜色。这是个黑暗的夜晚，没有星月，比一般没有星月的夜晚更黑暗。我们负有一项重要的委托，由我们的向导装在一封铅封的信中带在身边。由于担心跟向导跟丢了，我们中不时有个人紧催其马，上前面去摸摸，看向导是否还在那儿。有一回，正好是我去摸索时，发现向导已经不在了。我们没怎么太惊惶失措，因为从一开始我们就一直提心吊胆。于是我们决定返回。

＊＊有个人怀疑皇帝是上帝的化身，他说，皇帝理所当然地是我们最高的主人。他不怀疑皇帝是上帝派来的，这一点是显而易见的，他只是怀疑上帝化身一说。这些话当然没引起很大的轰动；因为，假如海浪把一滴水抛到岸上，对海洋永恒的波浪运动并无影响，而且不如说这是波浪运动本身所规定的。

** 人们羞于说，那位皇家军队上校是靠什么统治我们这座小山城的。我们如果想要动手，马上就能解除他那几个士兵的武装，即使他能够召唤援兵来（他哪能召唤呢？），那也几天、几个星期都来不了。也就是说，他的处境完全取决于我们是否顺从，可他既不通过残暴手段来迫使我们，也不通过献殷勤来拉拢我们顺从。那么我们为什么会容忍他这令人憎恶的统治存在下去呢？毫无疑问：仅仅由于他的目光。当人们进入他的办公室时（一个世纪前这是我们这儿的长老们的议事厅），他一身戎装坐在写字台后面，手里握着笔。他不喜欢虚文甚或喜剧表演，他不会继续写下去，让来访者干等着，而总是立即中断工作，身子靠回到椅背上去，当然笔仍然攥在手里。于是，他便以这斜倚着的姿势，左手插在口袋里，看着来访者。来访的请求者的印象是，上校看着的不仅仅是他这个短暂地从人群中冒出来的陌生人，否则上校为什么要这样仔细地、长时间地、一声不吭地看着他呢？再说，这也不是一种尖锐的、有穿透力的审视目光，即人们看着某一个人的时候可能会发出的那种目光，而是一种漫不经心的、浮动的、然而却又绝不移开的目光，是人们观察远处一群人移动时的那种目光。不间断地伴随着这种长时间的目光的是一种难以捉摸的微笑，一会儿像是嘲讽，一会儿又像是恍恍惚惚地沉浸在回忆之中。

　　** 一个秋日夜晚，天气清朗而微凉。有个人从房子里走了出来，他的动作、服饰和轮廓全都模糊不清，一出来就想向右拐去。女房东穿着一件宽敞的女式旧大衣，倚在一根门柱上，对他悄悄地说了些什么。他考虑了一会儿，然后却摇了摇头，继续向前走去。穿过电车轨道时，他由于没注意而挡住了电车的路，于是电车从他身上压了过去。疼痛使他的脸和浑身的肌肉都抽紧了，以致电车过去后，几乎无法使缩小了的脸和抽紧了肌肉再松开来。他默默地站了一会儿，看见在下一站有个姑娘下了车，转过身来招手，往回跑了几步，又停下了脚步，重新钻入了电车。当他经过一个教堂时，台阶上站着一个牧师，向他伸出手来，身子弯得那么靠前，几乎有一个跟斗栽下来的危险。但他没有去握那只手，他对传教士历来反感。那些孩子也使他恼火，他们在台阶上就像在一个游戏场上那样窜来窜去，互相喊着粗话，这些话的意思他们当然并不懂，他们只是吮吸这些粗话，因为没什么更好的东西——他把他上衣的扣子扣得严严实实的，继续走他的路。

** 这是个平常的日子，它向我露出了牙齿，我也被牙齿给缠住了，无法脱身。我不知道它们是靠什么缠住我的，因为它们并没有咬合；我看到的也不是整齐的两排牙齿，而只是这儿几个，那儿几个。我想要抓住它们，从它们上面翻越出去，可就是办不到。

** 你说我应该继续往下走，可我已经在很深的深处了，如果非要那样不可，那我宁可留在这儿。这是什么样的空间啊！

也许已经是最深的地方。但我愿意待在这里，但求别强迫我继续往下降。

** 在这个形象面前我一筹莫展：她坐在桌边，看着桌面。我围绕着她转圈，感到被她扼住了脖子。第三个人在围着我转圈，感到被我扼住了脖子。第四个人在围绕着第三个人转圈，感到被他扼住了脖子。就这样一直延伸开去，直到星星的运动，以至更远。一切都感觉到颈部被扼。

** 那是一个小池塘，我们在那儿饮水，肚子和胸部贴着地，由于狂饮的疲惫，前肢无力地浸泡在水中。可我们必须马上回去，考虑问题最多的那位忽然振作起来，叫道："回去啦，弟兄们！"于是我们便往回跑。"你们上哪儿去啦？"他们问我们。"在小树林里。""不对，你们在小池塘那儿。""不，我们没在那儿。""你们身上还滴着水呐，骗子！"

鞭子挥舞起来了。我们在充满月光的长长的走廊里猛跑，不时有一个挨上鞭子，疼得一蹦好高。到了先祖廊那儿，追逐结束了，人们带上了门，把我们单独关在这儿。我们大家依然十分口渴，便互相舔着毛皮上和脸上的水，有时沾上舌尖的不是水，而是血，那来自鞭挞的伤口。

** 这抱怨是毫无意义的（他对谁抱怨？），这欢呼是可笑的（窗上的五彩缤纷而已）。显然他只不过想成为第一个祈祷者。但接下来这犹太属性就显得不正派了，接下来他在诉苦时只需终其一生地反复说"我——狗，我——狗……"便足够了，我们大家都能够理解他。然而沉默足以导致幸福，而且是唯有沉默可能导致幸福。

**"这不是光秃秃的墙，而是压成墙状的最甜美的生活，一串又一串紧挨着的葡萄。""我不信。""尝尝看。""由于不相信，我的手无法抬起来。""我把葡萄递到你嘴里。""由于不相信，我不会去尝的。""那就沉沦吧！""我不是说过，面对这堵墙的光秃秃，人们必将沉沦吗？"

**我像其他人一样会游泳，只是我的记性比别人好，就是忘不了以前的不会游泳。由于我不能忘记，会游泳对于我来说无济于事，到头来我还是不会游泳。

**这就是那个拖着长尾巴的动物，一条长达好几米的尾巴，像狐狸那样的尾巴。我很想把这尾巴抓到手里，可是办不到，这动物老是动个不停，尾巴老是甩来甩去。这动物像一只袋鼠，但它那几乎像人那样扁平的、椭圆形的小脸上无特点可言，只有它的牙齿颇有表达力，无论是遮掩着还是龇咧着。有时我有一种感觉：这个动物想要训练我，要不然它为什么总是在我下手去抓的时候把尾巴抽开，然后又静静地等着，直到我再度受到诱惑，然后它又一次跳走呢？

** 预感到有人要来，我便瑟缩在一个屋角，把长沙发横在我的前面。现在如果有人进来，一定会认为我神经不正常，可是真的走进来的这个人却没有这样认为。他从他的长筒靴中抽出他的驯狗鞭子，在他身周一个劲儿地挥舞，跳起来，又岔开两腿落在地上，喊道："从角落里出来！还想躲多久？"

　　** 我不断地迷失方向。这是一条林中小路，可是十分容易辨认，只有在它的上空看得见一线天空，其他地方全都是林木茂密，一片昏黑。尽管如此，我仍然不断地、绝望地迷失着方向，而且：一旦我离开这条路一步，便意味着深入林中一千步，绝对地孤独，我真恨不得倒下去，永远不再爬起来。

　　** 当野外工人晚上收工回家时，他们在路面斜坡上看到一个缩成一团的老人。他半睁着眼睛在打瞌睡。给人的第一个印象是他喝醉了，可他并没有喝醉，看上去也不像生病了，也不是受着饥饿的折磨，也不是受了伤而筋疲力尽，至少他对所有这些问题一概报以摇头。"那么你到底是什么人呢？"人们终于问道。"我是一个大将军。"他头也不抬地说道。"原来如此，"人们说，"原来这就是你的痛苦。""不，"他说，"我真的是将军。""没错，"人们说，"要不然你又能是谁呢？""你们爱怎么笑就怎么笑吧，"他说，"我不会惩罚你们的。""可我们根本就没有笑啊，"人们说，"你想是什么就是什么吧，如果你愿意，你也可以是上将。""我确实是的，"他说，"我是上将。""你瞧，我们已经看出来了。但这不关我们的事，我们只是想提醒你，在这儿过夜会冻坏的，所以你应该离开这儿。""我走不了，再说我也不知道该到哪儿去。""你为什么走不了？""我走不了，我也不知道为什么。要是我能走，我在那一瞬间又将成为我军队中的将军了。""他们把你扔了出来？""扔一个将军？不，我是掉了下来。""从哪儿掉下来？""从天上。""从那上面？""对。""你的军队在那上面？""不。可是你们问得太多了。走你们的吧，让我一个人待着。"

**他把脑袋转到了一边去，在这样露出的脖子上有个伤口，在火热的血和肉中沸腾着，这是一个闪电击出来的，这个闪电现在仍然持续着。

**这不是牢房，因为第四面的墙完全不存在。当然，如果设想一下，这一面的墙也是砌好了的，或者将可能砌好，那将令人毛骨悚然，因为我所处的空间仅一米深，只比我高一点，简直就是个货真价实的石头棺材。只不过它暂时没有被砌死，我可以自由地把双手伸出去。如果我抓住顶上的一个铁钩子，我还能小心地探出头去，当然只能是小心翼翼的，因为我不知道我的小间离地面有多高。它好像很高很高，至少我目所能及的下方只是灰蒙蒙的雾气，向左、向右、向远方望去，都是这种情景，只有上空雾气似乎不那么浓。这种景观就像在一个阴沉沉的日子里从一个塔上望出去那样。

我感到疲倦，便在边上坐了下来，让双脚自由地下垂。讨厌的是，我偏偏赤裸着身子，要不然我就能把内外衣物一件一件地打上结连接起来，一头固定在上面那钩子上，缘着另一头就能在小间外面往下坠落一大段距离，或许能探出点什么名堂来。话又说回来了，幸亏我没有这么干，因为我必然会怀着不安的心情去着手，那后果将是不堪设想的。最好还是什么也没有，什么也不干。这个小间空空荡荡，由光秃秃的墙壁围绕着，偏偏后面地上有两个洞。位于一个角上的洞是用于解手的，而在另一个角上的洞前放着一块面包，一个拧上了盖子的盛着水的木桶，我的食物就是从那儿塞进来的。

＊＊情况并非是：你被埋在了矿井里，大量的岩石块把你与世界及其光线隔离了开来，而是：你在外面，想要突破到被埋在里面的人那儿去，面对着岩石块你感到晕乎，世界及其光线使你更加晕眩。而你想要救的那个人随时都可能窒息，所以你不得不发疯一样地干，而他实际上永远不会窒息，所以你永远也不能停止工作。

＊＊我有一把强有力的锤子，但我没法使用它，因为它的把烧得火红。

＊＊难道他斗争得不够吗？在他工作的时候，他便已经成为

失败者。这点他是知道的，他坦率地说：只要我停止工作，我就完了。那么他开始工作是个错误啰？几乎谈不上。

** 鞭挞先生们聚在一起，这是些强壮而不流于肥胖的先生，时刻准备着。他们被称为鞭挞先生，鞭子攥在他们手中，站在豪华大厅后壁的许多镜子前面和中间。我偕着未婚妻步入大厅，这是婚礼的时辰。亲戚们从我们对面的一扇窄门中走了出来，旋转着走上前来，里边有许多女人，她们的左边走着矮小的男人们，一色身着礼服，扣子扣得高高的，迈着碎步。有些亲戚出于对我的未婚妻的惊讶抬起手来，但大厅里仍然是一片寂静。

** 他用上牙紧紧地咬住下唇，注视着前方，一动不动。"你这样是毫无意义的。到底出了什么事？你的生意不算太好，可也并不糟糕；再说，即使破了产——这当然是无稽之谈，你也很容易找到新的出路，你又年轻又健康，学过经济学，人很能干，需要你照顾的只有你自己和你的母亲，算我求你了好吗？振作起来，告诉我，你为什么大白天把我叫来，又为什么这个样子坐着？"接着出现了小小的间歇，这时我坐在窗台上，他坐在屋子中央一把椅子上。他终于开口了："好吧，我这就都告诉你。你所说的全都没错，可是你想想：从昨天开始雨一直下个不停，大概是从下午五点开始的吧，"他看了看表，"昨天开始下雨，而今天都四点了，还一直在下。这本来不是什么值得深思的事。但是平时街上下雨，屋子里不下，这回好像全颠倒了。你看看窗外，看看，下面是干的，对不对？好吧。可这里的水位不断地上涨着。它爱涨就涨吧。这很糟糕，但我能够忍受。只要想开一点，这事还是可以忍受的，我只不过连同我的椅子漂得高一点，整个状况并没有多大改变，所有东西都在漂，只不过我漂得更高一点。可是雨点在我头上的敲打使我无法忍受。这看上去是件微不足道的小事，但偏偏这件小事是我无法忍受的，或者不如说，这我也许甚至也能够忍受，我所不能忍受的仅仅是我的束手无策。我实在是无计可施了，我戴上一顶帽子，撑开一把雨伞，把一块木板顶在头上，可全都是白费力气，不是这场雨穿透一切，就是在帽子下、雨伞下、木板下又下起了一场新的雨，雨点的敲击力丝毫不减。"

　　** 一位骑手驰骋在林中小道上，他的前面跑着一条狗，后面跟着几只鹅，由一个小姑娘用枝条驱赶着。尽管从前面的狗到后面的小姑娘，大家都在尽快地向前赶路，但速度并不是很快，每一位都能轻而易举地跟上。此外，两边的树也在跟着跑，好像总有点不太情愿，疲惫不堪的样子，这些老掉牙的树。一个年轻的运动员撵上了小姑娘，这是个游泳运动员，他以强有力的动作游着，脑袋深深地埋在水里，因为水在他的四周波涛起伏，而且无论他怎么游，水总是跟着他流动。接着是一个木匠，他得送一张桌子上门，他把桌子扛在背上，前面那两条桌腿牢牢地攥在手中。跟在他后面的是沙皇的信使，他由于在林中碰到这么多人而十分不高兴，不时伸长脖子向前张望，看看前面何处是尽头，为什么大家都行进得这么慢，慢得令人讨厌；可他不得不忍气吞声，他可以超过前面的木匠，可又怎么通过围绕着游泳运动员的那一片水呢。奇怪的是，跟上信使的是沙皇本人，这是个还算年轻的人，蓄着黄色的山羊胡子，长着线条柔和的圆圆的脸，表露出对生活的愉快心情。这种泱泱大国的缺点在此暴露了出来，沙皇认得他的信使，可信使不认得他的沙皇，沙皇正在借此短距离的散步散散心，可向前走的速度并不比他的信使慢，他其实完全可以自己把邮件送去的。

　　** 说实在的，我对这整个事情并不在意。我躺在角落里，看着，就像人们躺着能看的那样；听着，能听懂多少就听多少。此外，几个月来我就一直生活在暮霭之中，等待着夜色降临。而我的狱友就不同了，这是个不屈不挠的人，曾经是个上尉。我能体会到他的思想观念。他认为，他的处境就像一个北极探险家，被冰雪封在了某个地方，可是一定会得救的，其实应该说，已经得救了，就像人们在关于北极探险的书中可以读到的那样。现在便出现了如下矛盾：他将得救，这一点与他的意志是无关的，仅通过他那无往不胜的身份的分量，他就将得救，可是他能否抱着这样的愿望呢？他有没有这个愿望是无关紧要的，反正他总会得救，可是他是否应该抱有这个愿望的问题仍然悬而未决。这个似乎是莫名其妙的问题使他一刻也无法平静下来，他苦苦思索着答案，把它摊开在我的面前，我们一起讨论它。他没有认识到，这个问题的提出最终决定了他的命运。我们根本不谈及拯救本身。要想自救好像光靠他那把不知道从哪儿弄来的小锤子就足够了。这是一把只能把钉子钉入画板中去的那种小锤子，更重的活它就干不了了，但他对它也不抱希望，只不过拥有这把锤子这一点使他兴奋不已。有时他跪在我的面前，把这把已经看了千万遍的锤子捧在我眼皮底下，要不就是把我的手抓过去，摊平在地上，一根根手指挨个砸过去。他明白，用这把锤子他连墙上的土屑都别想砸下一丁点儿来，但他也不作此想，只不过有时拿着这把锤子轻轻地在墙上刮过，就好像这样可以发出信号，指示庞大的、等待着的救援机器开始动作似的。事实上不可能正好是这么回事，拯救行动将根据它自己的时间表开始，跟锤子毫无关系，但锤子确实是某种东西，某种抓得着的东西，某种保障，某种吻得着的东西，而拯救行动是永远吻不着的。

我对他的问题的答复十分简单："不，不应该盼望得救。"我不想阐述一般的法律，那是狱卒的事。我仅仅就我自己而言。拿我来说，如果我置身于自由之中，就比如将要到来的拯救会带给我们的那种自由，我将几乎无法忍受，或者说，我真的无法忍受，因为我现在坐在监牢之中。当然，我并非追求监牢生活，而只是笼统地希望离开一切，也许到另一个星球上去，先到另一个星球上去再说。可是那儿的空气是能够呼吸的吗？我是否会像在这监牢里一样不至于窒息而死呢？这么看来，我即使追求监牢生活也是无可厚非的。

有时会有两个狱卒到我们的牢房里来打扑克。我不明白他们为什么这么做，这实际上可以说是一种减轻刑罚的方式。他们多半是傍晚时来，这时我总是有点轻烧，眼睛睁不大开，只是朦朦胧胧地看见他们坐在他们带进来的大油灯旁。如果连狱卒们都爱待在这儿，这到底还是牢房吗？可是这种想法并不能使我永远陶醉，囚徒的阶级觉悟很快就会在我的心中苏醒，他们混到囚徒中来意欲何为？他们待在这儿是令我高兴的，有这些强有力的汉子在场，我感到自己有了安全保障，我感到我通过他们而被抬举起来，超越了自己，但我又不愿意这样，我想要张开嘴，通过我呼吸的力量，而不是别的什么，把他们吹出牢房去。

　　当然，人们可以说，被囚使这位上尉精神失常了。他的思想圈子限制得那么小，以致连一个思想都已容纳不下。看来他已经把拯救的问题想完了，只留下了一个小小的尾巴，仅够用于痉挛地支撑着他不倒下来，但就是这个尾巴有时也被他甩开了，当然他又会伸长脖子去咬住它，然后便满怀着幸福和自豪喘息不已。可我并不因此而比他高明，在方法上也许还可以这么说，在某些无关紧要的方面也许可以这么说，其他方面就无从谈起了。

　　**树林仿佛在月光中呼吸着，一会儿它收缩起来，变得很小，挤成一堆，树木高耸；一会儿它舒展开来，顺着所有的山坡向下铺开，成了低矮的灌木，甚至它还会变成朦胧的、遥远的影像。

**甲："坦率一些！你什么时候还能像今天这样，在一个愿意听你说话的知心朋友陪伴下畅饮啤酒呢？坦率地告诉我，你的实力何在？"

乙："我有实力吗？你所设想的是什么样的实力？"

甲："你想要避而不答。你这不诚实的家伙。也许你的实力就存在于你的不诚实之中。"

乙："我的实力！也许就因为我坐在这家小酒馆里，碰到了一个老同学，他坐到了我的桌边来，于是我便成了有实力的了。"

甲："那么我换一种方式问你。你认为你是强有力的吗？这回你得老老实实回答，要不我马上就站起来，回家去。你认为你是强有力的吗？"

乙："不错，我认为我是强有力的。"

甲："你瞧。"

乙："可是这只是我个人的事，任何人都看不到一星半点这种强大力量的痕迹，一点影子都见不着，就连我也见不着。"

甲："可你却认为你是强有力的。那么为什么你会认为自己是强有力的呢？"

乙："我认为我是强有力的，这么说不完全正确。这是夸大其词。就像现在这样苍老地、颓丧地、肮脏地坐在这里的我，并没有认为我是强有力的。那种我相信其存在的力量我发挥不出来，而要通过其他人，而这些其他人是听我的。这当然只能使我感到十分羞愧，而不能带给我丝毫自豪感。也许我是他们的仆人，他们出于大事主的游戏心理把我视为高于他们的主人，如果是这样，那么事情还不算糟糕，因为一切不过是假象。但也许我真的注定是高于他们的主人，那么我这个可怜的、无可救药的老家伙该怎么办呢？我要把杯子从桌子上拿起来，够到嘴边都没法让自己不哆嗦，那么现在我又怎么能够统治得了大江大河或者大海呢？"

甲："你看，你是多么强大，而你却想隐瞒。可是大伙儿都认识你。就算你老是一个人缩在角落里也没用，这儿的老主顾都认得你。"

乙："那倒也是，老主顾们认得许多人，知道许多事，我只听到他们谈话的很小一部分，可我听到的却是我得到的唯一的金玉良言和信心。"

甲："这话怎么说？难道你是根据你在这里听到的话进行统治的吗？"

乙："不，当然不是这么回事。你难道也是那些认为我是统治者中的一个？"

甲："刚才是你自己这么说的。"

乙："我说过这种话吗？不，我只是说，我认为我是强大的，可是我并不能操纵这种力量。我不能操纵它，是因为，尽管我的助手们已经来了，可是还没有到他们的岗位上去，而且永远也不会到那里去的。这是些轻浮的人，尽在他们不该去的地方转来转去，他们的目光从四面八方向我射来，一切我都得同意，得不断地向他们点头。这样我难道还没有权利说我不是强有力的吗？别把我再看成不坦诚的人啦。"

** 桌上放着一大块面包。父亲拿着一把刀子走了过来，想要把它切成两半。可是，尽管这把刀又沉又快，这面包既不太软也不太硬，刀却怎么也切不进去。我们这群孩子惊讶地仰着脑袋看着父亲。他说："有什么可大惊小怪的？难道办成功一件事不比办不成一件事更怪吗？睡觉去，也许我到头来会成功的。"

我们躺下睡觉了，可是不时地，在夜间的不同时辰，我们中间不是这个就是那个从床上坐起来，伸长脖子，窥探父亲的动静。每回总是看到他，这个身着长外套的大个儿男人，仍然架着弓箭步，试着把刀子揿到面包里去。当我们清晨起来时，父亲刚刚把刀放下，他说："你们看，我还是没有成功，这事情就是这么难。"我们想要表现自己，也都来试一试，他也允许我们试，但我们几乎没法子把刀子拿起来，只能勉强地使它翘起来，它的柄被父亲握得发烫。父亲笑着说："放下吧，现在我要进城去，晚上我还要试着把它切开。我就不信会让一个面包给要了。最终它一定会让人把它切开的，只不过它有反抗的权利，那就让它反抗吧。"可是当他说完这番话，这个面包忽然开始收缩，就像一个下定决心面对一切人的嘴巴那样收缩，现在它变成了一个很小很小的面包。

** 我磨快了镰刀，开始割起来。只见一片黑压压的东西在我面前纷纷倒下，我从它们中间走过去，不知道那是什么。村子里有警告的喊声传来，可我把它当成了鼓励的喊叫声，因此仍然向前走去。活干完了，我走到一座小木桥边，把镰刀交给了等在那儿的一个男子，他一只手伸出来接过镰刀，另一只手像对一个孩子那样摸了一下我的脸。走到桥中间，我开始怀疑起来，我走的路到底对不对，于是我对着昏暗的天色大声喊叫，但没有任何人回答我。我便走回到岸边来，想向那个男子打听，可是他已经不在那儿了。

** "这一切都是毫无用处的，"他说，"你连我都没能认出来，而我正胸贴胸地站在你的面前。你还怎么走下去呢，因为你连面对面站在你面前的我都没能认出。"

"你说得对，"我说，"我也这么对自己说，可是因为我没有得到答复，于是便停留在这里。"

"我也一样。"他说。

"而我在这一点上并不比你逊色，"我说，"所以对你来说同样可以说，一切都是毫无用处的。"

** 我在沼泽林的当中设了一个岗哨。但现在一切都空了，无人回答我的呼喊，这哨兵走失了，我不得不安排一个新的哨兵。我注视着那个人骨骼突出的男子红润的脸。"前一个哨兵跑丢了，"我说，"我不知道为什么，可是这种不毛之地容易发生引诱哨兵逃离的事。所以你得小心才是！"他笔挺地站在我的面前，像阅兵时那样。我补充道："假如你听任引诱，那只会给你带来伤害。你会在沼泽中沉没，而我会马上在这里安排一个新的哨兵，如果他又不忠实，就再换个新的，就这样，无穷无尽。即使我赢不了，至少我也不会输。"

** 我命令把我的马从马厩里牵出来，我的仆人没听懂。我自己走到马厩里去，安上马鞍，跨上了马。我听见远处传来号声，我问他这是怎么回事。他一无所知，甚至什么也没听到。他在大门边拦住了我，问道："主人，你到哪儿去？""我不知道，"我说，"只想离开这里，只知道要离开这里，不断地拉开与这里的距离，只有这样才能达到我的目的。""那么你是知道你的目的了？"他问我。"不错，"我回答道，"我已经说过了：离开这里。这就是我的目的。""你没带干粮。"他说。"我根本不需要，"我说，"这旅途非常漫长，假如我在途中得不到吃的，那我非饿死不可。带多少干粮都救不了我。幸亏这是一次真正长得不得了的旅行。"

** 我上气不接下气地到达了。一根木杆斜斜地插在地里，顶着一块牌子，上面写着"坑道"。我该是到了目的地了吧，我猜测着，环顾四周。距我立足之地仅几步路的地方有一个不起眼的、爬满绿藤的小木房，我听到那儿传来轻轻的盘碟碰击声。

我走了过去，把脑袋从低矮的口子里探了进去，里面一片漆黑，几乎什么也看不到，但我仍然问候里面的人，并问道："您知道这坑道是谁管的吗？""我自己，为您效劳，"一个友好的声音说道，"我这就来。"现在我渐渐习惯了黑暗，辨认出了里面的人们：一对年轻的夫妻，三个额头几乎够不着桌面的孩子，一个拥在母亲怀里的婴儿。坐在小木屋深处的那个男人想要马上就站起来，挤出来，那女人却恳求他先把饭吃完了。他指了指我，她又说，我会友好地等一会儿，而且会赏脸，同他们一起吃这顿可怜的午餐的。而我呢，我真是恨透了自己，竟然会跑到这鬼地方来，把一个快乐的星期天搅得一塌糊涂，所以我不得不说："遗憾，遗憾，亲爱的夫人，可惜我不能接受邀请，因为我必须在此时此刻，确确实实就在此时此刻让人把我放下去。""好极了，"那女人说，"偏偏挑个星期天，而且还是吃午饭的时候。世上的人真是不可捉摸。这种无休无止的苦役实在是没法说。""您别这样嚷嚷，"我说，"我不是出于恶意要求您的丈夫这么做的，假如我知道这事该怎么做，我早就自己干了。""别听这女人的，"那个男人说道，他这时已经站在了我的身旁，边说边拽着我走，"您别指望女人有理智。"

** 这是一条狭窄、低矮、圆拱形的通道，墙壁刷得雪白，我站在它的入口处，它斜斜地通向深处。我不知道是否应该走进去，犹豫不决地站在那儿，两只脚在入口处前稀稀拉拉的草上来回地蹭着。这时有位先生经过这里，这无疑是偶然的，他的背有点驼，可人却是够蛮横的，因为他一上来就想跟我攀谈。"上哪儿去，小家伙？"他问我。"现在还哪儿都不去，"我边说边看着他那乐呵呵而又高傲的脸，即使没有那眼镜，这张脸也已经够高傲的了，"现在还哪儿都不去，我正在考虑呢。"

** 有歌声从一家小酒馆里传出来。酒馆的一扇窗户敞开着，没有挂上钩子，在那里晃来晃去。这是一栋小小的平房，周围是一片空旷的地带。这里已经离城相当远了。这时来了一位迟来的客人，悄悄地走来，他穿着一套紧身衣服，像在一片漆黑之中向前摸索，其实这时月光十分明亮，他侧耳在窗前倾听，然后摇了摇头，弄不懂，这么美妙的歌声怎么会从这么一家酒馆中传出来。他双手一按窗台，背向跃了上去，可是他够不小心的了，竟然没能在窗台上坐住，而一下子掉进了屋里，但跌得并不重，因为有一张桌子紧挨着窗子。酒杯飞落在地，坐在桌旁的两个男人站了起来，毫不犹豫地把这个两脚还悬在窗外的新客人又从窗子里扔了出去。他掉在了柔软的草丛中，一个跟斗就站了起来，再度侧耳倾听，可是歌声已经停止了。

** 我陷入了一片无法通过的荆棘丛中，只能大声叫喊公园管理员。他马上就来了，但无法穿过荆棘走到我身边来。"您是怎么跑到这片荆棘丛当中去的？"他喊道，"您不能沿着同一条路走出来吗？""不可能，"我喊道，"我再也找不到那条路了。我刚才一边想着事一边平静地走着，突然就发现我在这个地方了，就好像是我走到这里来了以后，荆棘丛才长了出来。我再也走不出去了，我完了。""您像个孩子，"管理员说，"您首先沿着一条禁止通行的路，愣穿过从来没人走过的树丛，然后您就叫起苦来。但您并不是在原始森林里，而是在公园里，人们会把您弄出来的。""可是公园里根本不该有这样的树丛，"我说，"而且人们又能怎样救我呢？谁也进不来。如果人们要试试看的话，那就抓紧了，天马上就要黑了，在这里过夜我可受不了，而且我已经给刺扎得遍体鳞伤，我的夹鼻眼镜也掉下去了，再也找不到了，没有眼镜我简直就是半个瞎子。""这一切都很有道理，"管理员说，"可是您还是得忍耐一会儿，我总得先去把工人找来，让他们开出一条路来，而且在这之前还得获得公园主任的批准。稍稍拿出点耐心和男子汉气概来吧，好不好？"

＊＊ 有一个先生来到了我们这儿，这人我是经常见到的，可从来没有引起过我的重视。他和父母一起走进卧室，他们完全被他的言论给俘虏了，进去后神不守舍地带上了房门。我想要跟进去，可是女厨师弗丽达挡了我的驾，我当然是拳打脚踢，号啕大哭，可是弗丽达是我见过的女厨师中最强壮的一个，她懂得怎么用强有力的握力压住我的手，使我离她的身子一定的距离，使我的脚踢不着她。然后我便无计可施了，只能破口大骂。"你是个母老虎，"我喊道，"不害臊，你是个姑娘，可是活像个母老虎。"可是什么话也没法使她激动，她是个心静如水、几乎有点伤感的姑娘。直到母亲走出卧室，到厨房里去拿点什

么东西时，她才放开了我。我拽着母亲的衣角。"那位先生想要干什么？"我问。"噢，没什么，"她说着吻了吻我，"他只是要我们出门去。"这下我可乐坏了，因为我们假期里老是去的那个村子可比城里美多了。可是母亲却对我说，我不能去，我必须上学，现在不是假期，再说冬天快要来了，所以他们也不是到村子里去，而是到另一座城市去，比那村子可远多了。当她看到我惊恐的样子，马上改口说，不是的，那城市不是更远，而是比那村子近得多。她看出我不太相信，便把我领到窗前，说道，那座城市真的很近，从窗子里看出去差不多就可以看得到。可这话不对，至少在这个阴沉沉的日子里不对，除了总是看到的下面那狭窄的街道和对面那座教堂，别的就什么也看不到了。然后她放开我，跑进了厨房，端了一杯水出来。这时弗丽达又想朝我扑来，她挥了挥手，叫弗丽达走开，并推着我走进了卧室。父亲疲惫地坐在椅子上，已经伸出手要那杯水了。当他看见我时，微笑起来，问我，我对他们出门去有什么看法。我说，我很想一起去。但他却说，我还太小，而这是一次十分辛苦的旅行。我问，既然如此，那么他们又为什么非去不可呢？父亲指了指那位先生。那位先生的上衣扣子是金色的，他正用手绢擦着其中的一个。我请求他让我的父母留在家里，因为，假如他们走了，我就得跟弗丽达单独在一起了，可这是无论如何也不行的。

**一辆金色车子的轮子滚动着，在石子路上吱吱嘎嘎叫着停了下来。一位姑娘想要下车，她的脚已经踏在踏板上了，这时她看见了我，便又缩回了车里。

　　** 有一个玩具需要耐心。这东西比怀表大不了多少，没有任何出人意料之处。在涂上了红褐色油漆的木板面上，刻了几道涂成蓝色的小槽，都通向一个小圆窝。要通过倾斜和摇动让那同样是蓝色的弹子先滚入其中一条小槽，然后滚入圆窝，一旦弹子进了圆窝，游戏便结束了；想要重新开始，就要把弹子重新从圆窝里晃出来。这一切都笼罩在一块挺厚的圆拱形的玻璃之下，这个训练耐心的玩具可以揣在口袋里带着，随时随地都可以掏出来玩。

　　当这颗弹子闲着无事时，那么它多半就背着手在那高原上逛来逛去，避开那些个小槽。它的观点是，在玩游戏的时候，它在那些小径中受的折磨已经够多的了，所以在闲着时，它有足够的理由在自由的平地上休养生息。有时它习惯地抬起头来看看那笼罩在上方的圆拱形玻璃，但并没有辨认上方什么东西的意图。它走路的步子迈得很大，于是它声称，它不是为了那些小径而生就的。这有一定的道理，因为这些小径差一点就容不下它了，但再想一想就又觉得毫无道理了，因为事实上它被制作得恰好与那些小径相合，当然这些小径对于它来说谈不上舒服，否则这就不能算是练习耐心的游戏了。

　　** 那是伊莎贝拉，一匹灰斑白马，一匹老马。在人群里我还真认不出它来，它变成了一位女士。最近我们在一个花园里举行的慈善大宴上相遇。那儿靠边的地方有一片小树林，包围着一片绿荫凉爽的草地，若干条小径穿过这小树林，有时待在那儿是很舒服的。这个花园我以前来过，所以当我对那儿的社交感到厌烦时，就拐进了那片小树林。刚刚走到树荫下，我便看到一位高大的女士从另一边向我迎面走来；她的高大几乎令我目瞪口呆，尽管周围没有其他人可以拿来跟她比较，可是我毫不怀疑，我所认识的女人中没有一个不比她矮好几个头。在第一眼看到她时我几乎认为任谁都要比她低无数个头。可当我走近了些，我的心情便平静了下来。原来是伊莎贝拉，我的老朋友！"你是怎么跑出马厩来的？""噢，这并不难，我只不过由于主人的仁慈才仍然被留在那儿，我的日子过去了。我对我的主人解释说，与其毫无用处地待在马厩里，还不如趁我还有力量，让我出去看一眼世界。我这么对主人说了后，他就理解了，找出一些已故的人的衣服，还帮我穿上，然后说了一些美好的祝愿，就让我走了。""你多漂亮啊！"我说，这话不完全诚实，但也不全是谎言。

小寓言一则 [①]

"唉！"老鼠叹道，"这世界真是一天比一天小。起初它无边无沿大得可怕。我不住地朝前跑啊跑，当远远地看见左右两边有了墙时我还真高兴。可谁知这长长的墙会如此迅速地合拢来，将我逼进这最后的一间屋子，又落进了设在墙角里的圈套。""其实你只需改变一下你跑的方向就是了。"猫说着，将它吃了。

---

① 本篇写于1920年秋，1931年问世。标题为马克斯·勃罗德所加。——编者注

城　徽^①

在兴建巴比伦塔之初秩序尚好，但规模或许过大，对路标、译员、人员住宿、道路衔接等考虑过多，仿佛有几百年光阴可供人大兴土木似的。但当时普遍的意见却是，建造速度再慢也还不够慢。不必过于夸大其词，人们甚至一再畏缩，迟迟不能破土。论证理由是，建造一座通天塔的设想才是整项工程的关键所在，其余一切均属次要。一旦人们意识到了这设想的伟大，便再不会半途而弃，只要尚有人在，完成通天塔的强烈愿望就会存在下去。对此大可不必为将来担忧，恰恰相反，人类的知识在增长，建筑艺术在进步，并会继续进步下去。对一项我们原需耗时一年的工程，一世纪后也许只用半年，而且会建得更好，更坚固。那么又何必今日来拼老命呢？假如靠一代人劳动有望建成通天塔，那才值得付出努力，然而这是绝无可能的。可能的却是下代人会凭着他们日渐完善的知识来否定上辈人的劳动成果，拆掉已建成部分，以便从头开始。这样的想法涣散

---

① 本篇写于 1920 年秋，1931 年首次发表。标题为马克斯·勃罗德所加。——编者注

了人心。通天塔被置于一边，人们转而关心修建劳动者的营地。每个同乡同土的群体都想拥有最漂亮的住宅区，于是引起纷争，直至上升为流血冲突。这类冲突便无尽无休；这样一来，众统领又多了一条理由，说是通天塔的营建因人力分散须减缓速度，或是干脆等全面恢复和平后再动手也不迟。当然人们并非单靠争斗度日，在间歇期间又完善着各自的城池，这又导致新的忌恨和争端。一代人的时光就这样流逝，而后辈人还照样行事，只是好斗性随着技巧的不断提高而同步增强。不料到第二、第三代人已发现修建通天塔毫无意义，只因相互间牵扯过多，终难弃城各奔前程。

这个城市的种种传说和歌谣都充满着对一个预言之日的期待，说到了那一天，巴比伦城将遭到一只巨拳接连五次的猛击而夷为平地，这也是为什么在它的城徽上也有一个拳头的缘由。

邻　村[1]

　　我的祖父老说："人生真是短得出奇，而今它在我的记忆中更是浓缩到这种程度：比如说我几乎无法理解，一个年轻人如何能作出决定，骑马跑趟邻村，而毫不顾忌——且不说可能发生不幸事故——即便是正常平安的一生光阴对于这么一趟出游也是远远不够的。"

---

[1]　据马克斯·勃罗德的说法，本篇原稿没有下落，估计即为第一本《八本八开本笔记》目录中的《一位骑士》。——编者注

算了吧 [①]

　　清晨，街道洁净空旷，我正前往火车站。我与塔楼上的大钟对了一下表，发现时间比我想象的要晚得多，我得加快速度才行。这个发现使我顿觉惊慌，连对自己脚下的路都失去了把握，因为我对这个城市还不大熟悉。幸好附近有个警察，我匆忙上前，气喘吁吁地向他问路。他微笑着说："你想问我该怎么走？""是的，"我说，"因为我自己找不到路。""你还是算了吧，算了吧。"说着他一个急转身走开了，就像那些想独自发笑的人那样。

---

①　本篇写于 1922 年末，1936 年收入马克斯·勃罗德所编的《卡夫卡文集》，才得以首次问世。标题为勃罗德所加。——编者注

豺与阿拉伯人 [1]

我们露宿在沙漠中的一片绿洲上。伙伴们都睡了。一位高高的阿拉伯人身穿白衣，从我身边走过；他照料完骆驼之后回睡处歇息去了。

我仰面倒进草中，想睡又难以合眼；远处传来一只豺狗的悲嗥，我重又坐起。那遥远的声音忽然已近身旁。一群豺狗围住了我，那时明时暗的金色眼睛，细长的腰身，似遭鞭打般有节律地颤动着。

其中一只从我背后跑来，紧挨着我从胳膊底下挤过去，仿佛它需要我的温暖，然后走到我跟前，几乎脸对脸地开口说道：

"在这方圆一大片地里我是最老的豺狗。我很高兴能在这儿欢迎你。我几乎已不抱希望了，因为我们遥遥无期地等你已经等得太久了；我的母亲等待过，它的母亲，它母亲的母亲乃至我们豺类的始祖母都等待过。请相信我。"

"这使我感到惊讶，"我说，并忘了点燃已备妥的用以驱赶

---

① 本篇写于 1917 年 2 月，同年 10 月发表在《犹太人》杂志上。——编者注

豺狗的火堆，"听你这么说我很是惊讶。我从北部高原来到此地纯属偶然，只为作一次短暂的旅行。你们想做什么，豺狗？"

就像受到了这也许是过于友好的答话的鼓励，豺狗们更紧地围将上来，气喘吁吁，低吟不休。

"我们知道你来自北方，"最老的豺狗重又开口道，"我们的希望正植于此。那儿的人尚有此地阿拉伯人不具备的理智。你知道，在冰冷的傲气中是冒不出理智的火花的。他们杀食动物，对腐尸不屑一顾。"

"别那么大声，"我说，"近旁就睡有阿拉伯人。"

"你可真是个异乡人，"豺狗说，"否则你会知道，在整个历史上尚无豺狗怕阿拉伯人的先例。要我们惧怕他们？落到与他们为伍的地步难道还不够惨？"

"也许如此，"我说，"对与我不相干的事我不愿妄加评论。看来这场争端由来已久，想必已溶入血缘中，可能还得以血来了结。"

"你很聪明。"老豺答道。众豺们喘息得更快了，肺部急促抽动着，虽说它们都站在原地不动，张着嘴的豺狗们口中冒出一股强烈的、不时得紧咬牙关才能忍受的腥味。"你很聪明，所说之言与我们古老的信条相符。就是说，我们要了他们的血，争端就结束了。"

"噢！"我粗声粗气地叫道，喊得出乎意料地响，"他们会反抗的，他们会用猎枪把你们成批地杀死。"

"你误解我们了，"它说，"完全是人的特点，这在北部高原也消失不了。我们不会杀死他们的。不然，尼罗河的水也洗不净我们身上的血迹。我们甚至一看见他们活的躯体就赶紧躲开，躲进纯净的空气中，躲进沙漠，所以沙漠成了我们的家园。"

这时四周围着的以及这期间又从远处聚集过来的豺们一起把头埋进前腿之间，用爪子擦抹着；它们仿佛想以此来掩饰某种厌恶，这情形实在可怕，我恨不能一跃而起，逃出包围圈。

"那么你们究竟想干什么呢？"我问道，并想站起来；可是不成，两只幼小的豺狗在我身后紧紧咬住了我的外套和衬衫，我只好坐着。"它们帮你举着后襟，"老豺认真解释道，"以示尊敬。""让它们放开我。"我喊道，一会儿看看老豺，一会儿看看幼豺。"它们当然会的。"老豺说，"只要你愿意。但这需要一点时间。因为它们按习惯总是咬得很紧很深，得慢慢地才能松开嘴。趁这会儿请听听我们的请求吧。""可你们的行为我不怎么敢领教。"我说。"请别因我们的笨拙而误事吧，"它说，并首次使用了它自然嗓音中求救的悲腔，"我们是可怜的动物。我们只有一副利牙，我们想做的一切，无论是好事坏事，都得靠这唯一的牙齿。""那你到底想要什么？"我问，不过声调稍稍柔和了些。

"先生，"它叫道，这时所有的豺狗齐声嗥叫起来，传至遥远的天边，犹如一支乐曲，"先生，应该由你来结束这场使世界分成两半的争端。我们祖先描绘的将要做这件事的人正是像你这样的人。我们必须从阿拉伯人那里获得和平，呼吸清新的空气，放眼远眺一直看到远远的无际，再不要听见活羊遭阿拉伯人宰杀时的惨叫；所有的牲畜都应安安静静地死去，让我们不受干扰地喝尽它们的血，吃尽它们的肉。纯净，我们要纯净，仅此而已。"这时所有的豺狗都抽泣着哭开了，"你那高贵的心灵和甜美的肺腑是怎么忍受得了这个世界的？他们的白是脏的，他们的黑是脏的；他们的胡子令人恐怖，他们的眼角让人厌恶。假如他们抬起胳膊，腋窝处就打开了地狱之门。因此，哦，先生，就为此，哦，高贵的先生，须靠你那双无所不能、无往不宜的手拿上这把剪刀去割断他们的喉咙吧。"它的脑袋摆动了一下，一只豺狗就跳了过来，用一只犬牙叼着一把小巧的锈迹斑斑的裁剪刀。

"终于亮出剪刀来了，到此结束吧！"我们商队的阿拉伯人头领喊道。他顶着风悄悄靠近了我们，现在挥舞起他手中巨大的鞭子来了。

豺狗们四处逃窜，但在不远处又停了下来，紧挨着伏下，如此众多的豺狗挤在一起纹丝不动，看去就如一道窄窄的栅栏，被荧荧鬼火围绕着。

"先生，这回你也耳闻目睹了这出戏，"阿拉伯人说着开怀大笑，好似他民族的矜持此刻让了步。"就是说你已知道这些牲畜的打算了？"我问。"当然啦先生，"他说，"无人不晓。只要有阿拉伯人，这把剪子就会跟着穿越大沙漠，它会尾随着我们直至岁月尽头。它被提供给每个欧洲人去实现大业，而每个欧洲人在它们看来都负有这使命。这些牲畜抱着多么荒唐的希望；傻瓜，它们是地道的傻瓜。我们因此喜爱它们，它们是我们的狗，比你们的狗漂亮。瞧一头骆驼在夜里倒毙了，我让人把它抬来了。"

四个人抬着那沉重的死尸走来，将它扔在我们面前，刚落地豺狗们的吼声便响彻云霄，好像被一根绳索强行牵着，它们一个个腹部贴地、时断时续地爬近前来。什么阿拉伯人，什么世代冤仇早忘在一边，眼前这气味浓烈的尸体抹去了一切，深深陶醉了它们。顷刻间已有一只豺狗扑向骆驼的咽喉，仅一口就撕开了大血脉，它全身肌肉剧烈地颤动、抽搐着，像一只小小的疯狂工作着的水泵，无望却又执拗地想扑灭一场通天大火。此时尸身上已小山般挤满了豺狗，它们以同样的激情忙碌开了。

这时领队手中的鞭子金蛇狂舞般对准豺狗们抽了下去。它们抬起脑袋，半痴半呆地望着站在面前的阿拉伯人。鞭子狠狠地落在它们嘴上，豺狗们蹦跳着躲闪，向后退去几步。那死骆驼身上有好几处被撕开了很大的伤口，血流如注。豺狗们抵挡不住诱惑，又回到近旁；领队重又挥起鞭子，我一把抓住他的胳膊。

"有道理，先生。"他说，"还是让它们干它们的本行吧，况且也到了启程的时候了。你算看见它们了吧。了不起的动物，不是吗？而它们又是多么地仇视我们啊！"

普罗米修斯[①]

关于普罗米修斯的传说可分四点叙述：第一，他为人类背叛了众神，被钉在高加索的一块巨崖上，众神派出恶鹰啄食他那每日能新生的肝脏。

第二，普罗米修斯在不断啄食的鹰嘴下剧痛难忍，日益陷入石崖，直至与它融为一体。

第三，岁月流逝，数千年后，他的叛逆行为被淡忘了，众神忘了，恶鹰忘了，他自己也忘了。

第四，那已无凭无据的故事渐渐令人厌倦，众神厌倦了，恶鹰厌倦了，连伤口也因厌倦而愈合了。

留下的是那难以解释的山崖。这个传说试图对这不可解释之事作出解释。由于它是从真实的根基上产生的，所以最终必定又以不可解释告终。

[①] 本篇写于1918年1月17日，收入第三本《八本八开本笔记》，1931年首次问世。标题为马克斯·勃罗德所加。——编者注

关于譬喻 [1]

许多人抱怨，说是智者的话总是些譬喻，在日常生活中难以付诸实施，而我们面对的唯有日常生活。假如智者说："走过去吧。"那他的意思并非就是要你走到另一边去。那样只要值得，通常总还是能做得到；事实上他指的是某种神话般的我们所不知道的另一边。智者本人也不能对它作出更明确的解释。这样它对于我们来说就毫无帮助。所有的譬喻原本只想告诉我们，不可思议的东西就是不可思议的。而这一点我们已经知道了。但我们每日为之费力操心的则是些完全不同的事。

对此有一人说："你们何必要拒绝呢？如果你们遵照譬喻行事，那么你们自己也就成为譬喻了，这样一来就摆脱了日常的操劳了。"

另一个说："我敢打赌，这也是一个譬喻。"

第一个人说："你赢了。"

第二个说："可惜只在譬喻中赢了。"

第一个说："不，在现实中赢了，在譬喻中你输了。"

---

① 本篇 1931 年首次发表。标题为马克斯·勃罗德所加。——编者注

皇帝的圣旨[①]

据称：皇帝在弥留之际只向你这位可怜的臣民——在皇天的阳光下逃避到最远的阴影下的卑微之辈，下了一道圣旨。他让使者跪在床前，悄声向他交代了谕旨。皇帝如此重视他的圣旨，以致还让使者在他耳根复述一遍。他点了点头，以示所述无误。他当着为他送终的满朝文武大臣们——所有碍事的墙壁均已拆除，帝国的巨头们全立在那摇摇晃晃的、又高又宽的玉墀之上，围成一圈——皇帝当着所有这些人派出了使者。使者立即出发。他是一个孔武有力、不知疲倦的人，一会儿伸出这只胳膊，一会儿又伸出那只胳膊，左右开弓地在人群中开路。如果遇到抗拒，他便指一指胸前那标志着皇天的太阳；他就如入无人之境，快步向前。但是人口是这样众多，他们的房子无止无休。如果是空旷的原野，他便会迅步如飞，那么不久你便会听到他响亮的敲门声。但事实却不是这样，他的力气白费一场。他仍一直奋力地穿越内宫的殿堂，但永远也通不过去；即

---

① 这是一篇寓言性作品，写于 1917 年春夏之交，发表在 1919 年 9 月 24 日布拉格的《自卫》报上。——编者注

便他通过去了，那也无济于事，下台阶他还得经过奋斗；如果成功，仍无济于事，还有许多庭院必须走遍，过了这些庭院还有第二圈宫阙，接着又是石阶和庭院，然后又是一层宫殿，如此重重复重重，几千年也走不完。就是最后冲出了最外边的大门——但这是决计不会发生的事情，面临的首先是帝都，这世界的中心，其中的垃圾已堆积如山，况且他携带着的是一个死人的谕旨。——而你却在暮色中凭窗企盼，为它望眼欲穿。

他①

　　他在任何情况下都没有充足的准备，但从来不因此而责备自己。因为，在这每时每刻都烦人地要求有准备的生活中，哪里又有时间准备呢？但即使有时间，在知道任务之前，又何从准备呢？换句话说，连是否能够完成一个自然的，而并非仅仅是人为造成的任务都没有人能保证。所以他早就被压在车轮底下了，对此他是最没有准备的了，这既令人惊讶，又令人欣慰。

　　他所干的一切，尽管在他眼里都特别新鲜，但与这不可思议的新鲜程度相应的是，这一切又特别浅薄，几乎没有一次是可以忍受的，无法拥有历史性，无法挣脱氏族的长链，首次把迄今至少感觉得到的世界之曲打断，打落到十八层地狱中去。有时他那高傲的心中对世界的担忧甚于对自己的担忧。

　　也许他会满足于一所监狱。作为一个囚徒终其一生，这满可以成为一个生活目标。但这却是个铁笼子。这世界的噪声大

① 这一组杂感写于1920年，选自德文版《他——弗兰茨·卡夫卡散文》，海因茨·波里策编，苏尔坎普出版社1984年版。——编者注

大咧咧地、专横粗暴地在铁栅间穿进穿出，就像在自己家中一样。其实这个囚徒是自由的，他可以参与一切，外面的任何事都躲不过他。他甚至可以离开这个笼子，栅栏的铁条互相间间隔足有一米来宽，他甚至并没有被囚禁。

他有这个感觉，他通过他的存在堵住了自己的道路。由这一阻碍他又得到了证明，他活着。

他自己的额骨挡住了他的道路，他在自己的额头上敲打，把额头打得鲜血直流。

他感觉自己在这地球上被囚禁了，周围是这样挤，囚徒的悲伤、虚弱、疾病、胡思乱想在他身上爆发了，没有任何安慰可以安慰他，因为那只不过是安慰，面对粗暴的被囚事实而发的温柔的、令人头痛的安慰。可是如果有谁问他，他想要的到底是什么，他可就答不上来了，因为他（这是他最强有力的证明之一）根本就没有自由的概念。

有些人通过指出太阳的存在来拒绝苦恼，而他则通过指出苦恼的存在来拒绝太阳。

所有生活的（无论是别人的还是自己的）自寻烦恼的、沉重的、往往长时间停滞不动的、究其根本永不停息的波浪运动使他痛苦万分，因为它总是夹带着没完没了的强迫去思想的压力。有时他觉得，这种痛苦发生在事件之前。当他听说他的朋友将要得到一个孩子时，他认识到，他作为早期的思想家已经为此受过折磨了。

他看到两点：第一是那平静的、不可能没有一定舒适感的观察、思索、研究、倾诉。那些事的数量和可能性是无穷无尽的，即使大墙嘎嘎响时也需要一条相当大的裂缝，以便于倒塌。那些工作根本不需要空间，哪怕在没有任何裂缝的地方，它们也会你拥我挤的，成千上万地生存着，这是第一点。第二点却是被叫上来作出解释的瞬间，不发出一丁点儿声响，被抛回了别人的观察等等之中，但现在毫无指望，不能再唠唠叨叨，越来越不安，只需一个诅咒便能使他沉沦。

是这么回事儿：许多年以前，有一天我十分伤感地坐在劳伦茨山的山脊上，回顾着我在这一生中曾经有过的愿望。我发现其中最重要或者最有吸引力的愿望是获得一种人生观（还有，当然这是与此相关的，它能够通过书面表达使其他人信服），这种观念要能够做到——虽然人生仍保持其自然的大起大落，便能相当清晰地看出它是一种虚无，一场梦，一阵晃动。假如我真正对它有过愿望，那它也许是一个美好的愿望。就像这么一种愿望：以非常正规的手工技艺捶打一张桌子，而同时无所事事，但并不能把这说成是"捶打对于他来说是虚无"，而是"捶打对他来说是真正的捶打，但同时是一种虚无"，一经这样解释，这捶打就会进行得更勇猛、更坚决、更真实，假如你愿意，也可以说更疯狂。

但他根本不能作此愿望，因为他的愿望不是愿望，它只是一种防卫，一种将虚无市民化，一丝儿他想要赋予虚无的活跃气息，那时他还刚刚向虚无中有意识地迈出头几步，就已经感觉到那是他自身的组成部分了。当时那是一种告别，向青春的虚伪世界告别。应该说，它从未直接欺骗过他，而只是听任他通过周围所有权威的言论上当。这个"愿望"的必要性就是在这种情况下产生的。

他只证明他自己，他唯一的证明就是他自己，所有对手都能一下子就战胜他，但并不是通过对他的反驳（他是不可反驳的），而是通过证明他们自己。

人的结合的基础是，一个人通过其强有力的存在似乎反驳了其他本身不可反驳的个体。这对于这些个体来说是甜蜜的和欣慰的，但是没有真实性，因而总是不能持久。

以前他是一个庞大的群体中的组成部分。在某个高出一截的中心点上以精心安排的顺序矗立着军界、艺术界、科学界和手工业行业的象征性形象。他是这许多形象中的一个。现在这个群体早就解散了，或者至少是他离开了它，去闯他自己的生活之路了。连过去的职业也已经失去，甚至忘了他那时扮演的是什么角色。看来正是这种忘怀导致了一定的伤感、不踏实感、不安感，一种给现在蒙上阴影的对过去时光的向往。然而这种向往却是生命力的一种重要元素，或者也许就是生命力本身。

他不是为他个人的生活而活着，他不是为他个人的思想而思索。他好像在一个家庭的强制性之下生活着，思索着，这家庭虽然充溢着生命力和思想力，但是根据某个他所不知道的法则，他的存在对于这个家庭具有一种死板的必要性。由于这个他所不知的家庭和那些他所不知的法则，是不能放他走的。

原罪，人所犯的那个古老的过失，存在于人所发出的并且不放弃的那个谴责中：他受到了过失的伤害，他遭到了原罪的祸害。

在卡西内利的橱窗前，有两个孩子在东游西逛，一个大约六岁的男孩，一个七岁的女孩，穿得很多，正在谈论着上帝和罪孽。我在他们身后站了下来。这姑娘，也许是天主教徒，认为只有欺骗上帝才是真正的罪孽；那男孩，也许是新教教徒，以天真的固执劲儿追问，那么欺骗人或者盗窃又是什么呢？"也是一种很大的罪孽，"女孩说，"但不是最大的，只有对上帝犯罪是最大的犯罪。对人犯罪我们可以忏悔，当我忏悔时，天使马上出现在我身后，因为当我犯罪时，魔鬼就来到了我的身后。只不过我们看不到他。"也许是严肃的谈话使她感到累了，为了制造一点轻松气氛，她转过头来，说道："你看，我后面没人。"男孩也转过头来，看见了我。"你看，"他根本不管我是否能听到，或者根本没有想到这一点，"我后面站着魔鬼。""我也看到了他，"姑娘说，"可我说的不是他。"

他不要安慰，但并不是因为他不想要（谁又不想要呢），而是因为寻找安慰意味着：为此献出他的一生，始终生活在他的存在的边缘，几乎在这存在之外，几乎不再知道，他在为谁寻找安慰。因此他甚至不可能找到有效的安慰，这儿说的是有效的，而不是真正的，真正的安慰是不存在的。

他抗拒同仁对他的定格。一个人即使是必不可少的，他在另一个人身上看到的也只能是他的视力和注视的方式所能及的那个部分。他也像所有的人那样，但却是强烈得过了分地拥有一种欲望：把自己限制成同仁看他的视力所及的那种样子。假如鲁滨逊，无论是出于自慰还是自卑还是畏惧还是无知还是渴望，从来不曾离开过岛上的最高点或不如说最易被人看见之点，那么他也许很快就完蛋了。由于他不去考虑那些来往船只及其蹩脚的望远镜，而是开始对他的岛屿作全面的探索，并开始喜欢它，他保住了他的生命，而且最终由于理智必然导致的逻辑性而被人找到了。

"你将你的困苦变成一种美德。"

"第一，每个人都这么干；第二，偏偏我不是这么干。我让我的困苦依然故我，我不去晾干沼泽，而是生活在它那蒸腾不息的雾气中。"

"你正是从这之中表现你的美德。"

"像每个人那样，我已经说过了。而且我仅仅是为了你才这么做的。为了使你始终对我好，我宁可让我的灵魂受到损害。"

对他来说一切都是许可的，只有忘记自我不行，这么一来，一切又都成了禁止的，只有在这一瞬间对全体来说是必要的一点属于例外。

意识的狭窄是一种社会要求。

所有美德都是个人的，所有恶癖都是社会的。被视为社会美德的，比如爱、无私、公正、牺牲精神，只不过是"令人惊讶地"弱化了的社会恶癖。

他对他的同时代人所说的"是"与"否"的区别，对于他本来的说话对象来说相当于死与生的区别，他自己也只是似懂非懂。

后世对个人的判断比同时代人正确的原因存在于死者身上。人们在死后，在孤单一人的时候才得以以自己的方式发挥自己。死亡对于个人来说相当于星期六傍晚对于烟囱清洁工的意义，他们清洗肉体上的油烟，然后便可看出，是同时代人更多地伤害了他还是他更多地伤害了同时代人，如果是后者，那么他就是一个伟人。

否定的力量，不断变化、更新、死去活来的人类斗志高潮的这一最为自然的表达，是我们始终拥有的，但否定的勇气我们却没有。而实际上，生活就是否定，也就是说，否定就是肯定。

他并不随着他思想的死去而死去。这种死亡只是内心世界里面的一个现象（内心世界依然存在，即使说它只有一个思想），一个无异于其他自然现象的一个自然现象，既不可喜，也不可悲。

他逆流而上游去，水流是如此湍急，以致精神不太集中地游着的他有时会对这荒凉的寂静（他就在这寂静之中击打着水）感到绝望，因为在失败的一个瞬间他就被推回得非常非常之遥远。

他感到口渴，这时只有一丛灌木把他和泉水隔开。他一分为二，一个他纵览一切，看到他立于此地，而泉水就在一边；第二个他一无所知，顶多隐隐约约地感觉到，第一个他看见了一切。由于他一无所知，他也就喝不着水。

他既不勇敢也不轻率，但也不胆小怕事。一种自由的生活不至于使他害怕。现在这样一种生活没有光临，但他并不为此担忧，他为自己根本就无所担忧。可是有一个他根本不知道是谁的某人为他，仅仅为他，怀着很大的、无休止的担忧。这个某人对他的担忧，尤其是这担忧的无休止，在宁静的时刻中有时使他感到难以忍受的头疼。

想要起来时，一种沉重感阻碍着他，这是一种安全感：感觉到一张床为他铺好了，而且只属于他；想要静卧时，一种不安阻碍着他，把他从床上赶起来，这是良心，是不停敲击着的心，是对死亡的恐惧，是反驳他的要求。这一切不让他休息，于是他又起来了。这种起来卧倒和一些于其间所作的偶然的、仓促的、古怪的观察构成了他的生活。

他有两个对手：第一个来自他的发源地，从后面推挤着他；第二个挡着道，不让他向前走。他同时与两者斗争着。其实第一个支持他与第二个的斗争，因为他要把他往前推，而第二个同样支持他与第一个的斗争，因为他把他向后推。但是只是理论上如此，因为并非只有两个对手，而且还有他自己，但又有谁知道他的意图呢？无论如何他有这么一个梦想：有朝一日，在一个无人看守的瞬间，比如一个空前黑暗的夜间，他得以一跃离开战线，由于他的斗争经验而被提拔为判决他那两个还在互相搏斗着的对手的法官。

在法的门前 ①

　　在法的门前站着一位门警。一个乡下男人来到这位门警身边，要求进法的大门。但门警说，现在不能让他进去。乡下人想了一下后问道：那么以后他可不可进去。门警说："以后是可能的，但现在不行。"通向法的大门一如既往洞开着，门警走向一边，乡下人便弯下腰，以便通过大门看一看内部。门警见了笑道："你既然那么想进去，那就试试看，不顾我的禁令，往里走好了。不过注意，我是有力量的，而我不过是最下级的门警。但一进一进大厅都站着门警，一个比一个威武。一看到第三个我就不敢再看了。"这么多难关乡下人可没有料到；他想，法的大厦应该对谁都开放的呀，并且随时都能进去的。但当他现在仔细看了看这位穿着皮大衣的门警，看了看他那高高的鼻梁，他那稀疏的又长又黑的鞑靼人的胡子，他决心宁可等待下去，直到他获准进去为止。门警给了他一张小板凳，让他在门旁坐下。他在那里日复一日、年复一年地坐着。他作了许

---

　　① 这是卡夫卡的长篇小说《诉讼》中的一节，为该书的画龙点睛之笔，常被抽出单独成篇。——编者注

多次设法进去的尝试，一次一次的请求都把他弄疲倦了。门警经常对他进行简短的盘问，问他是什么地方人，还问到许多别的人，但那些问话都是干巴巴的，就像是一些大老爷们提的，而最后总是对他说：他还是不能让他进去。乡下人为这次出门曾经带了许许多多东西，如今他把什么都拿来花了，不管如何，贵重的东西还得用来贿赂这位门警。门警虽然一件件都收下，但同时又说："我收下这一切，只是为了使你不致以为耽误了什么。"在等待的这许多岁月里，乡下人几乎从未间断过观察这位门警。他忘记了所有其他的门警，而这一位对他来说好像是他进法的大厦的唯一的障碍。他咒骂这个倒霉的偶然性。在头些年里他肆无忌惮地大声地咒骂。后来，当他年老以后，还在喃喃地咒骂。他变得幼稚可笑。由于他成年累月研究门警，连他皮领上的跳蚤都认得出来，于是他也请求跳蚤帮助他，使门警改变主意。最后他的视力变弱了，他不知道是他周围真的变暗了，还是他的眼睛造成的印象。但现在他倒在昏暗中认出了一道从法的大厦的各道大门里发出的永不熄灭的光环，此刻他不久于人世了。在死以前，他在脑子里把一生中的一切经验集聚成一个迄今尚未向门警提出过的问题。由于他那僵硬的身体不能再站起来了，他只向他示意。门警不得不深深向他俯下身去，因为两个人身体的差别正在朝对乡下人大为不利的方向改变。"你现在到底还想知道什么呢？"门警问道，"你真是贪得无厌啊。""所有的人都在追求法，"乡下人说道，"但为什么这么许多年里除了我以外却没有一个人要求进法的大门呢?"门警发现乡下人已经走到他的终点了,为了还能达到他徒劳的审问目的,他向他大声吼叫说:"这里不可能再有人获准进去了,因为这个门仅仅是为你而开的。我现在就去把它关上。"

开小差的狗[①]

"奇怪!"狗说,并用手一抹额头,"我一直在哪儿四处奔跑啦,先过了集市广场,然后穿过狭路步上小丘,又多次纵横交叉越过大高原,顺峭壁而下,在公路上走了一段后,左拐弯走到小溪边上,以后沿着一排白杨树,然后从教堂旁边经过,现在我到了这里。这都是为什么?我东奔西跑,走投无路了。幸亏我又回来了。我怕这种无目的的四处奔跑,怕这些大而荒凉的空间,我在那里是一条何等可怜、万般无奈、渺小、遍地再也寻找不着的狗啊。也根本没有什么东西可以诱使我离开这儿,这儿的这个院子是我的地方,这儿是我的窝,这儿是我的链条,是防备我咬人的,这儿什么都有,食物也丰盛。好了,我再也不会自己主动离开这儿了,我在这里觉得舒服,为我的地位感到骄傲,一看见别的牲畜,一股愉快而合理的自豪感便流贯我全身。但是那些动物中有哪个像我这样毫无意义地跑掉的?一个也没有,那只猫,那头软绵绵、带爪子的玩意儿,那头没有人需要、没有人惦记的动物,它算是例外。它有它自己

---

① 选自《八本八开本笔记》,标题为编者所加。——编者注

098

的秘密，它与我无关，它四处奔跑忙它自己的事，但是即便是它也只是在主人家的管辖区里活动。所以我是唯一的时不时就开小差的狗，这总有一天会把我这卓越的地位给葬送掉的。今天幸好似乎没有人发现我开小差，但是上一回主人的儿子里查德已就此事发表过评论。那是星期天，里查德坐在长椅上抽烟，我躺在他的脚跟前，面颊贴着地。'恺撒，'他说，'你这条邪恶的、不忠实的狗，今天早晨你到哪儿去啦？清晨五点，就在你还应该看家的时候，我曾经寻找过你，可是院子里哪儿也没有你的影儿，六点一刻你才回来。这是极大的渎职，你知道吗？'就这样，这事儿又一次被揭发了。我站起来，坐到他身边，用一条胳臂抓住他，并说：'亲爱的里查德，你就饶了我这一回吧，别把这事儿张扬出去。这是我的错，我以后绝不再犯。'说罢，我放声号哭起来。出于种种原因，出于对自己的绝望，出于对受惩罚的恐惧，出于对里查德的平和表情的感动，出于对手头暂时没有一件进行处罚的工具而感到的高兴，我失声号哭，泪水沾湿了里查德的上衣，他把我抖搂下来，命令我趴下。当初我答应改正我的错误，今天老毛病又犯了，我离开的时间甚至比当初那回还长。当然，我只不过是答应只要是我的错，我就改正。可是这不是我的过错……"

桥[①]

　　我是一座桥，又冷又硬，横卧在一条深涧上，足嵌在这一边，手抓住那一头。躯体被块状黏土牢牢封住。我礼服的下摆在身体两侧飘动。深谷里那条盛产鳟鱼的冰冷的小溪奔腾不息。在这道路崎岖的高山上还从未出现过游客，地图上也没有标出这座桥。——于是我便这么跨着，等待着；我不得不等待，一座已经架成的桥，只要不倒塌，就不能不是一座桥。

　　一天，傍晚时分，我已记不清是第一次还是第一千次，我的思维早已陷入混乱并总在原处兜圈子。总之是夏季的一个傍晚，水声变得沉闷起来，这时我听见了一个人的脚步声！正向我走来，越来越近。——桥啊，快伸展你的身躯，无遮无拦的桥架啊，护住这如此信任于你的人吧。让他不平稳的步履变得稳健，在他失去平衡时要挺身而出，像山神一般将他送至对岸。

　　他来了，用他手杖上的铁尖敲击着我，又用它挑起我的衣摆，置于我身上，接着手杖尖捅进了我那灌木丛般的头发，久

---

① 本篇写于1917年初，1931年即作者死后7年才首次发表。标题为
　马克斯·勃罗德所加。——编者注

久停留其间，也许他正肆意地打量着周围。正当我胡乱地对他作着种种猜测时，他忽然双腿一跃，落在我身躯的正中间，剧烈的疼痛使我禁不住一阵战栗。这究竟是谁？一个孩子？一个梦境？一个拦路抢劫犯？一个轻生者？一个调查人？还是一个破坏者？于是我转过身来想看看他。——桥在翻身！我尚未完全转过来就崩塌了，我往下坠落，裂成碎块，跌进那些在哗哗流水中始终平静地注视着我的锐利的岩石中。

致某科学院的报告[①]

尊贵的科学院的长官们：

承蒙诸位厚爱，邀我向贵院呈交一份关于我的猿期生活的报告，我深感荣幸。

遗憾的是按此意恐难从命。我脱离猿类已近五载。在时间的长河中这一小段历程或许不足挂齿，但以我的感觉来说却是度日如年，漫无尽头，虽说这期间时有好人、良言、掌声、音乐伴随着我，但究其本质仍可说是孤独之旅，因为所有的陪伴，我实话实说，都远远地终止在铁栅前。倘若我当初执迷不悟死死依附于我的种族及对幼年时期的回忆，那么要获得今天这样的成功是绝无可能的，而力戒顽固正是我奉行的最高信条。作为自由自在的猿猴我给自己套上了枷锁，对旧时的记忆也因此而日渐淡薄。要是说当时的返归本族之途如同大敞着的天地之门，只要人们愿意就可任凭我走的话，与我那被鞭策着向前进步相比则变得日益狭隘、低下，而我生活在人类世界中也感觉

[①] 这篇寓言写于1917年夏，同年秋在《犹太人》杂志上问世，后收入1919年出版的短篇小说集《乡村医生》中。——编者注

更舒适、更亲近。那股从我背后吹来的来自过去岁月的狂风减弱了，如今它只成为一丝使我的脚踵略感凉意的过堂风。远方那个造就了我并送来这股风的洞穴已变得如此之小，纵然我拥有足够的力量和意志掉头回去，可要想重新挤进那洞穴至少也得被揭去一层皮。坦率地说——虽然我也喜欢选用婉转的表达方式——坦率地说，尊敬的先生们，你们脱离猿类虽说是历史悠远，但仍不及我与我的种族之间现有的距离。要说在脚踵上搔痒，则地球上人人皆然，不论是小小的黑猩猩，还是伟大的阿基琉斯①。

从最狭隘的意义上说，我或许能回答你们提出的问题，并且为能这么做而感到高兴。我所学的第一件事就是握手。握手意味着坦诚。今天，当我处在一生发展的高峰时不妨也坦然地讲讲我的第一次握手。我要讲述的事情对贵院来说不会有新奇之处，离人们当时要求于我的也相去甚远，那些详情我纵然有意也难以表述出来。尽管如此总还应该介绍一下大致过程，说明我是如何从猿猴逐渐步入人的世界并在那儿安身立命的。倘若我今天对自己尚无十分的把握，我在这文明世界的大舞台上的地位尚未达到坚不可摧的地步，我是绝不会叙述下列这些微不足道的小事的。

我的老家在黄金海岸，至于后来是怎么被人捕获的我也是

---

① 阿基琉斯：希腊神话中的刀枪不入的英雄，唯脚踵上有一处致命弱点，后导致他丧命。阿基琉斯并无搔痒之癖，这里作者使用俏皮的说法，说明这只猿猴对人世间的事还半懂不懂。

道听途说的。傍晚时分我们猿群去河边饮水，当时哈根贝克公司的一个远征狩猎队恰好守候在岸边的丛林中——后来我还和这公司的总裁共饮过多次红葡萄酒呢——枪响了，我是唯一被打倒的，身中两枪。

一枪打在面颊上，伤势不重，但留下了一大块红红的从此不长毛的疤。它给我带来了一个令我厌恶的、极不恰当的、简直可说是猴子发明的外号——红彼得，好像我与那只早已死了的、远近小有名气、被驯服了的猴子彼得的差别就只在这块红疤上，捎带说这么一句。

第二枪打在了臀部下方，伤得不轻，它使我至今走路仍有些瘸。不久前我在报上读到一篇文章，必是出自于一个不负责任地对我胡编乱造的报道者之手，像他那样的大有人在。他说在我身上猿的天性仍没有彻底克服，证据就是当我有客人时，爱脱下裤子展示那儿的枪伤。真该把这家伙写字的手指头一根根地打折。我当然可以在我认为合适的人面前脱下裤子。能看到的除了干干净净的皮毛外就是——这儿让我们为了某种目的而选择一个不会被误解的词——那颗罪恶的子弹留下的疤。一切都是明明白白的，毫无隐瞒的必要。在需要说明真相的时候，高明的人都会摒弃任何矫饰。相反要是那作者在有客人时也脱下裤子，情形就大不一样了。他没有这么做，我要说这是理智的表现。既然如此，他最好也不要用他的雅致来管我的闲事！

我中弹后醒来，发现自己已在哈根贝克公司轮船的中舱里，并被关在一个笼子中。从这儿开始我逐渐有了自己的回忆。那不是一个四周都围有铁栅栏的笼子，而只是三面如此，另一面钉死在一个木箱上，那箱子就是笼子的第四面墙。整个笼子又矮又窄，既站不直，也坐不下，因而我只能双膝不住打颤地半蹲着。由于我当时可能是不想见任何人，只想藏身在黑暗中，因此将脸冲向木箱，于是背后的铁条就紧紧地勒进肉里。人们认为在初期这般对待一头野兽大有益处。根据我的切身体会，今天我无法否认，事实确实如人所想。

可当时我的想法却不同，我生平第一次没有了出路。至少往前走是不行的，我的面前是箱子，木条连着木条，虽说中间有缝隙，刚发现它时我兴奋地叫了起来，可这缝隙窄得不够伸出我的尾巴，且用尽猿猴之力也无法将它扩大。

后来有人告诉我，说我当时出奇地安静，因而得出结论，我若是不立刻死掉，只要能安然度过第一段危险期就可以驯养。我活过来了，低声地抽泣，痛苦地找寻虱子，无力地舔食椰子果，用脑袋敲击木箱，见人靠近时就不断伸出舌头，这就是我在新生活初期的所有活动，伴随这一切的只有一种感觉：走投无路。当然我今天只能用人的语言来追述我当时作为猿猴的感觉，所以不免走样。但是尽管我现在已不能做到将昔日猿的真态表达出来，但大体情况确包含在我的叙述之中，这是无疑的。

先前，脚下的道路真是任我选，任我走，可这下无路可走了，我寸步难行。但就是把我牢牢地钉住，我行动自由的天性不会改变，为什么会这样的呢？你扯开脚趾间的肉找不到理由，你背顶着铁栅几乎被勒成两半也找不到答案。我无路可走，只得给自己制造一条，因为没有出路我是活不成的。永远如此贴着笼子壁站着我定会死去。但对哈根贝克公司来说，猿猴就该这样贴着笼壁的。于是我只得终止我作为猿的生涯了。一条清晰美好的思路就是这样好歹用肚皮想出来了，原来猿猴是用肚皮思维的。

我很担心，人们会不理解我所说的出路是什么，这个词在这里表达的是它最基本最完整的意思，我有意不使用"自由"这个词，我指的并非是那种完全彻底自由的感觉，作为猿猴我对它并不陌生。我认识一些人，他们对此充满渴望。至于我自己不论是过去还是现在从不要求自由，顺便插一句：在人类中间以自由来自欺欺人的实在太多了。就如把自由算作最崇高的感情之一，其相应的失望也算最崇高。我在马戏场登台演出之前常能看见一对艺术家在屋顶下的秋千架上表演，他们摇摆着、晃荡着，腾空而起扑向对方，伸手抓住对方，一个用牙叼住另一个的头发。"这也算得上是人的自由，"我想，"好一个自我炫耀的运动。"这可是对神圣自然的讽刺！若让猿猴看了，房子不被它们笑塌才怪哩。

不，我可不想要自由，要的只是一条出路，左边或是右边，去哪里都成。我没有其他要求，哪怕这出路只是一种假象，要求不高，假象也不至于很大。往前走，往前走！只要再不必高举双臂，紧贴笼壁，寸步难移！

今天我是明白了，若不是内心保持了最大程度的镇静，我是不可能逃脱的。我能有今天或许真该归功于我上船几天后就表现出来的镇静，而这镇静我又该感谢这船上的人们。

　　不管怎么说那都是些好人。我至今还很乐意回想起他们沉重的脚步声，这声音当时在我半睡半醒时始终在我耳边回响。他们习惯于做事很慢很慢。想要抬手揉一下眼睛，那手仿佛有千斤重。他们的玩笑很粗鲁，但很真诚。他们的笑声常和听着吓人其实并无恶意的咳嗽掺和在一起。他们时常随口啐唾沫，吐到哪儿他们是无所谓的。他们总是抱怨我把虱子传给了他们，但从不因此认真对我生气。因为他们知道，我的皮毛里就易生虱子，而虱子是会跳跃的，他们只得容忍。如果他们不上班，有时会来几个，围成半圆坐在我面前，不怎么说话，而是相互间咕噜几下，伸展四肢躺在木柜子上抽烟斗。只要我稍一动弹，他们就高兴地拍打膝盖。不时有人拿根小棍给我搔痒。如果我今天接到邀请再坐这条船旅行一次，我定会拒绝，但我也可以肯定地说，那条船的中舱留给我的并不都是恶劣的印象。

　　我从围坐在我面前的这群人中获得的平静使我首先放弃了逃跑的念头。从今天看来，仿佛当时我至少已经预感到，如果我想活下去，就必须找到一条出路，但这条出路绝不是通过逃跑来获得。我现在已不清楚，当时逃跑是否可能，但我相信，那是可能的；对一只猿来说逃跑总是可能的。我现在的牙齿就是咬开一颗普通的核桃都须小心翼翼，但在当初要咬断门锁都不成问题，可我没有那么做。那又能赢得什么呢？脑袋刚一探出去，就又会被抓回来，关进更糟糕的笼子里；或者我得偷偷逃到对面的其他动物那儿，比如与大蟒蛇为伍，然后，在它们的拥抱中丧生；或者我真能成功地偷跑到甲板上，跃出船舷，跳入水中，然后在茫茫大海上漂浮一阵，最后淹死。那都是无望的举动。我当时还不能像人那样事先作估计，但在周围环境影响下，我表现得好像事先作过估计似的。

我没有打算，但静静地作着观察。我看着这些人来来去去，总是那些面孔、那些动作，在我眼中常常就像是同一个人。这个人或者说是这些人走来走去是不受阻挠的啰。一个崇高的愿望朦朦胧胧地在我心中升起。没有人向我许诺过，如果我变得和他们一样，则笼子上的铁栅便可以拆掉，他们对这类显然不可能的事情是不会许这样的诺言的，可一旦事情成为现实了，那么事后许诺就会出现在早先曾无望地寻求过它的地方。那些人本身并不吸引我。假如我是上面提及的那种自由的追求者，我会把在这些人阴郁的目光中提示给我的大海视为出路。事实上我在思考这些事情之前就已开始观察他们，是大量观察的积累才把我逼向了这个特定的方向的。

要模仿这些人容易得很，吐唾沫在头几天我就会了。于是我们就互相朝脸上啐；区别只在于事后我会自己把脸舔干净，而他们则不这样做。烟斗我不久就抽得像个老手，后来还用拇指按按烟袋锅子，引起中层甲板上一片欢笑，只是空烟斗和满烟斗的区别我久久不得明白。

最难对付的要数烧酒了，那气味真叫够呛，我竭力克制自己，但是花了好几个星期才习惯。奇怪的是人们对我内心的斗争比起我的其他表现还看重。我对人光凭记忆辨别不清楚。但其中有一个不断地上我这儿来，有时独自一人，有时和同伴一起，不分白天黑夜，他手拿酒瓶走到我跟前，开始给我上课。他不理解我，想解开我存在的奥秘。他慢慢打开瓶塞子，而后瞧着我，看我是否有所领悟。我承认，我每次都狂热地以极度的专心看着他，在整个地球上人类尚无一位老师有过像我这样的学生。瓶塞子打开之后，他把瓶子举到嘴边，我的目光追随着他的动作直至他的喉咙；他点头表示满意，把瓶口放进嘴边。随着茅塞渐开我狂喜不已，尖叫着浑身上下乱挠一通。他高兴了，举起酒瓶喝下一口，而我为竭力模仿急躁绝望，结果在笼子里把自己弄得一身尿臊，这又使得他大为满意，于是就把酒瓶子离开身体远远地伸着，又猛地举起来，以夸张的姿势示范性地向后一仰，一口气喝干了酒。我被巨大的渴望搞得精疲力竭，虚弱地倚在铁栅栏上，再难跟着做下去。而他一边抚摸着肚子一边笑着结束了他的理论课。

以后才开始了实际的训练。我是否被理论部分搞得太累了？没错，是太累了。这也是我命运的一部分。尽管如此我依然尽可能像模像样地抓起放在我面前的酒瓶，颤抖着打开瓶塞。由于成功又生出了新的力量，于是我举起瓶子，与示范动作毫无二致，把它放在嘴上，然后出于厌恶，真是出于厌恶，虽说它是空的，只有残存气味，还是厌恶地把它扔到地上。这使老师很难过，我自己则更难过。摔了酒瓶后我虽然没忘一边笑着一边优美地摸摸肚子，仍然不能使自己和老师达成谅解。

如此这般反复上了无数次课。我的老师并不因此生我的气，令人尊敬。只是有时他把燃着的烟斗凑近我自己够不着的某处皮毛，直到那儿都冒烟了，随后他又会用他的大手将火压灭。他并不生我的气，因为他明白，我们俩是站在同一边与我的猿性作斗争，而我承担的部分更艰难。

后来有件事不论对他还是对我显然都是一个了不起的胜利：一天晚上，我当着众多人的面——或许那正是一个节庆日，有台留声机在唱着，一军官模样的人在人群中踱着步，我就在这天晚上，恰是在人们不留意我的时候，抓起了一只无意中放在我面前的酒瓶，在现场观众越来越集中的目光注视下以标准的动作打开瓶塞，将瓶口放到嘴边，没有犹豫，没有咂嘴，而是双目圆睁，喉咙起伏，像个喝酒的老手，扎扎实实地把酒喝了个精光。然后，不再是出于绝望，而是艺术家一般漂亮地把瓶子一甩；虽说忘了摸摸肚子，却在欲望的促使下与感官的轰鸣中，也是由于再无别样的选择，发出了人的声音，清楚短促地喊了声"哈罗"，并以这声呼喊跃入了人的群体。他们的"听啊，他说话了！"的回答好似亲吻，抚慰着我整个汗淋淋的身体。

我再次声明：我并无兴趣模仿人类；我之所以模仿，那是为了寻找一条出路，这是唯一的原因。一次胜利也还是远远不够的，那声音紧接着就发不出来了。几个月以后才得以恢复。对酒瓶的反感甚至还越发加剧。但我的方向从此也就永远定下来了。

当我在汉堡被交给第一个驯兽师时，我很快就意识到了我面对的有两种可能：动物园或是马戏团。我没有犹豫，我对自己说，全力以赴争取进马戏团。这是条出路。动物园不过是又一只新笼子，你一旦进去，也就完了。

我继续在学啊，先生们。人只有在不得已的时候才肯学习，只有在想寻找出路时才肯这样学。学习变得毫无顾忌，自己成了监督自己的鞭子，最微弱的抵抗都会招致皮开肉绽。猿的天性咆哮着、飞滚着离我而去，以致使我的第一位老师自己都沾上了猿性，从而不得不终止课程，被送进一家疯人院，幸亏他不久就出院了。

可我却累坏了许多老师，有几个甚至是同时为我累坏的。后来，当我对自己的能力有了更多的把握的时候，当公众对我的进步表示出兴趣，我的前途开始变得辉煌起来的时候，我就自己聘请来老师，把他们安排在五个彼此相联的房间里，我不停地从这间跑到那间，同时听他们上课。

这是何等的进步啊，知识的光芒从四面八方同时照进我逐渐开化的头脑，我不否认我感到了幸福，但是我也要声明：我并没有飘飘然，当时没有，现在就更不会了。在作了一番迄今为止天底下还未曾有过的努力之后，我达到了欧洲人具有的普通教育水平。就此事本身来说也许并无超常离奇之处，但是它帮助我脱离了铁笼，给了我一条特殊的人的出路。德语中有句绝妙的俚语，叫作"溜之大吉"，我正是这么做的，我溜出来了。在无自由选择的前提下我无别的路可走。

回顾我的发展道路和迄今已达到的目标时，我既不抱怨，也不觉满意。双手插在裤兜里，桌上放着酒瓶，我半坐半躺在摇椅中，眼望窗外。有客人来访，我按应有的方式接待。我的代理人守在外屋，我一按铃他便进来听取吩咐。晚上几乎都是演出，我的成功可以说已接近顶峰。深夜我若是从宴会、学术团体，或是舒适的聚会回到家里，总有一只半驯化的小母猩猩在等候我，我以猿的方式在她身边享受天伦之乐。白天我可不想见她，因为她目光中带有半驯化野兽的那种迷乱的凶光，这只有我才能看得出来，而我不敢看它。

从大体上说我总算达到了我想要达到的目标。不能说这不值得我做那些努力。再说我不想由人来作评判。我只想传播知识，我仅仅在报道，对你们，尊贵的科学院的长官们亦复如此。

马戏团 ^①

马戏团今天要演出一场大型哑剧，一场水上哑剧。整个马戏场都设在水下，波塞冬 ^② 将率领他的随从们劈波斩浪，接着奥德修斯的船出现了，传来了塞壬海妖们的歌声，然后维纳斯将赤身裸体从水里冉冉升起。这也可以说是展示了一个现代化的家庭游泳池里的生活情趣。马戏团团长，一个白发老汉，却一直还是腰板硬朗的马戏团骑手，对这场哑剧的成功演出寄予厚望。也极有必要取得一次成功，因为去年很糟，几次巡回演出失败遭受了巨大损失。现在到了这座小城了。

---

① 选自《笔记和散页断片》，标题为编者所加。——编者注
② 波塞冬和以下几个名字都是希腊神话故事中的人名。——编者注

一条狗的研究

　　我的生活发生了多大的变化啊！而从根本上看，又是多么缺少变化啊！当初，我曾置身于狗类中间，分担着它们的忧虑，可谓狗群中的一条狗。如今，当我回忆起这段岁月时，凝神细看，却发现这里始终有着不对头之处，存在着一条小小的裂缝。在参加值得尊重的民间活动时，我总有些不自在，即使与亲朋好友在一起，有时亦会如此，不，不是有时，而是经常如此。仅仅朝一条自己喜欢的狗看上几眼，仅仅看上几眼，从它身上发现某些陌生的东西，我就会慌乱、发窘、手足无措，甚至感到绝望。我作了一定的努力来劝慰自己，听我吐露过心事的朋友们也对我进行了帮助，于是出现了一些较为平静的时光。尽管其间仍不乏那种令我窘迫的事情，但我已能较为从容地面对它们，较为从容地将之纳入生活。或许这样做令我感到悲哀和疲惫，但也使我得以作为一条有点冷漠、内向、胆怯和精打细算，但总的说来仍属正常的狗生存下来。我怎能——即使没有这些休养期——熬到现在安享的晚年？怎能以一种平静的态度看待青少年时期的恐惧并忍受老年时期的恐惧？怎能从我自己承认的那种不幸或者说——为了表达得谨慎一些——不大幸运的禀赋中得出一些结论，并几乎完全根据这些结论而生活？我孑然一身，离群索居，埋头于无望的、但对我而言不可缺少的小小的研究工作。我就过着这样一种生活，但并未因为远离民众而失去对它们的了解。经常有各种消息传到我耳边，我也不时地把自己的情况告诉别的狗。它们对我都怀着尊敬之情，虽然它们无法理解我的生活方式，但并不在意。有时我看见一些年轻的狗从远处跑过，它们属于新的一代，对它们的童年我连一丝模糊的印象都没有，然而即便是它们，看到我时也总不忘恭敬地向我问一声好。

不能忽视的是，尽管我有着种种明显的怪异之处，但远未达到完全与众不同的地步。只要想一想——对此我有的是时间、兴趣和能力——就可发现，狗类的情形可谓值得赞叹。除我们狗以外，世上还有许多其他种类的生物：可怜的、卑微的、哑的，以及只会发出某些叫喊声的生物。我们中有许多狗专门研究它们，给它们起了名字，还不遗余力地帮助、教育和改良它们。我对它们则视而不见，常将它们彼此混淆，只要它们不来打搅我，我对它们是漠不关心。但它们有一个特点却非常显眼，引起了我的注意。这就是：与我们狗相比，它们都很不合群，彼此形同陌路，互不交谈，还怀着某种敌意，只有最共同的利益才使它们发生些许表面的联系，而即便是这些利益，也常引起仇恨和纠纷。我们狗类则与此相反！可以说，我们所有的狗几乎抱成一团，不管岁月造成的无数深刻的区别使我们之间产生了多大的差异，我们全体狗都抱成一团！我们都往一处挤，什么也阻止不了。我们的一切法律和机构——其中的少数我还熟悉，但大多数已被我遗忘——都可追溯到那种对我们可以企及的最高幸福的渴望，即对温暖的共同生活的渴望。不过，这里也存在着矛盾之处。据我所知，没有一种生物像我们狗一样居住得如此分散，没有一种生物像我们狗一样在等级、种类和职业方面有着如此众多和难以辨清的区别。我们希望彼此都在一起，并屡次克服重重困难，在那些激动人心的时刻做到了这一点，但也恰恰是我们天各一方，各自从事着自己独特的、常为别的狗所无法理解的职业，恪守着一些并不属于狗类、甚至与狗类相敌对的规章。这是些何其难解的事情啊！最好是敬而远之——这种立场我很能理解，甚至比我自己的立场还理解——但我依然沉醉于这些事情。为什么我不像别的狗那样融入民众之中，默默地忍受破坏这种融洽气氛的事物，把它视作大账目中的小错而忽略不计，永远面向把大家幸福地连接起来的事物，远离那些经常不可抗拒地将我们拉出民众的圈子的事物呢？

我想起了青少年时期的一件事。那时我正处于一种莫名的、飘飘然的兴奋状态，每个少年大概都有过这种经历。当时我还很年轻，一切都令我满意，一切都与我息息相关。我以为身边正发生着一系列伟大的事件，我作为这些事件的总指挥，必须为之呐喊。倘若我不为之奔走，为之晃动我的身躯，它们便会可怜巴巴地被遗弃在地。随着时间的流逝，这种儿童的幻想渐渐消失，但那时却十分强烈，使我完全为其所左右。不仅如此，后来也确实发生了一件异乎寻常的事，似乎应验了我那不着边际的期望。其实事件本身并无异常之处，后来我还碰到过许多类似的、甚至更为奇特的事情，但当时它却给我留下了强烈的、全新的、不可磨灭的印象。事情是这样的：我遇到一群狗，确切地说，不是我遇到它们，而是它们向我走来。当时我已在黑暗中跑了很久，心里充满着对伟大事物的预感，这种预感当然很容易落空，因为我经常怀有这样的预感。我在黑暗中漫无目的地跑了很久，对一切都听而不闻，视而不见，纯粹被一种莫名的渴求驱使着向前行进。突然，我停住了脚步，因为我感到自己已到了该到的地方。我抬头一望，发现这是一个晴朗的日子，只是稍微有点雾气，一切都散发出醉人的芳香。我乱吠几声问候早晨，就在此时——仿佛被我的喊声招来似的，随着一阵闻所未闻的可怕的喧闹声，不知从哪个黑暗的角落钻出七条狗，来到了亮光下。若不是我已看清它们是狗，并且喧闹声是它们自己带来的——尽管我未能看清它们是如何发出这种喧闹声的，我早已落荒而逃。既如此，我便站着未动。那时，我对狗类特有的创造性音乐天赋几乎一无所知，它很自然地一直处于我那发展迟缓的观察力之外。须知从婴儿时期开始，我的周围就一直充满着音乐，它对我是一种自然的、不可或缺的生活要素，没有什么迫使我将它与生活的其余部分分开，人们只是根据一个儿童的智力水平，向我作了一些暗示。正因为这样，这七位音乐大师的出现使我更觉突然，简直要将我击倒。它们既不说话，也不唱歌，全都近乎顽强地沉默着，但它们却在这片空荡荡的地方凭空变出了音乐。一切都是音乐，它们四肢的一起一落，头部的某种转动，它们的奔跑和止步，它们彼此采取的姿势，行进时那种轮舞般的连接方式等，都是音乐。它们行进时，或是各自将前爪搭在另一条狗的背上，最前面的那条狗则直立着承受其余几条狗的全部重量，或是用伏地而行的身躯构成各种互相缠绕的姿势，却绝不因此而迷失方向。走在最后的那条狗亦是如此，尽管它略显慌乱，老是不能立即与同伴连接上，有时在旋律响起时身体有些摇晃，但这种慌乱只是相对于其同伴的从容镇定而言的，而且即使它再慌乱一些，乃至非常慌乱，也不致造成什么损害，因为其他几位大师一丝不苟地保持着节奏。然而，我又几乎瞧不见它们，几乎瞧不见它们中的任何一个。它们刚才骤然而至，我从心底里把它们作为狗来问候，虽然它们带来的喧闹声最初曾把我搞懵，但它们毕竟是狗，普普通通的狗，令我用很平常的目光打量它们，就像打量几条半路邂逅的。我曾想走上前去，与它们互致问候，而它们也确乎近在咫尺。虽然它们比我年长，也不是我所属的那种长毛狗，但在身材和大小方面并非与我大相径庭，而是大同小异，我见过许多属于此类或与此相近的狗。正当我沉浸在遐想中时，那音乐声已逐渐升高，几乎抓住了我，强行将我扯离这些真实存在的小狗。我拼命反抗，痛苦不堪地尖叫着。我已无法顾及别的，满耳都是那从各个方向，从高处、低处和四面八方传来的音乐。这音乐以听众为中心，向它倾泻，向它压来；在面临被消灭的情势下，它觉得这音乐近得已属遥远。它几乎轻不可闻，却仍似吹号之声。不一会，它又放开了我，因为我已被彻底击垮，精疲力竭，虚弱不堪，根本无法再听下去。我获得了释放，眼看着这七条小狗蹦跳着向前行进。尽管它们的神色拒人于千里之外，我还是打算跟它们搭话，以便向它们请教，问问它们究竟在这里干什么——当时我还是个孩子，总以为有权随时向任何狗发问。但我尚未开口，尚未感受到与七条狗之间美好、亲密的同胞关系，那音乐声再度响起，把我搞得头昏脑涨地在地上直打转，仿佛我也成了这群乐师中的一员，而实际上我却是它们的受害者。不管我如何求饶，乐声仍将我抛来抛去，最后又把我挤入一团树丛，将我从它自身的威力中拯救出来。在此之前，我一直未发现这地方周围都长着树木。我被树丛紧紧地围住，低着头。虽然外面空地上乐声依然震天价地响，我却终于得以喘口气。说真的，较之这七条狗的艺术——这种艺术对我是不可思议的，也完全超越了我的能力，我更钦佩它们那种完全听凭其创造物摆布的勇气，以及泰然地忍受这一切、并不因此而屈服的力量。然而，当我从藏身处仔细观察时，却发现它们并不那么泰然，而是紧张之极。乍一看，它们腿部的运动十分从容，其实每迈一步都会不住地颤抖。它们用近乎绝望的目光彼此呆望着，它们的舌头也不听使唤，老是从嘴里耷拉下来。使它们如此紧张不安的，不可能是成功引起的害怕；凡是具有这等勇气、能够做出这种举动者，不可能再产生害怕——有什么可以害怕的呢？有谁强迫它们在此做这种事呢？我再也忍不住了，特别是因为我不知怎么觉得它们现在很需要帮助，于是我用盖过所有喧闹声的嗓门，大声喊出了自己的问题，然后静候它们的回答。然而无法理解！简直无法理解！它们竟然没有回答，仿佛我根本不存在似的。而对其他狗的呼唤不作回答，是一种违背良好的社会习俗的行为，任何狗，不管是最大的狗还是最小的狗，都绝不能得到原谅。这些难道不是狗？它们怎会不是狗？侧耳细听，我甚至能听到它们在彼此轻声地鼓劲，指出困难所在及应防止的差错。这些话大多针对走在最后的那条最小的狗。我注意到它不时地瞟我几眼，似乎很想回答又竭力忍住，因为回答是不允许的。可是为什么不允许呢？我们的法律一直要求无条件做到的事情，为什么这一次却不允许呢？我怒不可遏，差点忘了音乐的存在。这些狗触犯了法律。不管它们是多么了不起的魔术师，也必须遵守法律，这是我这个小孩也很清楚的道理。从树丛里望出去，我还看到了更多的东西。如果说这几条狗是出于负罪感而沉默，那它们确实有理由保持沉默。由于音乐过于喧闹，我现在才发现它们的所作所为。这些卑鄙的家伙已全然不顾羞耻，做出了最可笑也最不正经的举动，用两条后腿直立着向前行进。呸！它们裸露出身子，而且不以为耻反以为荣地展示着：它们对此洋洋自得，偶尔在良好的天性驱使下放下前腿。然后，它们会大吃一惊，仿佛犯了什么弥天大错，仿佛天性反倒是错误，于是立刻收起前腿，眼中流露出因为不得不暂时中断的罪孽而恳求宽恕的神色。世界颠倒了吗？我这是在哪儿呀？到底发生了什么事？为了自身的存在，我不能再犹豫了。我从团团缠住我的乱木丛中一跃而起，准备向那几条狗跑去。我这个微不足道的学生不得不充当老师的角色，让它们明白自己究竟干了些什么，以防它们再犯下其他的罪孽。"这么大年纪的狗！这么大年纪的狗！"我不住地喃喃自语着。就在我刚离开树丛，再跳两三下就可靠近它们时，又是那喧闹声将我制服了。也许我本可凭着一股激情抵御这种我已熟悉的喧闹声，它尽管可怕，充塞了整个空间，也许仍可被战胜。然而，从这可怕的喧闹声中，突然又响起一种清晰、严厉、均匀的声音，仿佛一成不变地从极远的地方传来似的，可能就是喧闹声的内在旋律，于是我被迫就范。哎，这些狗制造出来的音乐具有多大的迷惑力啊！我无能为力，再也不想教训它们，随它们又开双腿犯罪作孽去吧！随它们诱使别的狗犯下袖手旁观的罪孽去吧！我只是条微不足道的小狗，谁能要求我承担起如此艰巨的任务呢？我的行动使我显得更加微不足道：我呜咽起来。如果此时那些狗征求我的意见，我也许会承认它们做得对。不一会，它们带着所有的喧闹声和亮光，重新消失在黑暗之中。

我刚才已说过，整个事件并无特异之处。我们在漫长的一生中碰到的某些事情，从其内在联系及从儿童的眼睛看来，远比这一事件奇特。此外，人们当然也有可能——如一种确切的说法表示的那样——"不以为然地说"（正如他们对任何事情一样），这件事其实很平常，无非是有七位音乐家来到此地，想在静谧的清晨演奏音乐，突然有只小狗瞎闯过来。音乐家们想用特别可怕或庄严的音乐赶走这名讨厌的听众，却是枉费心机。

这位不速之客乱问一气，败人雅兴，音乐家们对它的出现本就厌烦之极，难道还能要求它们烦上加烦，回答它的问题？即使法律规定对每条狗都应有问必答，但这个瞎闯进来的小不点儿能算一条值得一提的狗吗？而且它提问时含糊不清，它们很可能根本就没听懂。也可能它们听懂了它的意思，并且费了很大的自制力才作了回答，但对音乐一窍不通的小不点儿却无法将它们的答复从音乐声中分辨出来。至于后腿的事，也许它们那天确实破天荒地只用后腿行走，这确实是作孽！然而当时并无别的狗在场，这七条狗又是朋友关系，它们私下聚会，跟在家里差不多，可以说是单独在一起。因为只有朋友们聚会的地方，并不能算公共场合，而一条四处乱跑的好奇的小狗，是不能使非公共场合成为公共场合的。就这件事来说，岂不是跟什么事也没发生一样？虽然并不完全如此，但也差不多。此外，做父母的应当教育子女不要到处乱跑，而要保持沉默，尊敬长辈。

若到这个地步，则事情已经解决。但在大狗们看来已解决的事情，对小狗来说并未解决。我四处奔走，讲述自己的所见所闻，不住地提问、谴责、研究，碰到一条狗便想带它到现场，指给它看我当时所处的位置，那七条狗又在什么位置，它们在什么地方以及怎样跳舞、奏乐。如果有谁跟了我走，我也许还会牺牲自己的纯洁，用后腿直立起来，以便把一切描述得更为形象，但它们无一例外地将我甩开了，还嘲笑一番。不过，人们虽然对一个小孩的一切举动都会生气，但最终也会原谅它的一切。我却一直保留着这种儿童的天性，就这样步入了老年。

对那个事件，我现在已不再把它当回事，但当时却不断地大声宣扬，将它分解成若干部分，对那些当事者进行衡量，而丝毫不顾及我所处的社会。我对这件事久久不能忘怀，跟别的狗一样对它感到厌烦，所不同的是我力图通过研究将它搞个水落石出，以便有朝一日能将目光转向普通、宁静和幸福的日常生活。在随后的岁月里，直至今天为止，我完全像当时那样工作，尽管采用的方式少了些孩子气，但差别并不大。

事情是从那场音乐会开始的，对此我并无怨言。我的天性在此起了作用，纵然没有那场音乐会，但也会去寻找另一个机会，以便取得突破。只不过事情来得太快了一点，使我当初甚至感到遗憾，它夺去了我的大部分童年时光。年轻时的幸福光景，有些狗能将它延长到数年之久，而我却只有短短几个月。算了，世上毕竟还有比童年更重要的东西。也许，经过严酷生活的锤炼，我能在老年时获得更多的儿童式的幸福，并且有力量承受这种幸福，而一个真正的儿童则缺少这种力量。

我当时是从一些最简单的东西开始研究的。材料并不匮乏，相反，令我在灰暗的日子里陷入绝望的，恰恰是过于丰富的材料。我首先研究狗类以什么为食的问题。这当然不是一个简单的问题。从远古时代起，我们一直在研究它，它是我们思考的主要对象。我们在这一领域所作的观察、尝试及所持的观点，可谓不计其数。它已成为一门独立的科学，其规模之宏大，不仅超越了单独一条狗的理解力，也超越了全体学者的理解力，唯有整个狗类联合起来，才能承担起这门学科的重任。而且，整个狗类也是勉为其难，不能完全胜任；旧的、早已拥有的庄园中老是有地方塌下，不得不吃力地修修补补。整个狗类尚且如此，我的研究的困难之大、任务之艰巨，就更不必赘言了。请不要对此提出异议，所有这一切我都知道，就如任何一条普通的狗一样。我无意涉足真正的科学，尽管我对它怀着应有的尊敬，但缺乏为之添砖加瓦所应具备的学识、勤勉、宁静和胃口，后者在最近几年尤其缺乏。我将食物狼吞虎咽地吃下去，但并不以为值得对之进行最起码的有条不紊的农业方面的研究。在这一点上，我觉得一切科学的提要，即母亲让婴儿断奶踏上生活之路时所说的"尽你的可能，把一切弄湿"这条小小的规则，已是绰绰有余。这里岂不是几乎包含了一切？我们的祖辈们即已开始的研究，又能增添多少举足轻重的内容？细节、细节，这一切多不稳固！而只要我们仍然是狗，这条规则就将永远存在。它涉及的是我们的主食。诚然，我们还有其他辅助手段，但在危急关头，只要年岁不是过于严峻，我们便能以主食为生。我们在地上找到这种主食，而土地则需要我们的水，它以我们的水为食。只有我们付出这一代价，它才肯给予我们所需的食物。不过不要忘记，我们可以通过某些特定的咒语、歌声和动作，加速食物的出现。我认为这就是一切，不必再说别的。在这一点上，我与大部分狗是一致的，任何与此相左的异端邪说，都为我所严加排斥。说实在的，我觉得这与独特性无关，也不是谁有理的问题。能与同胞们保持一致，我会感到很高兴，在这个问题上正是如此。然而，我自己的行动走的却是另一个方向。现象告诉我，若按科学规则对土地进行浇灌和耕作，它就会给我们食物，且其质量、数量、方式、地点和时间均符合为科学完全或部分确证的规律。这一点我承认，但我要问的是："土地是从哪儿弄来这些食物的？"对这个问题，人们往往装作没听懂，最多回答一句："你要是不够吃，我们可以分给你一点。"这个回答值得珍视。我知道把到手的食物分给别人，并非我们狗类所具有的美德。我们的生活十分艰难，土地龟裂，科学虽然积累了丰富的知识，其实际成果却少得可怜。因此，谁有食物都会留着自己享用。这并非自私，相反，这是狗类的法则，是项全民一致同意的决定，它产生于克服自私的愿望，因为拥有食物的狗总是少数。所以，"你要是不够吃，我们可以分给你一点"这个回答一般只是句惯用语，一句玩笑话、打趣话而已。我并未忘记这一点。当我那时四处追问时，人们说这句话时却无嘲讽之意，这对我来说，意义就更不同寻常了。尽管它们总是没东西给我吃——你叫它们到哪儿去拿，如果有，也自然会因自己饥肠辘辘而忘掉别人，但它们的诚意是假不了的，有时若抢得快，我还真的能得到一点小东西。它们为什么待我这样特别，这样关心我、优待我呢？是因为我是条瘦弱的、营养不良的狗，太不注意收集食物吗？但营养不良的狗比比皆是，它们哪怕有一丁点儿可怜的食物，别的狗也会千方百计将它从嘴边抢走，这并非出于贪欲，而往往是出于原则。不，它们是在优待我，虽然我拿不出足够的证据，但至少有这个印象。那么是否因为我的问题使它们感到很高兴，它们觉得这些问题很聪明呢？不，它们并未感到高兴，而且认为我的问题都很愚蠢。但使我引起它们注意的，只可能是我所提的那些问题。看样子，它们宁肯做出令人难以置信的事，拿食物堵住我的嘴——尽管没堵，但有这种意图，也不愿容忍我的发问。要是这样的话，它们尽可将我赶走了之，禁止我提出问题。不，它们不想这么做。它们虽然不愿听我的问题，但也恰恰因为我的这些问题而不想把我赶走。虽然它们对我百般嘲弄，把我作为一头愚蠢的小动物来对待，将我推来搡去，然而，那段时间却是我声望鼎盛之时，后来再没有出现过类似的情形。那时我到处都可随意出入，没有受到任何刁难，表面上似乎受到了粗暴的对待，实际上人们都在刻意迎合我，而这一切都只是因为我的问题、我的急躁和我的研究欲。是不是它们希望以此麻痹我，不用暴力，近乎慈爱地将我带离一条错误的道路，而这条道路的错误又尚未确定无疑到允许它们使用暴力的程度？——一定的尊敬和畏惧也能防止暴力的使用。那时我已有这种感觉，现在则是一清二楚，比那些曾如此对待我的狗知道得更为清楚。不错，它们是想把我从所走的道路上引开。它们没有成功，恰恰相反，我的注意力更为集中。我甚至发现，想诱惑别人的其实是我，而且取得了一定的成功。由于狗类的帮助，我才开始明白自己的问题。例如，当我问"土地是从哪儿弄来食物的"时候，我是否在关心土地，关心土地的烦忧呢？根本不是。我不久即发现，土地于我无关痛痒，我关心的只是狗，没有别的。除了狗以外还有什么呢？在这茫茫无边的世界里，除了狗我们还能向谁呼唤呢？一切知识，所有问题和答案的总和，均已包含在狗的身上。要是能使这些知识产生效用，将其揭示出来，那该有多好！要是它们知道的并不比它们承认、比它们对自己承认的要多得多，那该有多好！最健谈的狗也比美味佳肴所在之处更难接近。你蹑手蹑脚地围着别的狗转悠，垂涎欲滴，用尾巴打着自己的身子，发问、恳求、吠叫、撕咬，最终实现的却是不费吹灰之力也可实现的目标：亲密的倾听，友好的触摸，尊敬的嗅闻，热烈的拥抱，我的吠叫和你的吠叫合为一体，一切都是为了这个目标，一种迷醉、忘却和发现。但最想达到的一点却一直不见踪影：承认知识。若诱惑已至极点，那么对这个请求——不论是无声的还是大声的——回答，最多也不过是麻木的神情、乜斜的目光，以及眯缝着的无神的眼睛。这跟我小时候向那七条演奏音乐的狗搭话而它们却沉默不语的情形并无多大区别。

也许有谁会说："你责怪你的同胞，责怪它们对重大问题三缄其口；你声称它们知道的要比它们承认的以及想在生活中应用的要多得多；它们的缄默——对其原因和秘密，它们自然也保持缄默——毒化了生活，使你不堪忍受，你不得不改变或放弃这种生活。你说的也许不无道理，但你自己也是条狗，同样拥有狗类的知识，你不妨也开一下金口，不是以问的形式，而是作出回答。你若说将出来，谁会出来反驳？所有的狗都将齐声附和，仿佛它们期待已久。于是你将如愿以偿，把一切都弄个水落石出。使你满口怨言的这种悲惨生活的屋顶将会洞开，我们所有的狗都将一条接一条地升向高度的自由。即使这最后一点不能实现，即使情况比以前更糟，即使全部真理比局部真理更不堪忍受，即使事实证明沉默者作为生活的维护者是有理的，即使我们现在尚存的一线希望变成彻底的绝望，把话说出来试试总是值得的。谁叫你不愿过那种你可以过的生活呢？总之，你为什么指责别的狗三缄其口，自己却同样一声不吭呢？"

回答很简单：因为我是一条狗。在本质上我与别的狗一样沉默寡言，不愿回答自己的问题，因为恐惧而冷酷无情。确切地说，至少在成年之后，我可曾因为想得到回答而向狗们提问过？我会存有如此愚蠢的奢望吗？难道我一边亲眼目睹我们生活的根基，感觉到它的深厚，亲眼目睹工人们在建设，从事着它们灰暗的工作，一边却不住地希望因为我的问题而结束、毁灭和抛弃这一切？不，我确实不再有这样的期望。我理解它们，我的血管里流淌着与它们相同的血，那可怜的、依然年轻的、充满渴求的血。然而，我们共有的不光是血，而且还拥有共同的知识；不光拥有共同的知识，还共同拥有打开这些知识的钥匙。没有它们我就没有这一切，没有它们的帮助我就无法拥有这一切。那些铁硬的、含有最高贵的骨髓的骨头，只有全体狗用所有牙齿一起去咬，才能对付得了。这当然只是一个譬喻，一种夸张。倘若所有牙齿都跃跃欲试，那么它们根本不必去咬，骨头将会自动打开，让最弱小的狗也能吸到骨髓。如果我停留在这一譬喻上，那么我的意图、问题和研究，就会显得不可告人。我这是要把所有的狗都逼到一处，利用它们摩拳擦掌的神情施加压力，威逼骨头自动打开，然后打发别的狗到它们喜欢的生活中去，以便自己可以静静地将骨髓独吞。这真有些骇人听闻，好像我要吮吸的不单单是某条狗的骨髓，而是以整个狗类的骨髓为生。然而这只是一个譬喻而已。我所说的骨髓根本不是食物，而是一种毒药。

我的问题只使我自己还在忙个不停，我想用沉默这个我还能从周围得到的唯一回答给自己鼓劲。通过研究，你日益清楚地发现狗类沉默不语，并且还将一直沉默下去，对此你还将忍受多长时间呢？你还将忍受多长时间呢？这是我真正存在的问题，它压倒了所有其他具体问题：它只针对我而提出，并不累及别的狗。遗憾的是，对此我可以比那些具体问题回答得更为干脆：我将坚持到自己寿终正寝之日，老年时的安宁往往更能对付不安的问题。我大概会在默默无语的环境中默默地、近乎安详地死去，我将泰然自若地迎接死神的降临。仿佛是命运的恶意安排，我们狗类生就一颗异常强劲的心和一对不会过早衰竭的肺。我们抗拒所有问题，甚至包括自己的问题。我们是沉默的堡垒。

最近以来，我越来越频繁地反思我的生活，试图找出自己可能犯下的贻害无穷的重大错误，结果并未找到。但我肯定犯过这样的错误。因为如果我未犯重大错误，而仍未能通过一辈子规规矩矩的工作达到想要达到的一切，那就证明我所要的一切是不可能的，从而产生彻底的绝望。看看你一生的事业吧！最初是研究"土地从哪儿给我们弄来食物"这一问题。一条年轻的狗，从根本上说自然十分渴望享受生活的乐趣，但我却放弃一切享受，避开一切娱乐，将头埋在腿间抵御各种诱惑，全力以赴地投入到工作中去。这并不是学者的工作，无论从学识、方法，还是从意图上看，都不是。这些大概算是错误，但不可能起过决定性的作用。我学识浅薄，因为我过早地离开了母亲，马上开始独立生活，过着自由散漫的日子，而过早独立是不利于系统性的学习的。然而，我见闻甚广，与许多不同种类和职业的狗作过交谈，自以为对一切都能心领神会，能将那些个别观察有机地联系起来，这在一定程度上弥补了学识的不足。此外，独立性尽管不利于学习，对我的研究却是某种长处。特别是由于我不能遵循科学的正确方法，即利用前人的成果并和同时代的其他研究者保持联系，因而独立性就显得更为必要。我单枪匹马，从零开始，怀着这样的念头开始工作：我将画上的偶然的句号，也必须是最终的句号。这个念头在年轻时令人振奋，到了老年却令人沮丧。我是否真的曾经并一直这样孤独地从事研究？既是又不是。无论过去还是现在，都不可能没有别的狗处于与我相同的境地。我不可能糟到这种地步。我与别的狗并无区别，每条狗都与我一样好问，我与每条狗一样喜欢沉默，大家都喜欢发问。否则，我的问题怎能引起即便是最轻微的震动（我常有幸兴奋地——但这是一种夸张的兴奋——目睹这种震动）？倘若不是这样，我岂非不得不达到更多的目标？我喜欢沉默，这一点可惜无须特别的证明。总之，我与其他任何一条狗基本上没有什么不同，正因为如此，尽管存在着分歧和反感，大家一般都还会承认我，我对它们亦会如此。我们所不同的只是成分的组合而已，这在每条狗是个很大的区别，但从整个狗类看却微不足道。自古至今，这些一直存在的成分的组合，难道从未产生过与我的组合相似的结果？如果说我的组合本来就不幸，这样一来岂不是还要不幸得多？不，这与所有其他的经验不相符合。我们狗类从事的是最美妙的职业，倘若不是知之甚深，你根本不会相信这些职业的存在。这里我最喜欢举的例子便是空中之狗。当我第一次听说有这么一条狗时，禁不住哈哈大笑，无论如何也不相信。这是一种什么样的狗呢？据说它的个子极小，比我的脑袋大不了多少，即使到了老年也不会增大。它们的体质当然很弱，外表不自然、不成熟，梳理得过分精细。这种连像模像样地跳一下也不会的狗，据说通常在高空活动，不过并非从事着看得见的工作，而是在静养。不，要让我相信这种无稽之谈，我觉得简直是在滥用一条年轻的狗的公正。但过不多久，我又从别处听到了有关另一条空中之狗的传闻。这会不会是人家串通好了来愚弄我的呢？但接着我便看到了那七条演奏音乐的狗，从此我便认为这种传闻可能是真的，我的理解力不再受任何成见的束缚，对最无意义的流言我也洗耳恭听，紧追不放。我觉得在这毫无意义的生活中，最无意义的事比富有意义的事更有可能发生，并且特别有助于我的研究。空中之狗亦是如此。我听到了许多有关它们的传闻，尽管至今未能亲眼见到一条，但对它们的存在我早已深信不疑，它们在我的世界观中占有重要的地位。如在大多数情况下一样，这里当然也不是艺术引起我的沉思。谁也无法否认，这些狗能在空中飘浮是不可思议的。在对此表示惊异这一点上，我与众狗不谋而合。但我觉得更不可思议的还在于空中之狗存在的无意义，那种沉默着的无意义。总的说来，它们的存在完全没有理由。它们飘浮在空中，日复一日，生活仍在按自己的规律继续，人们间或会说起艺术和艺术家，这就是一切。可是善良的狗们，这些狗为什么飘浮呢？它们的职业有何意义呢？它们在上面飘浮，听凭狗类引以为荣的四条腿萎缩下去，离开了供养它们的土地，不劳而获，据说还靠损及狗类的利益而吃得特别好，这一切又是为什么呢？可以自夸的是，我的发问产生了一些反应。人们开始解释理由、收集理由，不过仅限于此，不会越出这一范围。但不管怎样，毕竟有所行动。它们虽然未能揭示真理——这是永远不可能达到的，但揭示了谎言深处的一些纷乱情况。我们生活中的一切无意义的现象，尤其是最无意义的现象，均可得到解释。当然不是全部——那是天大的笑话，但足以挡住那些不愉快的问题。不妨再以空中之狗为例：它们并不如人们开始以为的那样高傲自大，而是特别依赖别的狗。只要设身处地地想想，就可明白这一点。它们必须——既然不能公开这样做，以免违反保密义务——以某种方式寻求人们对其生活方式的谅解，至少也得转移它们对这种生活方式的注意，把它彻底遗忘。据说，它们为此采用了几乎不堪忍受的喋喋不休的方式。它们永远有唠叨的话题，不是高谈阔论其哲学思想——由于完全放弃了体力劳动，它们得以不断从事哲学思考，就是大谈特谈它们在高空的观察所得。可以想见，这种游手好闲的生活不可能使它们具有出色的智力，它们的哲学和它们的观察一样毫无价值，在科学上也几乎一无用处，科学根本就不依赖这点可怜的帮助。尽管如此，你若问起空中之狗究竟要干什么，总会得到这样的回答，说它们在为科学作出巨大的贡献。如果你说："这一点没错，但它们的贡献毫无价值、不受欢迎。"对方就会耸肩或扯离话题，怒形于色或哈哈一笑。你若过一会再问，回答仍是它们在为科学作贡献。纵然你穷追不舍，问得对方有些失去自制，最终仍将得到同样的答复。也许还是作出让步，不要太固执为好，纵然不承认这些业已存在的空中之狗的生存权利——要承认这一点是不可能的，至少也得容忍它们，但不能提出比这更多的要求，否则就太过分了。然而，人们还是得寸进尺，要求容忍不断涌现出来的新的空中之狗。你根本不知道这些狗从何而来。它们是通过繁殖来增加成员的吗？它们还有繁殖的力量吗？除了一张漂亮的毛皮，它们身上所剩无几，还能繁殖什么呢？纵然不可能的事也可能发生，它们又在什么时候繁殖呢？它们总是独自待在空中，怡然自得，即使有时来到地面，也只是短短的一会儿时间，装模作样地走上几步，而且总是独来独往，沉浸于一些据称——至少它们自己这么说——它们竭尽全力也无法摆脱的思想。然而如果不繁殖，又怎能想象会有狗自动放弃平地上的生活，甘当空中之狗，牺牲舒适和某种熟练的技巧，而选择那气垫上的荒凉生活呢？这是无法想象的，不论繁殖还是自愿加入，都是不可想象的事，而事实却表明新的空中之狗层出不穷。由此可以断言，即使存在着我们的理智难以克服的障碍，一种业已存在的狗，不管有多奇特，都不会灭绝，至少不容易灭绝，至少不是每一种类的狗中都缺乏具有顽强抵抗力的成员。

如果这一点适用于像空中之狗这般古怪、无用、奇形怪状、在生活中非常无能的类型，那么，对我自己的类型，我不是也得这样认为吗？何况我长得一点也不奇特，一副普普通通的样子，至少在这一带很普通，既无特别出众之处，亦无特别可鄙之处。在青少年时期及壮年的某些时候，只要对自己不放松，多活动活动，我甚至称得上是条相当漂亮的狗呢。特别是我的正面形象常为别的狗所称道，还有那苗条的腿、漂亮的头部姿态，以及灰白黄三色相间、顶端微微拳曲的皮毛也很动人。所有这一切并不奇特，奇特的只是我的性格。但我永远不能忽视的是，这也可解释为狗类的普通性格。连空中之狗也并不总是形影相吊，在庞大的狗类世界不时有这种狗出现，甚至还会无中生有地不断培育出新生力量，那么，我也完全可以怀着自己并非孤独无依的信心生活下去。只是我的同类们肯定有着特殊的命运，它们的存在永远不会给我带来看得见的帮助，仅仅因为我认不出它们来，便可料到这一点。我们都被沉默压得喘不过气来，出于对空气的渴望，我们几乎要打破这种沉默。在别的狗看来我们在沉默中，很自在。虽然只是看起来如此，就像那几条搞音乐的狗，乍一看在镇定自若地奏乐，其实心里极度紧张不安，但这种印象非常强烈，我试图克服它，它则对一切

134

进攻报之以嘲讽。我的同类们是怎样互相帮助的呢？它们为在逆境中生活下去作了怎样的尝试呢？这可能并不相同。我年轻时所作的尝试是发问，因此，我也许可以找那些好问的狗，找到它们便等于找到了我的同类。为此我也确实努力了一段时间，并作出了很大的自我克制，因为我关心的主要还是那些应当回答我的问题的狗。那些老用一些我大多回答不了的问题来打搅我的狗，是我所讨厌的。此外，年轻时谁不好问，从这么多问题中，我怎样才能找出对路的呢？所有问题听上去都差不多，重要的是看其意图如何，而意图总是深藏不露的，往往连提问者自己也不清楚。况且，发问是狗类的特性，大家七嘴八舌地乱问一气，似乎是要抹去那些对路的问题的痕迹。不，在喜欢发问的青少年中我找不到同类，在我现在所属的沉默的年老者中同样难以找到。发问有什么用呢？我的发问均以失败而告终。也许我的同类们比我聪明得多，采用了完全不同的杰出手段来忍受这种生活，这些手段在我看来也许能在它们陷入困境时助上一臂之力，起到一种镇静、麻醉、变异的作用，但总的说来仍如我的那些手段一样无力，不论我如何翘首以待，仍看不到一丝成效。我担心，我可能会根据一切别的特征找到我的同类，而绝不是根据成效。我的同类究竟在哪里呢？这正是我所悲叹的。它们在哪里呢？无处不在又无从寻觅。也许那位与我只有三步之遥的邻居就是我的同类。我与它经常打招呼，它有时来拜访我，但我从不到它那儿去。它是我的同类吗？我不知道。从它身上我看不到这种迹象，但可能性是有的。但没有比这更不可能的了。当它在远处时，我可以通过想象发现它身上某些可疑的亲切之处，一旦它走到我面前，我的一切发现便变得十分可笑。它是一条老狗，个子比我还小——而我的个子几乎还不到中等程度——棕色，毛很短，耷拉着脑袋，步子拖拖沓沓，左后腿因患疾而一瘸一瘸的。我跟它过往甚密，很久以来，我从未跟别的狗这样密切地交往过。我很高兴自己还能忍受它。当它走开时，我会在后面大声说些非常热情的话，但并非因为爱它，而是出于对自己的愤怒，因为我跟着它走上几步，看它耷拉着臀部拖着那条病腿一拐一拐地走，就会觉得它非常可憎。有时我会觉得在头脑中把它当作自己的同类，简直是在嘲弄自己。从谈话中我也听不出一丝能表明它是我同类的迹象。虽然它很聪明，在我们这儿称得上很有学问，但我要找的难道是聪明和学问吗？我们通常谈论的是本地的问题。我惊异地发现——孤独使我在这方面的目光变得更加敏锐——即使对一条普普通通的狗，即使在并非太不利的情况下，要想忍受生活，在司空见惯的巨大危险面前保护自己，需要多少智慧啊。科学制定了一系列规则，但哪怕粗略地了解其皮毛，也着实不容易，一旦理解了，又会面临真正的困难，即如何把它们运用到本地的实际中去——在这一点上，几乎谁也无法提供帮助，每时每刻都会出现新的任务，每一寸新的土地都有其特定的任务。谁也不能断言它已作了一劳永逸的安排，可以听凭生活自行前进，即使日益清心寡欲的我也不能。所有这些无穷无尽的努力——为了什么呢？仅仅为了使自己在沉默中越陷越深，永远不被拉出去。

　　人们常常津津乐道狗类随着时代的发展所取得的普遍进步，这种进步大概主要指科学的进步。的确，科学在前进，这是不可阻挡的，它甚至在加速前进，愈来愈快，但这有什么可以称赞的呢？这就如同称赞谁的年龄一年年增大从而愈来愈快地接近死亡一样。这是一个自然的、可憎的过程。我看不到一丝值得称道之处。我只看到了衰落，这并不是说过去几代狗在本质上比我们要好，它们只不过年轻一些而已，这是它们的一大优点，它们的记忆尚未像现在的记忆那样处于超负荷状态，要让它们说话还比较容易，虽然谁也没有成功过，但可能性比现在要大得多。正是这种较大的可能性，才使我们在倾听那些古老而其实很幼稚的故事时会如此激动。偶尔听到一句暗示，便简直要欢呼雀跃，根本感觉不到数百年岁月给予我们的重压。不，不管我对自己所处的时代多么反感，过去的时代并不比现在要好，在某种意义上甚至比现在要糟得多、弱得多。那时，奇迹也不是俯拾可得，但狗们还不像今天那样狗性化——我找不出别的词来表达，狗类的结构还很松散，真话还可能起作用，对事物加以确定、修改、随意改动和引向反面。那时真话还在，至少近在咫尺，就在舌尖上滑动，每条狗都能了解到。现在它到哪里去了呢？纵然搜肠刮肚，你也找不到它。也许我们这一代已失落了，但它却比那一代更无辜。我们这一代的犹豫我能理解，那已不是犹豫，而是对一个一千夜前所做的忘记过一千回的梦的遗忘，谁会因为这第一千回的遗忘而责怪我们？我们祖先的犹豫我想我也能理解，若处在它们的位置，我们也会像它们一样。我几乎想说：我们真够幸运，无须承担罪责，可以在这个已被别人搞得乌烟瘴气的世界里近乎问心无愧地沉默着奔向死亡。当我们的祖先走向歧路时，它们大概没有想到这是一种没有尽头的迷途，它们甚至还能看见十字路口，随时都可轻而易举地返回。它们之所以犹豫着没有返回，只是因为还想享受片刻狗的生活，那其实远非真正的狗的生活就已使它们心醉神迷，以后、至少过一会儿又会怎么样呢？于是它们便继续迷失下去。它们不知道我们在观察历史进程时感觉到什么，不知道心灵的变化先于生活的变化，当狗的生活开始使它们感到快乐时，它们肯定已有一颗相当老的狗心，根本不再像它们感觉到或它们那双沉醉于一切狗的欢乐的眼睛欲使它们相信的那样接近起点。——今天有谁还能奢谈青春。它们是真正年轻的狗，但遗憾的是，它们唯一的志向却是成为老狗，这是它们不能失败的，随后的几代狗证明了这一点，我们这最近的一代成了最好的证明。

所有这些我当然不会与那位邻居谈起。然而，每当我坐在这条典型的老狗面前，或将嘴埋入它的皮毛——它已散发出剥下来的毛皮独有的气味——时，我常会不由自主地想起这些。跟它谈论这些事是毫无意义的，跟其他狗也一样。我知道这样的谈话会是什么样子。它会提出几点小小的异议，最终表示赞同——赞同是最好的武器，于是事情便被埋葬，为什么要竭力把它从坟墓中拉出来呢？尽管如此，在我和那位邻居之间，也许仍有一种超越单纯言辞的深刻的共性。我无法停止这种声音，虽然我并无证据，而且这或许只是一种简单的错觉，因为它是我很久以来与之交往的唯一一条狗，我不得不依附于它。"你是否就是我的同类？你是否因为一事无成而感到羞愧？瞧，我的遭遇与你完全一样，没有别的狗在场时，我常为此而呜咽。来吧，两条狗在一起要甜蜜得多。"有时我会产生这样的念头，一边目不转睛地望着它。它没有垂下目光，但我也看不出它的态度。它直愣愣地望着我，对我忽然用沉默中断谈话感到诧异。也许这种目光正是它发问的方式，而我却令它失望了，就如它令我失望一样。假如处在青少年时代，又不觉得别的问题更重要，也不自得其乐的话，我也许已经大声问它了，并将得到一个无力的肯定回答，那样比它今天的沉默还要少。但大家不是一样沉默不语吗？有什么阻止我认为大家都是我的同类，我不仅在此地彼地有过从事研究的同行，它们随其微不足道的研究成果一起被埋没和遗忘，我无法再穿越过去的黑暗或现在的拥挤走近它们，而且在任何领域都一直有同类，它们都按自己的方式发奋努力、不见成效，都按自己的方式默默无语或狡辩不休，正如那无望的研究带来的那样？若是如此，那么我也就根本不必与世隔绝，尽可置身于狗群之中，无需像个淘气的孩子从成年者的队列里挤出去，这些成年者也想往外挤，而理智告诉它们——它们身上唯有这种理智使我产生迷惑——谁也挤不出去，一切往外挤的行动都愚不可及。

这些想法显然受了那位邻居的影响。它扰乱了我的思想，使我变得忧郁起来。而它自己却很快活，至少当它待在自己的领地时，我常听到它在欢呼和哼唱，令我厌烦之极。最好把这最后一点交往也放弃殆尽，不再沉湎于模糊的梦想——这种梦想是狗与狗交往的必然产物，不管它们自以为经过了多少锤炼，把由此省下的时间都用于我的研究。以后它再来找我时，我将躲进窝里装睡，并一直这样对待它，直到它不来找为止。

我的研究中也出现了混乱，使我心灰意懒，疲惫不堪，不再像过去那样兴奋地奔走，只是机械地往前挪动着脚步。我回忆起自己开始研究"土地从哪儿弄来我们的食物"这一问题的时候。那时我还生活在民众之中，只顾一个劲地往狗最密集的地方奔去，一心想让大家都成为我的工作的见证，这种见证对我来说甚至比工作本身还重要。由于我还期待某种普遍的影响，因此自然得到了很大的动力，如今，这种动力对于我这个孤独者早已一去不复返了。那时我还非常敢作敢为，以致做出一些闻所未闻的、与我们的一切原则背道而驰的事情，每一位见证者今天肯定都把它们作为可怕的事情来回忆。本来，科学总是追求高度的专门化，我却在某一点上发现了一种奇特的简单化倾向。科学告诉我们，重要的是土地给我们带来食物，在有了这一前提后，它又告诉我们搞到各种精美丰富的食物的方法。说土地给我们带来食物当然没错，这一点是毋庸置疑的，但并不像通常所描绘的那样简单，无须作进一步的研究。让我们以每天都要重复的最简单的事情为例。如果我们无所事事——我现在差不多处于这种情形，在匆匆地把地捣鼓一番后就蜷曲着身子等待结果，那么假如有结果的话，我们就会在地上发现食物。但通常并不是这样。谁只要在科学面前保留着一丝公正——这样的例子当然很少，因为科学涉及的面愈来愈广，即使根本无意进行特别的观察，也很容易发现地上的食物大多是从空中落下来的，在它落地之前，我们甚至能凭着各自的灵活和贪婪将其中的大部分抓住。我这样说尚不违背科学，食物当然仍是土地带来的。至于是否一部分是土地从自身中取出，另一部分是它从空中呼唤下来的，也许不是什么本质的区别。科学证实了两者都需对土地进行耕作，它也许不必研究这种差别，常言道"口中有食，烦恼尽消"么。不过我觉得，科学以隐蔽的形式，至少部分地研究着这些问题，因为它介绍了搞到食物的两大主要方法，即真正的土地耕作和补充性的精致化工作，后者表现为咒语和歌舞的形式。从中我发现了一种虽不全面但足够清晰的区别，与我所作的区分相符。在我看来，土地耕作主要用于获得两种食物，因而永远不可缺少，而咒语和歌舞则较少涉及狭义的地上食物，而是主要用于把食物从上面拉下来。传统增强了我的这一观点。这里，民众似乎在不知不觉地对科学进行纠正，科学则根本不敢招架。如果——按照科学的意图——那些仪式本应只作用于土地，使之有力量将食物从空中取下来，那么，它们本该完全在地上进行，一切低语、跳跃和舞蹈均应向着地面进行。据我所知，科学也正是这样要求的。奇怪的是，民众的一切仪式都是朝着空中进行的。这并不违背科学，科学并未对此加以禁止，这方面它给予农夫完全的自由。

在创立其学说时，科学想到的只有土地，只要农夫贯彻它那针对土地的学说，它就心满意足了，但我认为按照它的思路，它本应提出更多的要求。对科学一向知之甚浅的我，根本不能想象学者们怎能容忍我们热情的民众朝空中念动咒语，哀唱我们古老的民歌，表演蹦蹦跳跳的舞蹈，似乎它们已把土地忘诸脑后，一心只想永远地飘向高空。我以强调这些矛盾为出发点，不管根据科学的学说收获季节何时来到，我都完全局限于土地，一边舞蹈一边扒地，还扭转脑袋，以便尽可能靠近地面。后来，我还专门挖了一个坑，把嘴埋在坑里吟唱，以便只让土地听到，旁边和上面的狗则一无所闻。

研究成果微乎其微。有时我得不到食物，正要欢呼自己的发现，食物却又出现了，仿佛是谁起初被我古怪的表演搞懵了，后来却认识到这种表演的优点，于是乐于放弃要我呼喊和跳跃的要求。由此而来的食物甚至常常比以前丰盛，但也有千呼万唤不出来的时候。我以年轻的狗们前所未有的勤奋，列出了关于自己所作的一切尝试的详细清单，刚以为在某些地方发现了引我走向深入的蛛丝马迹，线索一下又中断了。这里，科学准备不充分这一因素无疑也起了妨碍作用。能不能证明——举个例说——食物之所以不出现并不是因为我的实验，而是不科学的土地耕作造成的呢？若能，则我的所有结论都会站不住脚。如果我能完全不通过土地耕作，光凭朝上的仪式使食物下来，然后光凭地面仪式使食物不来，那我便在一定条件下完成了一项相当精密的试验。我也确实作过这样的尝试，但缺乏坚定的

142

信念和完善的实验条件，因为我坚信一定的土地耕作永远是必不可少的，纵然对此不以为然的异教徒有理，他们也无法加以证明，因为土地的浇灌是基于迫切的需要而进行的，在一定程度上是不可避免。我的另一项实验有些冷僻，不过运气稍好，产生了一些轰动。我一反从空中抓住食物的惯例，决定听凭食物落下，但也不去抓它。为此，当食物出现时，我常轻轻往上一跃，同时算准了不让自己够着，于是食物大多漠然落到地上。我怒气冲冲地扑上去，不仅仅因为饥饿，也是因为失望而发怒。在个别情况下也会发生例外，出现一种奇怪的情况：食物并不落地，而是随我一起往上跳，食物跟着饥饿者。这一动作的时间并不长，食物只跟了我一小段距离便又往下掉，或者消失得无影无踪。最常见的情况却是我在贪欲的驱使下将食物一口吞下，从而提前结束了实验。不管怎样，当时我觉得很幸福，我的周围是一片窃窃私语声，人们开始感到不安，开始对我留意，我发现伙伴们对我的问题变得关心起来，它们的眼中闪耀着一丝求助的光芒，即使那只是我自己的目光的反射。我感到心满意足、别无所求了。然而有一天我却得知——别的狗也与我一起得知，科学上对这种实验早已有过记载，而且比我所做的要成功得多。虽然因为所需的自制力方面的困难，这一实验已有很久未能做了，但由于它在科学上被视作是毫无意义的，因此也没有重复的必要。它只不过证明了人们早已清楚的一件事，即空中不仅是垂直往土地上掉食物，也有倾斜的，甚至还有螺旋形的。于是我停止了前进。但我并未泄气，因为我还年轻；相反，这一切激励着我去作出一生中也许是最伟大的成就。我不相信自己的实验在科学上的贬值，但这里相信是无济于事的，重要的只是证明，而这正是我着手要干的，我要对这个原本有些冷僻的实验刮目相看，将它置于研究的中心。我要证明，当我避开食物时，不是土地把它斜着向自己拉去，而是我吸引着它跟在我身后。遗憾的是我无法将这一实验引向深入。一边看着近在眼前的食物一边从事科学研究，这是无法坚持长久的。但我决定另辟蹊径，尽我所能彻底绝食，同时避免见到各种食物，避开各种诱惑。如果我为此深居简出，不分白天黑夜都闭着眼睛而卧，不再为拾起食物和抓住食物的事费心，并且如我不敢说出口却隐隐希望的那样，放弃一切其他措施，光凭不可避免、不尽合理的土地浇灌及静静地吟唱咒语和歌曲（为了避免把身体搞垮，我准备放弃舞蹈），食物就会自动地从天而降，置土地于不顾，径直来敲我的嘴巴要求入内——如果发生这样的事，那么科学虽然未被驳倒，因为它对例外和个别情况有着足够的灵活性，但所幸不很灵活的民众又会怎么说呢？这样的事与历史上流传下来的那种例外情况不属同一类型。根据历史上的传说，当谁因为生病或忧郁而拒绝准备、寻找和接收食物时，众狗便会聚在一起念动祈祷咒语，让食物偏离通常的路线，刚巧落入病人的口中。我的情况则不然。我身体健康，精力旺盛，胃口好得成天除了想它很难再考虑别的。不管别人信还是不信，我是自愿禁食的，我自己有能力让食物下来，并打算付诸行动，但我不需要众狗的帮助，甚至严厉禁止它们帮助我。

我在一片偏僻的灌木丛中替自己找了个合适的地方，这里听不到关于饮食的谈话，也听不到吧嗒吧嗒的咀嚼声和啃骨头的声音。事先我再一次吃了个饱，便在这里躺了下来。我要争取闭着眼睛度过所有的时间，不管持续几天还是几个星期之久。但困难的是，我不允许多睡，最好干脆不睡，因为我不仅要将食物召唤下来，而且还得保持警觉，以免因睡着而未注意到食物的到来。从另一方面说，睡眠又是我所欢迎的，因为我睡着可比醒着饿更长的时间。鉴于这些原因，我决定合理分配时间，做到睡的次数多一些，每次睡的时间短一些。我采用的办法是将头靠在一根脆弱的树枝上睡，树枝过不多久便会折断，我便随之醒来。我就这样躺着，时睡时醒，一会儿做梦，一会儿独自默默地吟唱。起初没发生什么事，也许食物来的地方尚未发觉我在对抗事物的正常运转，因此一切太平。唯一干扰我的努力的，是我担心狗们发现我失踪后会马上找到我，采取一些对我不利的行动。我担心的第二件事是，虽然科学表明土地并不肥沃，但说不定单纯的浇灌便会带来所谓偶然的食物，我会被它的气味所诱惑。幸而一时间并未发生这样的事，于是我得以继续饿下去。除了这些担心，我感到前所未有的平静。尽管我从事的其实是废除科学的工作，心里却充满了惬意和科学工作者那种众所周知的宁静。在睡梦中，我梦见自己取得了科学的谅解，我的研究在科学上占了一席之地；我欣慰地听说，不管我的研究多么成功，我也绝不会被逐出狗类的生活，且特别是成功时不会产生这种遭遇。科学对我抱着友好的态度，它将亲自解释我的研究结果，这一许诺本身即已意味着它的实现。如果说以前我从心底里感到自己被排斥，发疯似地向着民众的城墙猛冲，那么从此以后我将被民众热情地接纳，浑身洋溢着盼望已久的那种聚集在一起的狗体带来的温暖，我将不由自主地在民众的肩膀上摇晃。这是禁食初期产生的奇特效果。我感到自己成绩斐然，出于感动和自怜，不禁在树丛中哭了起来。这一举动显得费解，因为如果我希望得到这种应得的报偿，那又为何哭泣呢？大概只是因为惬意的缘故。只有当我感到惬意时——这样的时候极少，我才哭泣过。然而，这一切很快便过去了。随着饥饿的加剧，那些美丽的画面逐渐消逝了，不久，在所有的想象和感动都迅速地离我远去后，我便只剩下腹中燃烧着的饥饿。"这就是饥饿！"那时我无数次对自己这么说，仿佛要使自己相信，饥饿和我仍是毫不相干的两码事，我可以像摆脱一个讨厌的情侣似地摆脱它，而实际上我们极为痛苦地融为一体。当我向自己解释"这就是饥饿！"时，其实是饥饿在说话，以此嘲弄我。那是一段何等惨的时光啊！我一回想起来便会不寒而栗，但并非因为当时遭受的痛苦，而主要是因为自己尚未大功告成。如果我希望有所成就的话，就不得不再度饱尝这种痛苦，因为我至今仍把禁食视作我的研究的最后和最有力的手段。道路通过禁食向前延伸，如果最高的境界可以达到，那么唯有通过最高的努力才能达到，对我们而言，最高的努力便是自愿禁食。当我反思那段岁月——为了生活，我乐于挖掘它——时，我也在思考向我逼来的时光。看来，要从这样的试验中恢复元气，几乎要耗尽一生的时间。自那次禁食后，我走完了整个壮年时代，但仍未恢复元气。下次我若再度禁食，也许会比以前坚定一些，因为我的经验已比以前丰富，对这种试验的必要性的认识也更为明确，但我的力量自那时起即已减弱，至少，仅仅等待那些熟悉的恐惧的降临，就将使我虚弱不堪。食欲减退不会给我带来帮助，它只会降低试验的价值，还很可能迫使我禁食超过那时所需的时间。对于这些前提和其他前提，我觉得我已一目了然，在那时至今这段漫长的时光里，并不缺少预备性的试验。有好多次我几乎已咬了禁食的钩，但尚未走向极端，而青少年时期那种不受约束的攻击欲自然一去不复返了，它在我当初禁食期间即已消逝。那时某些想法折磨着我。我感到我们的祖先是一种威胁。虽然我认为——即使不敢公开宣称——它们对一切负有罪责，是它们弄糟了狗的生活，因此对它们的威胁我尽可以牙还牙，但它们的知识令我折服，这些知识来自一些我们不再了解的源泉。正因为如此，不管我多么急于向它们宣战，我永远不会违反它们的法则，只是凭自己特殊的嗅觉，从这些法则的漏洞中穿身而过。在禁食方面，我要引用一次著名的对话：我们的一位智者主张禁止禁食，另一位智者用这样一个问题劝阻了它："有谁会禁食呢？"前者被说服了，终于放弃了禁止禁食的打算。现在又出现了这样一个问题："那么禁食实际上不是被禁止的吗？"对此，大多数评论家作了否定的回答，认为禁食是准许的，它们赞同第二位智者的看法，因此并不担心因错误的评论而导致严重的后果。对这一点我在禁食前是确认无误的。然而，当我在禁食时蜷曲着身子，在神志已趋模糊的情况下不住地求助于后腿，绝望地在上面舔着、咬着、吮吸着，直到肛门为止时，我却感到对那次对话的通常的解释是完全错误的。我诅咒评论家们的科学，诅咒自己竟然让它引入歧途。连小孩都能看出，对话中包含的不只是一则唯一的禁令。第一位智者欲禁止禁食，而智者的要求即等于已成事实，也就是说，禁食是被禁止的；第二位智者不仅赞同它的主张，甚至认为禁食是不可能的，这就在第一个禁令之上又加了一个，禁止了狗的天性本身；第一位智者对此表示认可，收回了那条明确的禁令，也就是说，它在对一切作了说明后，要求狗们明确认识，自己禁止禁食。这就构成了三重禁令，而不是通常理解的一重，而我却触犯了它。在为时已晚的情况下，我至少仍可服从禁令，停止禁食。但痛苦之中也蕴含着一种继续禁食的诱惑，驱使我贪婪地紧跟着它，仿佛跟随一条陌生的狗。我欲罢不能，也许我已过于虚弱，无法站起身，走到有人烟的地方拯救自己。我在林中的落叶上辗转反侧，睡觉是不可能的了，到处都是喧闹声，我以前的生活过程中沉睡着的世界似乎由于我的禁食而醒了过来。我感到自己永远不可能再进食了，因为那样的话我就必须使刚获得解放的喧哗着的世界重归沉寂，而这却是我无能为力的。我发现最大的喧闹声在我的腹中，我不时地把耳朵贴在腹部细听，吃惊得肯定瞪大了眼睛，因为我几乎不敢相信听到的一切。由于情势过于严峻，晕眩也似乎要把我的天性抓住，后者则试图徒劳地挣扎。我开始去嗅食物，久违的精美绝伦的食物，我的孩提时代的欢乐。我闻到了母亲的乳香，忘了自己要抗拒气味的决心，或者更确切地说，我并未忘记它。我怀着这一似乎不可缺少的决心，蹒跚地四处走动，通常只走几步，一边用鼻子嗅，仿佛我之所以要食物，只是为了提防它。我一无所获，但并不失望。食物是有的，只不过往往在几步以外，我的腿挪不到那么远的地方。同时我分明知道什么食物也没有，我之所以挪动小小的几步，不过是担心自己最终倒在哪个地方再也起不来。最后的希望、最后的诱惑逐渐消失，我将在此悲惨地走向毁灭。我的研究怎么办？那来自童年般幸福时期的孩子式的试验怎么办？此时此地，形势十分严峻，我的研究的价值本可得到证明，但研究在哪里呢？这里只有一条茫然地咬向虚空的狗，虽然一副急不可待的样子，不知不觉地不断浇灌着土地，但再也无法从所记的咒语堆中找到一字半句，连让新生儿钻到母亲腹下的诗句也无从寻觅。我觉得，我与弟兄们之间不是只有咫尺之遥，而是有着天大的距离，我绝不会因饥饿而死，而将死于孤独无依。显然，不论是地下、地上还是空中，都没有谁关心我，是大家的冷漠使我走向毁灭，这种冷漠说：它要死了，而这乃是将会发生的事。我不是也这样认为吗？我不是也说了同样的话吗？我不是自己希望孤独吗？不错，你们这些狗，但我不是为了就这样了结一生，而是为了从这个谎言的世界走向真理那边。在这个世界里，我无法向谁了解真理，包括向我自己这个谎言之国土生土长的公民。也许真理并不十分遥远，因而我并不像自己想象的那样孤独，并未被别的狗所抛弃，而只是为自己所抛弃。我一败涂地，郁郁而死。

然而，死并不像一条神经质的狗想象的那么快。我只是昏厥而已。当我苏醒过来后，睁开眼睛，发现一条陌生的狗站在我面前。我并不觉得饿，只觉得浑身是劲，关节充满了弹性，尽管我并未站起身来加以检验。我抬眼一望，只见面前站着一条漂亮的、并不过于异常的狗。除此之外，我其实并未看到其他东西，却觉得从它身上看到的远不止这些。我的身下是血，起初我还以为是食物，但马上看清是自己所吐的血。我把目光从血上移开，投向那条陌生的狗。它的身体很瘦，长着四条长腿，棕色的皮毛中点缀着几处白色，探究的目光美丽而炯炯有神。"你在这里干什么？"它开口道，"你必须离开这里。""我现在不能离开，"我回答道，不再作任何解释，因为我该如何向它解释这一切呢？而且它看上去还有急事。"走吧，"它又说，一边不安地抬着腿。"不要管我，"我说，"你走吧，别管我，别的狗也不要管我。""我是为了你好才请你离开这里的。"它说。"不论出于什么原因，我都不能走，即使我想走也没这个能力。""你完全有这个能力，"它微笑着说，"你能走。正因为你看上去太虚弱了，我才请你现在就慢慢地走开。要是犹豫不决的话，到时候你恐怕就得跑了。""让我自己来操心吧。"我回答说。"这也是我该操心的事。"它说道，并为我的顽固感到悲哀。看起来，它已准备让我暂时留在这儿，但想借此机会亲热地向我靠拢。如果换个时候，我会乐于容忍这条漂亮的狗，但当时却不知怎么对此很觉恐慌。"走开！"我大声喊道，因为除此之外再无别的办法自卫。"我是不来管你了，"它边说边慢慢地往后退，"你真怪。你不喜欢我吗？""你如果走开，让我清静一点，我就会喜欢你。"我回答道，但不再如我要让它相信的那样肯定。我那通过禁食而变得敏锐起来的感官，从它身上看到或者说听到了某种现象。它还刚刚萌生，然后逐渐增强，愈来愈近，终于，我知道这条狗有一种驱逐你的力量，尽管你现在还无法想象自己怎样站得起身。我怀着愈来愈浓的兴趣注视着这条狗，它对我刚才的粗暴回答只是轻轻地摇了摇头。"你是谁？"我又问。"我是一名猎手。"它回答道。"你为何不让我待在这里？"我问。"你妨碍我，"它说，"你在这儿，我就没法打猎。""你试试看，"我说，"说不定你仍可以打猎。""不，"它说，"很抱歉，你必须走开。""今天你就别打猎了吧！"我恳求道。"不，"它说，"我必须打猎。""我必须走开，你必须打猎，"我说，"老是必须必须的，你明白我们为什么必须吗？""不，"它说，"这也没什么可明白的。这是不言而喻、理所当然的事。""不，"我说，"你对不得不赶我走感到抱歉，但你仍然这样做了。""是这样，"它说。"是这样，"我气呼呼地重复了一句，"这不是回答。放弃打猎与放弃赶我走的念头这两者之间，你觉得哪一种比较容易？""放弃打猎。"它毫不犹豫地回答。"既然如此，"我说，"这里就存在着矛盾之处。""什么样的矛盾？"它说，"亲爱的小狗，你难道真不明白我必须这样吗？你难道连理所当然的事也不明白吗？"我不再吭声，因为我发现——与此同时，我感受到一种新的生命，一种犹如恐惧所造就的生命，从一些不可思议的细节中，我发现——除我之外，也许再没有谁能够注意到这一点——这条狗已从胸腔深处开始唱歌。"你准备唱歌了。"我说。"是的，"它严肃地回答，"我马上要唱了，但现在还没唱。""你已开始唱了。"我说。"不，"它说，"还没有，不过你可以准备了。""我已听到你在唱了，尽管你否认。"我颤抖着说。它没有作声。当时，我觉得自己发现了一些以前谁也没有了解到的东西，至少传说中对此只字未提，于是我怀着无穷的恐惧和羞愧，急忙将脸埋在面前的那摊血中。我觉得自己发现的事情是，那条狗已开始唱歌，但它自己还不知道；不仅如此，歌曲的旋律还与它相分离，按自己的规则在空中飘荡，越过它的身边，仿佛与它毫不相干似的，只将目标对准了我。——今天我当然矢口否认这一切认识，把它归结为我当时的神经过敏。然而，即便这是一个错误，它也有着某种伟大之处，是我在禁食时救到这个世界中来的唯一实在，尽管只是一种表面的实在。这一实在至少表明，我们在完全失去自制的状态下能走多远，而我那时确实完全失去了自制。若在平时，我早已患了重病，动弹不得。那条狗似乎马上要把那旋律当作自己的旋律承接下来，我无法抵挡它。它愈来愈强，也许它可以无休止地增强，现在就已几乎要把我的耳朵震坏。但最严重的是，它似乎只是为我而存在的，这种庄严得令树林一片肃穆的声音，只是为我而存在的。我是谁呢？竟敢一直赖在这儿，浑身血污地横卧在它面前？我哆哆嗦嗦地站起身，低头瞅了瞅自己。"这副模样可没法走路。"我还在这样想时，身子已被那旋律驱赶着，美妙地飞腾而去。此事我跟朋友们只字未提，刚到达时我很可能会向它们吐露一切，但那时我偏偏太虚弱了，后来我又觉得这件事是无法告诉别人的。有时我禁不住向它们作些暗示，但这些暗示在谈话中消失得无影无踪。此外，我的身体在短短数小时后即已复原，精神上却至今留有后遗症。

我又将研究扩展到狗的音乐，在这一领域，科学也绝非无所作为。据我所知，关于音乐的科学也许比关于食物的科学更为包罗万象，至少其基础更为坚实。这是因为前一个领域的工作可比后一个领域更缺乏热情，前者侧重单纯的观察和系统化，后者则以实用的结论为主。因此，人们对音乐科学的尊敬胜过食物科学，但前者从来未能像食物科学那样深入民众。就我来说，在听到树林里的声音前，对音乐科学也比其他任何科学陌生。虽然那几条搞音乐的狗使我对此有所领略，但那时我还过于年轻。此外，对这门科学即使只想略窥门径，也着实不易，它被视作一门难度极大的科学，高傲地拒大众于门外。虽然那几条狗最先引起我注意的是它们的音乐，但我觉得比音乐更重要的还是它们那种守口如瓶的狗的本性。也许我根本找不到与它们那可怕的音乐相类似的东西，我很容易把它忽略，但它们的本性我从那以后在所有的狗身上都碰到过。在我看来，要想了解狗的本性，最合适、最直截了当的途径莫过于研究食物。也许我在这个问题上搞错了。但食物科学和音乐科学的一门交叉学科当时即已引起我的怀疑，这便是关于唤下食物的歌声的学说。这里又极为妨碍我的一点，是我对音乐科学也从未作过正正经经的深入研究，在这方面连通常为科学所特别鄙视的一知半解者的程度也远未达到。我必须时刻牢记这一点。在学者面前，我只怕连最简单的科学考试都通不过，遗憾的是，我又有这方面的证据。撇开已提到的生活状况不谈，造成这种情况的原因当然首先在于我科学上的无能，想象力贫乏，记性不佳，尤其是不能时刻牢记科学的宗旨。对此我毫不讳言，甚至乐于承认。因为我觉得我在科学上无能的更深刻的原因在于本能，而且那确实不是一种坏的本能。倘若想自吹自擂的话，我就可以说，正是这种本能毁掉了我的科学能力，因为对于日常生活中的一般事物——那肯定不是最简单的，我的理解力并不差，而且即使不是与科学，也至少与学者心有灵犀，这些可从我的研究结果中加以检验，然而我却始终连科学的最低一级台阶也未能达到，这至少是一种非常奇怪的现象。是这种本能曾使我将自由看得高于一切，而这也许正是为了科学，一种与人们今天从事的科学所不同的科学，一种最后的科学。自由！自由！今天我们所能获得的自由，只是一种可怜的东西，但它毕竟是自由，毕竟是一种财富。

和鬼魂对话 [1]

在一次招魂会上来了一个新的鬼魂，和它展开了如下的谈话：

鬼魂：对不起。

发话者：你是谁?

鬼魂：对不起。

发话者：你想干什么?

鬼魂：离开这儿。

发话者：可是你才来不久。

鬼魂：这是个错误。

发话者：不，这不是错误。你已经来了，并且还留在这里。

鬼魂：刚才我觉得不舒服。

发话者：厉害吗?

鬼魂：厉害。

发话者：身体上的?

鬼魂：身体上的?

发话者：你倒问起我来了，这是闻所未闻的。我们有办法

---

① 选自《笔记和散页断片》，标题为编者所加。——编者注

处罚你，你还是回答的好，因为那样的话，我们
一会儿就放你走。

鬼魂：一会儿?

发话者：一会儿。

鬼魂：一分钟以后?

发话者：别这么可怜巴巴的。我们会放你走的，如果我
们……

敲　门[①]

那是夏季炎热的一天。我与妹妹在返家途中经过一座庄园。我不知道当时她是出于恶作剧，还是心不在焉，敲了院门抑或只是挥挥拳头而并未真敲。百步之外道路拐向左边，那儿即是一个我们并不熟悉的村庄。刚走过第一家便见不少村民一拥而出，友好地或是警告式地向我们招手，弯腰曲背的，神色慌张。他们指向我们路过的那个庄园，提醒我们曾敲过门，庄园的主人要控告我们，审理即刻开始。我很镇静，一边安慰着妹妹，也许她根本没敲门，即使敲了，走遍世界也找不着证据。我试图向围着我们的村民说明这一点，他们听着却不发表任何意见。以后他们说不仅是我妹妹，连我也会受到控告。我微笑着点点头。我们一起回头朝着庄园望去，就如人们观望着远处的一缕浓烟等着它冒出火光。果然不久我们就看见有一队人马进了大敞的院门，尘土飞扬，掩盖了一切，只有那长矛上的枪尖在其间闪烁。队伍尚未完全进入院内，似乎就已经调转了马

---

① 本篇写于 1917 年 3、4 月份，收入第六本《八本八开本笔记》，1931
年首次问世。标题为马克斯·勃罗德所加。——编者注

头，冲着我们急驰而来。我催促妹妹快快离去，我能独自对付此事。她拒绝了，不愿单独留下我。我劝她至少换件衣服，穿件像样的裙子来见这些先生。她终于听从了，踏上遥远的归途。顷刻间人马已到面前，未及下马就打听我妹妹。眼下她不在，但一会儿会回来的，有人怯怯地回答道。对于这回答马背上的人显得不在意，看来重要的是他们找到了我。主要管事的人物有两位，一位是法官，这是个年轻活泼的人，另一位是他的助手，寡言少语的，名叫阿斯曼。他们指示我走进一间村民的小屋，在那些人严厉的注视下，我摇摇头，晃着身子缓缓迈出了步。到了此时我还以为，只需一个解释就能使自己，一个城里人，甚至不失体面地摆脱这群乡巴佬。可当我跨进小屋的门槛后，那先我一步已在屋中等候的法官却说："我为这位男士感到遗憾。"此话让我怀疑他指的不是我眼下的处境，而是我将面临的结局。这小屋说是农舍实则更像牢房：巨大的石砖，黑乎乎、光秃秃的墙，有一处钉着一只铁环，屋中央摆着个半似板床半似手术台的物件。

除了监狱我还能呼吸到别处的空气吗？这成了大问题，但事实上并不存在这个问题，因为我已没有被释放的希望。

邻　居①

我的生意业务由我独自承担。外间是两个女职员加上打字机及账簿。我的房中有张写字台、一个钱柜、一张会客桌、一把安乐椅和一部电话。这就是我的全部工作设备，一目了然，也便于管理。我还很年轻，生意全靠我操持，我挺知足，无可抱怨。

新年后，我隔壁那套始终空着的小居室被一年轻人租了去。这事全怨我自己太愚蠢，迟疑不决，未能及早下决心。那也是个有外屋的套房，另外有个厨房。那两间屋子我倒是需要，两名女职员早已觉得负担过重，可我要那厨房有何用？正是这幼稚的顾虑导致这房子被人捷足先登。现在那小伙子正端坐其间。他的名字叫哈拉斯，在屋里做些什么我不得而知。门上标着"哈拉斯办公室"。我赶忙四处一打听，便有人说，他做的生意与我的相同，若要向他提供贷款倒也没必要提出警告，因为这毕竟是个雄心勃勃的青年人，他的事业或许会前途无量，但

① 本篇写于 1917 年 3、4 月间，收入第六本《八本八开本笔记》，1931 年首次问世。标题为马克斯·勃罗德所加。——编者注

也还不到建议你去向他发放信贷的程度，从目前的所有迹象看，他不拥有资产。尽是些最一般的情况，当人一无所知时就会以这些来搪塞。

我时常在楼梯上和哈拉斯相遇，他回回都神色匆忙煞有介事地从我身边一闪而过。我还未能看清他，他手中早备好了钥匙，转眼间开了门，像条耗子的尾巴一闪就溜进去了，我面对的又是"哈拉斯办公室"的牌子。这块牌子本不值得我看上那么多次。

薄得可怜的墙壁只会出卖规矩的工作者，却庇护那狡诈之徒。我的电话正安在与邻居相隔的那面墙上，我提及此事，是因为它具有独特的讽刺意味。哪怕把电话安在对面的墙上，隔壁屋里的人也能将谈话听得一清二楚。打电话时我已不再直呼顾客的姓名。可事实上用不着有多精明，便可从不得省略又特征明显的言辞中猜出对方的姓名。有时我手握听筒，因心中焦虑而踮着脚围着电话机来回跑动，如此这般也仍然不能阻止机密的泄露。

我在作出生意上的决定时无疑会因此变得优柔寡断，嗓音发颤。我打电话时哈拉斯在干什么？若是夸张一些的话——为了说明真相经常需要这么做——我敢说哈拉斯自己不必安电话，他就用我的电话好了。他把大沙发挪到墙边窃听，而我正相反，电话铃一响，就得去接，问明顾客的愿望，作出重大决定，进行大量的说服工作，最糟糕的是在做这一切的同时也不由自主地向隔壁的哈拉斯泄露了情况。

或许完全不必等到电话结束，在听到了足以说明问题的段落时他已经动身，以他的方式风驰电掣般进了城，在我挂上话筒之前他已着手进行挫败我的计划了。

有关桑丘·潘沙的真理[①]

从未因此而炫耀过自己的桑丘·潘沙日复一日地向他的魔鬼——以后他给了他堂吉诃德的名字——提供大批骑士武侠小说充当晚间读物,终于使他走火入魔,毫无缘由地干下了一系列荒唐之事,只因缺少事先臆想的对象——这对象原该是桑丘·潘沙本人——才未对任何人造成伤害。

桑丘·潘沙,一个自由自在的人,也许是出于某种责任心,满不在乎地跟随堂吉诃德南北征讨,从中获取了巨大而有益的消遣,直到终生。

① 本篇写于 1917 年 10 月 21 日,收入第三本《八本八开本笔记》,1931 年初次发表。标题为马克斯·勃罗德所加。——编者注

海妖的沉默 [1]

这则故事向我们表明，即便是不完美的甚至是幼稚的行为方式也能救人于危难之中。

为了抵挡海妖的诱惑，奥德修斯往耳中注入了蜡，并让人将自己捆绑在船桅上。诚然，类似的方法航海者们从古至今都能采用，除非他们相距很远就已被海妖迷惑。但众所周知，使用什么方法也是枉然。海妖的歌声能渗透一切，被诱惑者的强烈渴求能挣脱比锁链桅杆更牢固的束缚。但奥德修斯对此全然不顾，尽管他或许也有所耳闻。他坚信那一小团蜡丸与一捆锁链的作用。带着对自己那小小计谋的真心得意，他朝着海妖驶去。

然而海妖却另有一着比歌唱更为可怕的武器，即她们的沉默。假若有人在她们歌唱时能死里逃生，遇上她们沉默则必死无疑。这类情形虽说还从未发生过，但绝非不可能。然而依靠自己的力量战胜海妖后的喜悦及由此获得的涤荡一切的彻底解

---

① 本篇写于 1917 年 10 月 28 日，收入第三本《八本八开本笔记》，1931 年首次发表。标题为马克斯·勃罗德所加。——编者注

脱是尘世间任何事物都难以比拟的。

当奥德修斯驶近时，法力巨大的女妖们这一回果然不唱了，也许是她们认为对付他只能用沉默，也许是奥德修斯全神贯注于他的蜡丸与锁链时的喜形于色令她们彻底忘了歌唱。

但奥德修斯，如果可以这么说的话，并没有察觉她们的沉默，他以为她们在歌唱，只因他有了保护才未能觉察。他先是恍惚看见她们的喉咙在扭动，呼吸粗重，眼中饱含泪水，双唇半启，他以为这便是他听不见但已响彻于他四周的致命的咏叹调了。不久这一切便从他投向远方的视线中消失，面对他的坚定不移海妖只得离去，恰在他离她们最近的时候，他再没发现她们的踪迹。

可海妖却较以往更优美，她们扭动着舒展腰肢，松开骇人的长发，任其随风飘拂，张开的爪子暴露在岩石上。她们无意再施展魅力，只希望能尽可能久地捕捉到奥德修斯双目中射来的余晖。

假如海妖也有意识，她们早毁于一旦；但事实上，她们仍存留了下来，只是奥德修斯逃脱了她们的魔力。

另外还有一段附注传了下来，说是奥德修斯诡计多端，赛过狐狸，连命运女神都难以闯进他的心灵深处。虽说以人的眼光来看这不可思议，但也许他真是觉察到了海妖的沉默，而上述假象在某种程度上不过是他用来抵挡海妖与众神的盾牌罢了。

新来的律师 [1]

我们这儿新来了一位律师，布塞法卢斯博士。单凭其外表你很难想象在马其顿亚历山大时期，他还是伴随这位大帝驰骋疆场的坐骑。当然，凡熟谙这段史实的人都能觉察到些许。然而前不久我在门外台阶上却亲眼目睹一位平时热衷于赌赛马的愚笨而矮小的法院杂役正以行家的眼光钦佩地打量着这位律师，此公当时正高抬双腿，雄健有力地蹬着大理石台阶拾级而上。

从大体上说办公室是同意录用布塞法卢斯的。大家出于一种惊人的识见认为，在当今这样的社会状态下布塞法卢斯已陷入了困境，又鉴于他在世界历史上所起过的作用，无论如何也该帮他这个忙。今天谁也不能否认亚历山大大帝已不存在了。虽说精于谋杀的仍不乏其人，在宴会席上用长矛隔桌刺穿朋友的熟练技术也并不罕见。但对许多人来说马其顿过于窄小了，以至于他们咒骂起亚历山大的父亲菲利普来。但他们中无一人有能力挺进印度。那印度之门当初便遥不可及，可是大帝的宝剑始终指着它的方向。而今那门已是更远更高且转换了方向，

无人再指着它存非分之想了。不少人举剑不过是作挥舞状，令追随其后者眼花缭乱。

因此如布塞法卢斯所做的那样，一心埋头于法律经卷，或许真不失为上策。腹背免受了骑者的夹压之苦，远离亚历山大征战的喧嚣，在静谧的灯光下他沉浸在我们那些古老的书籍之中。

十一个儿子 ①

我有十一个儿子。

老大相貌丑陋，但聪明认真；虽说我也像爱所有其他孩子一样爱他，但并不十分器重他。他的思想在我看来过于简单，不顾及左右，也无远见，只沿着他那狭隘的思考范围团团转，或者说是循环往复。

老二清秀修长，体态匀称；看他击剑真叫人心醉神迷。他也聪明，且又处世老练，见多识广，因而与那些守家度日的人相比和他谈风土人情好像更投机。可这个优点并不仅仅甚至并不主要归功于他喜欢旅行，而是基于这孩子拥有的某些难以模仿的特质，比如他那跟头连串、恣意凶猛的跳水动作使每个想学的人佩服之至，他们的勇气和兴趣只够走上跳板，真要跳时会突然坐下，抱歉地举起双臂。尽管如此（我本该为有这么一个孩子而感到幸福的），我与他的关系并非全无阴影。他的左眼比右眼略小些，不住地眨巴。这不过是个小缺陷，他的脸甚至因此而更帅气。他那拒人于千里之外的孤傲性格使谁也不会对

---

① 本篇原稿未保存下来，可能写于 1917 年夏。——编者注

他那只略小的眨巴眼说三道四，我，他的父亲，却这么做了。使我难过的自然不是他容貌上的这个瑕疵，而是与此相符的他精神上的轻微失衡，他血液中流动的某种毒素，他无法完善生命中天资的无能，而这种天资只有我才能觉察。从另一方面说也正是这点使他成为我真正的儿子，因为这个缺点也是我们全家都有的缺点，在他身上不过更明显些罢了。

第三个儿子也同样俊美，但绝不是我喜欢的那种美，而是歌唱家的那种美：波浪式的嘴唇，变幻不定的眼睛，只有在舞台帷幕的衬托下才能产生效果的脑袋，过分隆起的胸脯，好上下挥动的手，因不堪重负而东倒西歪的双腿。此外他的嗓音也欠洪亮，只能瞬间迷惑一下人，或引起行家的注意，随即便喘不上气来。——虽说他容易使我产生向旁人炫耀他的冲动，但我还是宁愿将他隐藏起来。他自己也并不爱好抛头露面，这绝不是因为他知道自己的不足，而是出于他的纯真无邪。他和我们生活的时代也格格不入，好似他虽是我家的成员，同时却又属于另一个他永远失去了的家庭，因此他时常兴致索然，任何事都激不起他的热情。

我的第四个儿子或许是我所有孩子中最随和的一个，作为时代的真正产儿，他和谁都能沟通。他与众人有着共同的立足点，人人都主动向他点头致意。也许正是由于得到了这种普遍的认可，使他的身心比一般人轻松，举止比一般人随便，判断事物无拘无束。他的一些言论反复被人引用，自然只是一部分言论，因为就总体而言，他又患有过于轻率的毛病。他犹如一名令人钦佩的高空跳跃者，燕子般划破天空，而后却在荒凉的沙漠上鸣呼哀哉，一文不值。这类想法使我一见这孩子便黯然神伤。

第五个儿子可爱而善良，做的要比说的多，他是如此微不足道，你就是在他身边也感觉不到他的存在，却使他赢得了几分威望。若是有人问我何以如此，我很难回答。或许是纯真更能经得起这世上的风吹雨打。而他就非常纯真，也许纯真得太过分；他对谁都很友好，也许友好得太过分。我承认，如果有人当着我的面夸奖他，我会觉得不舒服。但可以说，称赞一个像我儿子这样的显然值得称赞的人，就使称赞本身不免过于容易了。

我的第六个儿子至少乍看上去像是我所有孩子中最为深沉忧郁的一个。他垂头丧气，偏又喜欢饶舌，真是拿他没有办法。一旦处于劣势，他会消沉得无法自拔；若是占了上风，他又转而夸夸其谈。我不否认他有着某种魂不守舍的倾向，青天白日时的他时常陷入神思梦想之中。他有时步履蹒跚，尤其在黄昏时分——并非有病在身，相反他很是健康——但从不需要帮助，也不会跌倒。出现这种情形可能与他的生长状况有关，按他的年龄他长得过于高大，使他从整体上显得不协调，虽说他身体的各个部分都很完美，比如手和脚。另外他的额头也不理想，不论是那儿的皮肤还是骨架都不够舒展。

第七个儿子似乎比所有其他孩子更像我。世人不懂得赏识他，不理解他那独特的幽默方式。我从未高估过他，我知道他微不足道。假如这世界除去不识他的价值别无缺点的话，那它仍不失为清白。但在我的家中我不愿意少了这个孩子。他既搅乱秩序，又敬畏传统，他将这两者合成了一个至少对我来说不容置疑的整体，而面对这整体他又最不知所措。他不会去推动驶向未来的车轮；可他生性乐天，满怀希望。我真愿意他有孩子，孩子又有孩子，可惜的是这愿望看来不可能实现。他带着一种我虽能理解但并不赞成的怡然自得，与周围人的看法大异其趣，只身在外四处奔波，从不寻花问柳，却从未有过心情不好的时候。

我的第八个儿子最让我挠头，虽说我并无明确理由。他看着我，目光陌生。而我这做父亲的却感到与他息息相关。随着时间的推移，情形好转多了；早先我只要一想到他，就会不寒而栗。他自行其是，与我断绝了一切联系。靠着他坚硬的头颅，矮小结实的身体——只有双腿在孩提时有些软弱，这期间必定已得到弥补——所到之处无不畅通。我时常有心唤他回来，问他情况可好，问他为什么与父隔绝，目的究竟何在？可眼下他远在天边。时至今日，一切只能照旧了。我听说他是我孩子中唯一留着络腮胡的，这对如此矮小的人来说肯定不太适宜。

我的第九个儿子英俊潇洒，有着专能取悦于女性的甜蜜目光，甜蜜得有时甚至能把我迷惑，虽说我清楚，一块潮湿的海绵就足以抹去这层神奇的光彩。这孩子的奇特之处却在于他从不拈花惹草；只要一辈子能躺在沙发上，两眼无谓地盯着房顶或是干脆闭目养神，他就满足了。当处于他所酷爱的这种状态中时，他谈锋甚健，且言辞不俗，简练又形象，但仅限于极狭窄的范围，一旦出了界——这是难免的——那么他的话语就会空洞无味。谁若是指望睡眼蒙眬的他还能看见的话，定会挥手让他打住。

我的第十个儿子不具备诚实的秉性。我既不想彻底否认他这个缺点，也不打算完全承认。可谁要是看见他一身过于老气的盛装，扣得严严实实的小礼服，一顶陈旧但经仔细清刷过的黑礼帽，面无表情，下巴微突，眼睛上压着两道隆起的沉重的眼皮，两根不时地摸摸嘴巴的指头，谁要是看见他这副模样迎面走来，必会认定这是个超级伪君子。但还是听听他的言谈吧！精明、老练、简洁、善用尖刻而生动的语言消释疑问，并能出人意料地、融洽而愉快地与外界取得一致，一种使他足资昂头挺胸、洋洋自得的一致。不少人自以为聪明，并因此厌恶他的外表，却为他的言语深深打动。但又有另一部分人对他的外表毫不在意，却觉得他的言谈虚伪之极。我作为父亲不愿在此下结论。但我必须承认，后一种评论者无论如何比前一种更值得重视。

我的第十一个儿子很是柔弱，显然是我所有孩子中最弱的一个，但他的软弱有一定的欺骗性，这就是说他在某些时候能表现出坚强有力和果断，然而即使在这种时候，柔弱在某种程度上毕竟是他的根本特性。但它不是那种使人感到羞耻的软弱，而是唯有在我们这个地球上时才显得软弱。例如准备飞行时，那种左右摇摆不定、扑打翅膀不也是软弱吗？我的这个儿子就有类似的特点，这种特性自然不会使当父亲的感到高兴，它们显然是以家庭分裂为归宿的啊。他有时凝视着我，仿佛想说："我会带你一起走的，父亲。"而我却想："我若要信赖谁的话，你只能是那最后一个。"他的目光似乎又在说："那么就让我当这最后一个吧！"

这就是我的十一个儿子。

夫　妇[①]

　　当前生意行情普遍不景气，以至于办公室里一有空暇我就常拿上样品袋，亲自上门找顾客推销。再说我早就打算找一趟N.，我和他原先一直保持着密切的业务往来，但从去年起联系却中断了，原因我不得而知。实际上不一定非有什么原因不可，在当今如此不稳定的局势下往往一件微不足道之事、一时半刻的情绪因素就足以改变一切，而同样是一件小事、一句话又能使事情完全恢复常态。但要与N.接近还得费点功夫，他已上了年纪，近来身体又差，虽说所有的生意事务仍是他把握，但他几乎已不在商行里露面，要找他商量，就得去他家，而登门谈生意这类事大都会被一拖再拖。

　　昨晚六点后我决定走一趟。虽说已过了探友时间，但此行并非出于社交目的而是为了生意。我很幸运，恰逢N.在家。在前厅听说，他和妻子刚散步回来，现在两人在儿子房中，他儿子正病倒在床，他让我进那儿去。我先是有些犹豫，而后想尽

---

① 本篇写于1922年末，1931年首次发表。标题为马克斯·勃罗德所加。——编者注

早结束这不愉快的造访的愿望占了上风，于是我仍穿着大衣，头戴礼帽，手提样品袋，被人引着穿过一间灰暗的内室进入了另一间，在昏暗的灯光下那儿已聚有几个人。

也许是出于本能吧，我的目光首先落在一个买卖代理人身上，我对他太熟悉了，他是我的竞争对手之一，所以在我之前就抢先一步到了这里了。他舒适地坐在病床前，俨然像个大夫，身着一件漂亮的鼓鼓的大衣，敞着扣，不可一世地坐着，那种狂妄可谓独一无二。病人的感觉显然和我有些相同，他两颊因发烧而泛着淡淡红晕，不时把目光投向他。N. 的儿子已不年轻，年龄与我相仿，留着因疾病而显得蓬乱的络腮胡。老父 N. 则高大、宽肩，但在病痛的折磨下已消瘦得令我惊讶，腰佝偻着，腿也不灵便，仿佛刚进门。他穿着皮大衣站着，对儿子嘟哝着什么。他的妻子正忙于帮他脱皮大衣，她十分矮小瘦弱，却很活泼——虽然只限于对她丈夫，对我们她几乎不正眼瞧一下。因夫妇俩在身量上相去太远，脱大衣时便生出几分困难，但大衣最终还是脱下来了。那麻烦也许是由于 N. 毫无耐心，双手不断伸出去寻摸高背椅。脱下皮衣后他妻子赶紧把椅子推给他，然后抱着几乎将她埋没的大衣走了出去。

这时我觉得机会终于来了，也可以说它并没有来，说不定它永远也不会来；如果我自己还想试一下什么的话，那就得马上干起来，因为根据我的感觉，在此处谈生意的前提条件已显得越来越糟糕。但像那位代理人摆出的架势那样赖在此地不走，又不是我的行事方式，再说我丝毫也不想将他放在眼里，于是我就开口直截了当地说明来意，尽管我发现N.正有意与儿子说说话。遗憾的是当我说话开始变得激动时——这是常有的情形，在一间病室中更易如此——我习惯于站起来，边说边来回走动。这在自己的办公室里倒是无妨，可在别人的家里就有点讨人嫌，可我控制不住自己，特别是在我不能照常抽支烟的情况下。不过人人都有自己的坏习惯，与那代理人相比我还算是好的。比方说他不停地来回拨弄放在膝盖上的礼帽，有时还莫名其妙地忽然把它戴到头上，虽然又赶紧摘下好像是一时疏忽，可他毕竟已将它戴在了头上，并且还不时地反复这个动作。这让人说什么好呢？这样的举止可说是不能容忍的。我倒并不怎么在意。我在室内来回走动，只想着自己的生意之事，顾不上留意他，但有人会因为他表演的帽子戏而不知所措。匆忙中我不仅没有理会这种干扰，甚至没有注意任何人，我虽看见了眼前的一切，但在我没说完、没有听到异议之前，并未将此当回事，比如我发觉N.已不能集中注意力听，他双手扶着椅背，不适地来回扭动身子，眼睛并不看我，而是漫无目的地往那空落落的地方寻觅，神情淡漠，好像我的话一个字都没有听进去，甚至根本就没有感觉到我的存在。我虽然察觉到了他那不给予我任何希望的神态，可我继续说着，仿佛我仍有指望以我的话语、以我提供的优惠条件来打动他。我自己都为自己做出的、非被逼无奈的让步感到吃惊。令我满足的是我隐约发现那代理人终于停止了摆弄帽子，把胳膊抱在胸前。我说的话部分就是针对他的，对他的计划显然是个打击。由此产生的快感使我或许会继续说下去的，若不是那被我当作次要人物一直未加注意的儿子突然从床上半支起身来挥拳止住了我的话。他无疑想说什么，想表示什么，但缺乏足够的力量。我先是以为这是高烧谵妄，可当我不由自主地随即把目光转向老 N. 时，便恍然大悟了。

N. 坐在那儿，勉强睁着混浊浮肿的眼睛，身体颤抖着向前倾，脖子像是被人托着又像是挨了一击，下唇包括下颏无力地下垂，裸露出牙肉来。他的脸歪斜扭曲，还在呼吸，但极其艰难，而后他就如获解脱似地猛地仰倒在椅背上，合上了双眼，脸上依然呈现出某种剧烈挣扎的痕迹，随即一切都告结束。我迅速赶到他身边，一把抓住他毫无生气地耷拉着的手。他的手冰凉，脉息全无，我不禁毛骨悚然。就是说，已经完了，这在一个老人是无疑的了。他不愿在他故去时过于为难我们，可眼下有多少事要做啊！紧迫中该从何处着手？我四下环顾寻求帮助。N. 的儿子用被子蒙住了脸不住地抽泣；代理人冷冰冰的像只青蛙，稳稳地坐在面冲 N. 两步远椅子上，看得出是打定了主意置身事外作壁上观。这么说就只剩我来行动了。眼下马上要办的第一件事，也是最棘手的事，即需以一种能够承受的、一种世间尚无先例的方式把消息告诉 N. 的妻子。这时从隔壁屋子传来了她急促的脚步声。

她没来得及换衣，仍然身着出门穿的外套，送来了在壁炉上烤暖了的睡衣，打算现在给她丈夫穿上。"他睡着了。"当她发现我们这样寂静时便摇摇头微笑着说，然后以一种纯真无邪者才具有的绝对信赖拿起那只我曾勉强地战战兢兢地抓过的手，像夫妇间亲昵的小游戏式地吻了一下。这时，令我们三个旁观者多么目瞪口呆！——N.动起来了，大声打着哈欠，让妻子给他穿上睡衣，带着气恼嘲笑的表情任凭妻子温柔地埋怨散步时间过长而累着了。他因别的原因而睡着却奇怪地向我们解释说是因为无聊。为了预防在去别的屋子前受凉，他暂时躺到了他儿子的床上，在后者脚边靠在他妻子赶忙拿来的两个枕头上。在经历了先前的事情之后我已不觉得这有什么奇怪。这时他要来了晚报，展开在手，毫不顾及有客人在场，他并不细阅，只作随便的浏览，同时又以令人惊奇的商人的敏锐对我们提出的建议发表一些不太中听的见解，那只空闲的手不断重复着表示轻蔑的手势，舌头咂咂有声，表示我们的生意态度使他口中无味。那代理人实在按捺不住便吐出几句不合时宜的话，按他粗鲁的想法他似乎感到在发生了这一切之后，有必要重新建立平衡。可他的方式无疑是最糟的。我则乘机告辞，我几乎有些感激那位代理人，若不是他在场我肯定下不了决心立即离去。

在前厅我又遇见了 N. 太太。面对她瘦弱的体态我发自内心地说，她使我有些想起了我母亲。见她一语不发我补充道："可以说她也能创造奇迹，她能使被我们毁坏了的东西重新完好。我在儿童时代就失去了她。"我故意夸张地把话说得很慢很清楚，因为我估计这位老妇人听觉不好，可她显然是完全聋了，只听她突兀地问："我丈夫的气色如何？"在短短几句辞别话中我发觉她把我与代理人混淆了，我自以为要不然的话她会更亲

177

切一些。

　于是我走下楼梯。下楼比先前的上楼更难，何况那上楼就并非易事。唉，跑生意会面临何等的惨败啊，这副重担却还得继续背负下去。

杀 兄[①]

经证实，凶杀是这样发生的：

凶手施马尔在那月光如水的夜晚约于九点左右出现在街角上，这是被害人韦泽离开办公室所在的小巷后的必经之处，因为他就住在那条街上。

夜晚的空气冰冷刺骨，施马尔只穿着件薄薄的蓝色上衣，外套敞着，他不停地走动，毫无寒意。他的杀人凶器半似匕首半似菜刀，毫不掩饰地紧握于手中。他对着月光察看刀刃，刀刃寒光凛凛锋利无比。施马尔仍不满意，他举刀劈向路面的石块，溅起一片火花，他似乎有些懊悔，为弥补损伤他弯下腰提起一条腿，把刀按在靴底上如拉提琴般来回蹭着，一边听着刀与靴子的摩擦声，一边留意着那生死攸关的小巷中的动静。

当时住在近旁的居民帕拉斯从他的三层楼房的窗口中目击了发生的一切，却没有采取任何行动加以阻挡，这究竟是为什么？来探索一下人的本性吧！他竖起衣领，将睡袍紧紧裹住发

---

① 原稿未保留下来，约写于 1917 年 2 月，同年以《一次谋杀》为题发表在《弥斯雅斯》杂志第 1 期上。翌年卡夫卡把它交给库尔特·沃尔夫出版社刊用时将标题改为《杀兄》。——编者注

福的身躯，摇着头朝下看。

与他隔开五幢楼的街的斜对面，韦泽太太身着睡服，外套狐皮大衣正不住地朝街上张望，眼睁睁盼着迟迟不归的丈夫，今天他更是格外地晚。

终于，韦泽办公室门上的风铃响了，声音洪亮不似风铃，它传遍全城，直刺夜空。虽说在这边的街上还不见韦泽的踪影，但铃声已作预告，勤奋工作至深夜的韦泽离开了办公室。不一会儿街面上即响起了他那稳重的脚步声。

帕拉斯从窗口远远地探出身去，他不可能漏看丝毫。韦泽太太听见铃声，放心地合上了窗。施马尔则跪下身去，将裸露在外的脸与手紧贴在路面石头上，周围冰天冻地，施马尔却在燃烧。

就在两街的相接处韦泽停住了脚步，只有握在手里的拐杖在那条街上探出了头。不过是一时的心血来潮，那深蓝与橙色交织的夜空吸引了他，他不由得抬头观赏，又不自觉地举起礼帽理头发。可天幕上没有出现任何征兆来向他预示那即刻降临的厄运，万物都固守在它们不可琢磨、无以解释的原位上。韦泽继续前行，此举本身是十分理智的，然而此时他却是步步走向施马尔手中的尖刀。

"韦泽！"施马尔大喊一声，他双足踮起，胳膊前伸，尖刀直刺过去。"韦泽！尤莉亚只能白等了！"施马尔照准了韦泽的咽喉左一刀右一刀，第三刀深深扎进他的腹部。韦泽发出的声响犹如被撕裂了的水耗子。

"了结了。"施马尔说着,将鲜血淋漓已无用处的刀抛向附近的街侧,"杀人真是痛快!看着他人流血,多么轻松,多么振奋!韦泽你这老夜游神、朋友、酒客,你就这样让你的血渗透着这阴暗街道的土地,你何不干脆就是一只灌满了血的袋囊,我只需往上一坐,你就会消失得无影无踪。并非所有的心愿都可得到满足,也并非一切梦想都能实现。现在你沉重的躯壳就躺在这儿,对任何踢打都无动于衷,你又何必提出这无声的质问呢!"

帕拉斯心中如万箭乱穿,猛地打开两扇楼门走了出来,喊道:"施马尔!施马尔!我全看见了,没漏下一眼。"帕拉斯和施马尔相互审视着。帕拉斯深感满足,施马尔心慌意乱。

韦泽太太急急跑来,左右尾随着人群。她的面容由于惊吓而骤然苍老,身上的皮大衣飘散着,她一下子扑倒在丈夫身上,睡衣里的躯体原是属于他的。那件皮大衣罩在这对夫妇身上如同覆盖在坟茔上的草皮,与他们已不相干。

施马尔这时费力地忍住最后的一阵恶心,把嘴紧压在警察的肩上,让他轻松地带走了。

猎人格拉库斯[①]

两个男孩坐在码头堤岸上玩骰子。一男子在纪念碑的台阶上，在那位挥剑英雄的阴影下读报；一位姑娘在井边用水桶打水；水果商贩躺在他的货物旁眼望着湖水；酒店深处，透过敞着的门洞和窗口可见两个男子在对饮，店主坐在前边桌旁打瞌睡。一条小船好像被托起在水面上，轻轻地滑进小港口，一身穿蓝色工作外套的男子走上岸来，把缆绳拴在铁环上，船主身后又出现了两名男子，他们穿着缀有银纽扣的深色上衣，抬下一副担架来，上面盖着一块印有巨大的鲜花图案、四周饰有流苏的绸布，绸布下面显然躺着一个人。

堤岸上谁也没有留意这行人的到来。甚至在他们放下担架等候系绳的船夫时仍不见有人上前询问，无人理会他们。

船夫由于一个女人又耽搁了一会儿，她怀抱一个吃奶的孩子蓬头散发地走出船舱。然后船主走了过来，向左指了指矗立在湖畔的那幢黄色的三层楼。担架手重又抬起担架，走进那低

---

① 本篇写于 1917 年初，收入第一本《八本八开本笔记》，1931 年发表。标题为马克斯·勃罗德所加。——编者注

矮的大门，大门两端是细巧的圆柱。一小男孩打开窗子恰好看见这群人进入楼内，便赶紧关了窗子。此刻两扇精心制作的黑橡木大门也闭上了。一群始终围绕着钟楼飞翔的鸽子这时停落到楼前，纷纷聚集在门口，仿佛楼内贮存着它们的食物，其中的一只飞上二层，去啄窗玻璃。那是一群浅色的、受到精心照料的活泼泼的小生物。船上的女人大把地把谷物撒向它们，它们啄食着，然后飞向女人身边。

一个男子头戴大礼帽，身佩黑纱，沿着狭长陡直的小道走下来，小道直通码头。他留心地环视着四周，一切都令他关心，当他的目光落在一角落里的垃圾上时便扭歪了脸。纪念碑的台阶上撒落着果皮，他走上前去用手杖将它拨开。到了小楼前他敲了敲门，同时摘下礼帽，由戴着黑手套的左手拿着。门随即开了，至少有五十名小男孩排列在长长的门厅过道两旁躬身迎候他。

船主走下楼梯，欢迎来者，引着他上楼。他们在二层楼沿着简捷精巧的凉廊，绕过了庭院，然后进入楼房后部一间宽敞凉爽的房屋。从窗口望出去，对面不再有其他楼房，只有一垛光秃灰黑的峭壁。那群男孩恭恭敬敬地保持着一段距离尾随其后。担架手正忙着在担架的上首安置几支蜡烛并将它们点燃。烛光在四壁上闪烁，未能带来更多的光亮，不过是驱走了原先的阴暗。担架上的绸布揭去了，上面躺着一名男子，须发凌乱，皮肤黝黑，像是猎人。他躺着纹丝不动，双眼紧闭，像是没有了呼吸，即使如此也只有他周围的气氛才表明他可能是死了。

那位绅士走近担架，伸出一只手放在躺着的人的额上，然后跪下来祈祷。船主挥手让担架手们离去。他们走出去，撵走了那群聚集在门外的男孩，闭上了门。那绅士似乎还嫌不够安静，眼睛看着船主，后者领会其意，便从一扇边门进了邻屋。顷刻间担架上的男子睁开了双眼，痛楚地微笑着把脸转向绅士问道："你是谁？"——绅士毫不惊讶地缓缓站起身来答道："里瓦镇镇长①。"担架上的男子点点头，抬起虚弱无力的胳膊指指一张椅子，待镇长坐下之后说："这个我其实知道，镇长先生。不过一开始我总是忘了一切，头脑里什么都搅成了一团。所以还是问一声的好，虽说我都知道。您可能也知道我是猎人格拉库斯。""是的，"镇长说，"昨天夜晚我已得知您的到来，当时我们早已睡下，半夜我妻子喊道：'萨尔瓦多，'——这是我的名字——'你看窗台上的鸽子！'一看果真有只鸽子，但个大如鸡。它飞到我耳边说：'明天那死去的猎手格拉库斯要来，请你代表全镇前去欢迎他。'"

猎人点了点头，舌尖在双唇间抽动："对，鸽子比我先行一步。我是否该留在里瓦，您的意见如何？"

"这我还不好说，"镇长答道，"您已经死了吗？"

"是的，"猎人说，"正如您所见到的。好多年前，肯定是不知多少年前了，当我在黑森林②——这是在德国——追猎一只羚

---

① 里瓦（Riva）为意大利一座有名的历史文化小城，位于加尔达湖滨，人口只有一万三千。——编者注

② 黑森林（der Schwarzwald），位于德国西部，最高峰达海拔1493米，为德国著名的游览和疗养胜地。——编者注

羊时从悬崖上摔了下去。从那时起我就死了。"

"但您也还活着呢。"镇长说。

"也可以这么说,"猎人答道,"在一定程度上我还活着。我的死亡之舟驶错了方向,或是船舵弄反了方向,或是船主一时心不在焉,也可能是被我家乡的美丽吸引住了,我真不知究竟是出于什么原因,我只知道,我留在了人世,我的冥船从此航行在人间的江河湖海上。于是只愿在深山峻岭生活的我死后却云游四方。"

"您与上界毫不沾边?"镇长皱起眉头问。

"我还一直停留在通向它的大阶梯上,"猎人说,"在那广阔无垠的露天台阶上游荡,时上时下,时左时右,从不停息。猎人都已变成了蝴蝶,您可别笑。""我没笑。"镇长辩解道。

"这很明智。"猎人说,"我始终在运动中。每当我作出最大的腾越、甚至已能看见天府之门在上方闪耀时,就会醒来,发现自己依然躺在我的小船上,它正漂泊在人世间某处荒凉的水域上。在我的舱房中,死神由于我的死因而恶魔般围着我狞笑。船主的妻子尤丽娅敲门进来,把我们驶经国家沿岸的早点饮料送至我担架旁。看见我的模样可不是件美事:我躺在一块床板上,身穿肮脏的寿衣,黑灰色的发须乱七八糟地纠作一团,腿上盖着一块偌大的女式绸巾,绸巾上印有鲜花图案,四周垂着长长的流苏。头那一端有支蜡烛为我照明。正面对着我的墙上挂有一幅画,画面上显然是个布须曼人,手中的长矛瞄准了我,他竭力隐身在一副盾牌后,盾牌画得极其出色。在船上常能看见笨拙的图画，这是最蠢的一幅。除此之外在我的木舱里便一无所有。侧壁上的一个小舱口吹来南国之夜的暖风，耳边响着水打船舷的拍击声。

"自从我这活生生的猎人格拉库斯在家乡黑森林为追猎一只羚羊坠落山谷后，就一直躺在这里。当时一切都发生得井然有序：我追踪着，掉下崖去，在深谷中流血过多而死。这条小船本该载着我驶向另一个世界。我还记得，当我第一次展开四肢躺在这木床上时有多高兴，深山老林从未像这四堵昏暗的舱壁那样能听到我的歌声。

"我曾喜欢活着，也乐意死去。在我登上小船的前一刻，我兴高采烈地将长枪、口袋、猎枪等什物从面前抛进了水里，那猎枪曾是我的骄傲，从不离身。接着我像新娘穿结婚礼服一样迫不及待地钻进寿衣，然后就躺在这儿等着。这时不幸就来临了。"

"多悲惨的命运，"镇长说，护卫似地举起一只手，"对此您自己就没有一点过错？"

"没有，"猎人说，"我本是猎人，难道这有什么错？我服从旨意成为黑森林的猎手。当时那儿还有狼。我埋伏着，射击，击中目标后剥下猎物的皮，这是过错吗？我的劳动受到上苍的保佑，我被称为黑森林的伟大猎手，这是过错吗？"

"我虽无责任对此作出评判，"镇长说，"但我也觉得错不在此。那么究竟是谁的问题呢？"

"是船主。"猎人回答，"谁也不会读到我在这儿写下的东

186

西。谁也不会前来解救我们。即使是有使命规定要帮助我，家家户户的门窗也会关闭，所有的人都会躲进被窝，用被子蒙住脑袋，整个世界就成了黑夜中的栖身地。这自有其道理，因为根本没有人知道我，即使有人知道也摸不着我的行踪，知道了我的行踪又不知如何将我留住，因此也就不知道怎么帮助我。要帮助我的想法是一种疾病，只有躺在床上才能痊愈。

"我清楚这些，所以绝不呼叫求助，哪怕我在某些时刻，比如现在，会失去自制而产生强烈的求助愿望。但是我只需四下环顾，忆起自己身在何方：这几世纪以来——这点我是敢断言的——住于何处，就足以打消我此类念头了。"

"非同寻常，非同寻常。"镇长感慨道，"那么说您现在是想留在我们里瓦了？"

"我并无此意。"猎人微笑着说，为弥补他的嘲弄便将一只手搁在镇长的膝上，"我只知道我在这儿，对其他一切皆无能为力。我的小船没有舵，它借助于风行驶，而那风来自冥府的最底层。"

猛　禽[①]

一只猛禽啄着我的双足，靴子与袜子已被它撕碎了，此刻它正在啄我的双脚。它不断撕扯着，然后不安地围着我飞几圈，接着又继续攻击。一位绅士经过这里，看了片刻后问我，为何忍受这猛禽的撕啄之苦。"我无力反击，"我说，"它飞来了，张嘴便啄，我当然试过驱赶它，甚至想掐住它的咽喉，可这禽兽力大无比，它想扑上脸来咬我，所以我宁愿牺牲我的双脚。现在它们已皮开肉绽，几乎被撕碎了。""您竟然愿受这般折磨，"绅士说，"只要一枪，这鹰就死了。""真是这样？"我问，"您能帮这个忙吗？""行，"绅士答道，"我只需回家把枪取来。您还能忍半小时吗？""难说。"我回答，剧痛使我半晌张不开口，然后我请求道："请您无论如何试试。""好，"绅士说，"我快去快回。"那猛禽悄悄地听着我们的谈话，目光在我和绅士脸上来回游移。这时我知道它已明白了。它猛地腾空飞起，向后绷紧身体，以求获得更大的冲

---

① 本篇写于 1920 年秋，1936 年由马克斯·勃罗德收入他所编的《卡夫卡文集》。标题为勃罗德所加。——编者注

力，然后用它锋利的尖喙标枪一般从我口中直插而入。我倒在地上，一腔鲜血喷涌而出，顿时将恶鹰淹没，我因此也获得了解脱。

玛　丽[①]

　　那是一扇极矮的小门，通向花园，不比人们在玩草地球时插进地里的铁丝拱门高出多少，所以，我们不能肩并肩地进入花园，而必须一个挨着一个爬进去。玛丽还妨碍我爬，正当我的肩膀几乎被小门卡住的时候，她竟还拉起我的脚来了。最后我总算爬过去了，玛丽也令人惊讶地爬过去了，当然全靠了我的帮助。我们在忙于这一切的时候，竟压根儿没发现，主人显然一开始就在附近站着，在一旁看着我们爬进来。这使玛丽感到很尴尬，因为她那薄连衣裙爬得皱皱巴巴的了。可是现在无法补救了，因为主人已经在迎候我们，他热烈地和我握手，轻轻拍拍玛丽的面颊。我记不起来，玛丽几岁了，也许她是个小孩子，因为她受到这种方式的欢迎，可是我肯定不比她大几岁。一个仆人走过，他几乎是飞掠而过，高举右手——他的左手叉着腰——托着一只满满的大碗，里面盛着的东西匆忙之间我未能看清，我只看见，不是长长的带子便是树叶或海藻从碗沿四周垂挂下来，在仆人身后的空间飘荡。我提醒玛丽注意那仆人，

---

　　① 选自《笔记和散页断片》，标题为编者所加。——编者注

她朝我点点头，但是并不感到如我预料的那么惊讶。本来这是她初次参加大型社交聚会，她一定会觉得自己就像一个一直只生活在平原上的人，但是她面前的帷幕突然拉开，她竟站在山脚下。可是在她对主人的态度上她也没显出这类情绪，她一边平静地倾听他的欢迎词，一边徐徐戴上我昨天给她买的那副灰色手套。她以这种方式通过了这场考试，我基本上是感到很高兴的。然后，主人邀请我们跟着他走，我们朝仆人离去的那个方向走去，主人总是在我们前面保持一步之遥，但是半扭过头来关照着我们。

初次相遇 [1]

　　我自青少年时代起就认识他。他比我大七八岁，但是这个按说是不小的年龄差别却没怎么显现出来，今天我甚至显得比他年纪还大，他自己也这么看。然而，这种年龄差距的缩短是逐渐形成的。

　　我回忆起我们的初次相遇。那是一个黑沉沉的冬日的下午，我正从学校里出来，我是国民小学一年级的一个小男孩；当我拐过一个街角时，我看见了他。他身体强健，矮小壮实，长着一张颧骨突出而又丰满的脸，当时他的模样和今天完全不一样，自他的童年时代以来，他在身体方面已经变得叫人认不出来了。

　　他用一条绳索牵着一条惊怯的小狗。我收住脚步，在一旁观看，并非感到幸灾乐祸，只是出于好奇。我很好奇，对什么都感兴趣。他却对我的旁观很生气，说："管管你自己的事吧，蠢蛋。"

---

[1]　选自《笔记和散页断片》，标题为编者所加。——编者注

争　吵①

　　他把自己关在第二个房间里。我敲了敲门，并撼动了门板，他依然不吭声。他在生我的气，他不愿意理睬我。可是后来我也生气了，就不再管他。我把桌子移到窗口，就要写信。我们就是为这封信而闹翻了。这类争吵显得多么小肚鸡肠，既然压根儿会发现这样一种争吵对象，可见我们之间的关系必定有多么紧密，没有哪个局外人能明白这个道理。这是没法跟人说清楚的，人人都会以为，我们的意见完全一致，而我们也是一致的。

　　这是一封写给一位姑娘的信，我在信中向她告别，何等明智而正确。再没有比这样做更明智更正确的了。试想，如果是一封内容相反的信，那么这样的一封信就会是可怕的、不可思议的，从这一点上人们尤其可以看出这是明智之举。也许我将写一封这样的信，并在紧闭的房门口把它读给他听，然后他就必然会同意我的看法。当然，他同意我的看法，也认为这封告别信写得对，但是他生我的气。他通常都是如此，对我怀有敌

---

　　① 选自《笔记和散页断片》，标题为编者所加。——编者注

意，但无可奈何。每逢他用那安静的眼睛望着我时，我总觉得，仿佛他在要求我去阐明他的敌意。"你这孩子，"我想，"你想拿我怎么样？你已经把我搞成什么样了！"我一如既往地站起来，走到门口，又敲起门来。没有回答，可是这一回门未锁，而房间里却空无一人。他走了，这就是真正的惩罚。他喜欢这样惩罚我，这样争吵了一场之后他就离去，几天几夜不回来。

棺　材①

　　我到死人家里作客。那是一个大而整洁的陵墓，几口棺材已经安放在那儿，但是还有许多地方有两口棺材敞开着，里面弄得乱七八糟，看上去就像刚有人睡过的床。一张写字台略微靠边放着，以致我竟没有马上就发现它。一个身材魁梧的男子坐在写字台后面。他右手拿着一支钢笔，那样子，就仿佛他已经写过字，现在恰好停笔了；他的左手把玩着背心上的一条表链，脑袋向表链深深俯下。一个女佣在扫地，可是地上没有什么可扫的。

　　我怀着某种好奇心扯了扯她的头巾，头巾把她的脸全遮住了。现在我才看清她的脸。这是一个我昔日曾认识的犹太姑娘，长着一张丰腴、白皙的脸和一双细长、黑色的眼睛。她裹着一身褴褛衣衫，对我笑了笑，那身衣衫把她变成了一个老太婆。我说："你们是在这里演喜剧吧？""是呀，"她说，"有一点儿。你真了解情况！"但是随后她便指指写字台旁的那个男子，说："现在你去招呼那儿的那个人吧，他是这儿的主人。你没有和他

---

　　① 选自《笔记和散页断片》，标题为编者所加。——编者注

打过招呼，我本来是不可以和你说话的。""他是谁？"我轻声问。"一个法国贵族，"她说，"他叫德·庞廷。""他怎么来这儿的？"我问。"这我不知道，"她说，"这里是一团乱麻。我们正在等一个人来整顿秩序。你就是这个人吗？""不，不。"我说。"这是很理智的，"她说，"可是现在你到那位先生那儿去吧。"

于是，我走过去，鞠了一躬。由于他没有抬起头来——我只看见他的一头蓬乱的白发，我便道了声晚安。但是他还始终一动也没动。一只小猫绕着桌子边沿跑，它简直是从主人的怀里跳出来的，并且又在那儿消失了。也许他根本不看表链，而是在看桌子下面。我想解释，我是以什么方式到这儿来的，但是我的女友扯了扯我上衣的后摆，悄悄说："这已经足够了。"

对此我感到很满意，我向她转过身去，我们臂挽臂在墓室里继续行走。扫帚妨碍了我。"把扫帚扔掉吧，"我说。"不，不，"她说，"让我留着它吧。在这儿扫地我不会觉得吃力的，你不是看到了吗，对不对？你瞧，怎么样，不过我确实也因此而得到某些好处，我不想放弃这些好处。顺便问一句，你会留在这儿吗？"她转移话题问。"为了你的缘故，我乐意留在这儿。"我慢条斯理地说。我们像一对情侣那样紧紧依偎着走。"留下吧，啊，留下吧，"她说，"我多么思念你呀。这儿并不像你担心的那么糟糕。我们四周怎么样，这与我们俩有什么相干。"我们默默行走了一会儿，我们的胳臂已经互相松开，现在我们搂抱在一起了。我们在主道上行走，左右都是棺材，墓室很大，起码很长。虽然黑，但并非漆黑一团，只是朦朦胧胧，并有点儿微光。就在我们所在的地方，在一个围绕着我们的小圆圈里，她突然说："来，我带你去看我的棺材。"我听了大吃一惊。"你还没有死嘛。"我说。"是没死，"她说，"但是有话实说吧：我不熟悉这里的情况，所以你来了我很高兴。在短时间内你会明白一切的，现在你可能就已经看什么都比我心明眼亮了。反正是：我有一口棺材。"我们右拐弯走上一条小路，又是在两排棺材之间。就结构而言，整个设施使我回忆起一座我曾见过的大酒窖。在这条路上，我们越过一条小小的、几乎不到一米宽的、水流湍急的溪流。随后不久，我们便找到了姑娘的棺材。棺材里配有漂亮的花边枕头。姑娘爬进去坐下并引诱我下去，与其说是用食指招引，不如说是用目光示意。"你这个可爱的姑娘，"我一边说，一边摘去她的头巾，用手摸着她的一头柔软的头发，"我还不能待在你身边。这儿墓室里有个人，我得和他谈谈。你愿不愿意帮我找他呀。""你必须和他谈话？这里谁也不必尽什么义务，"她说。"可是我不是这里的人。""你以为，你还会离开这儿？""当然。"我说。"那你就更不该浪费你的时间了。"她说。接着，她从枕头底下掏摸出一件汗衫。"这是我的寿衣，"她边说边把它递上来给我，"可是我不穿它。"

嫉　妒[①]

　　我坐在包厢里，我妻子坐在我旁边。正在演一出激动人心的戏，戏的主题是嫉妒。在一座灯光辉煌、柱子围绕的大厅里，一个男子正高举匕首刺向缓步向大门走去的妻子。大家心情紧张地俯身倚在栏杆上，我在鬓角上感觉到我妻子的鬈发。突然，我们猛的一下缩回身子，栏杆上有什么东西在动。我们本以为是栏杆的丝绒软套，原来竟是一个瘦长男子的后背，这个男子的身体恰好和栏杆一样窄，迄今一直肚子朝下躺着，现在正慢慢转过身来，仿佛在寻找一个更舒适些的位置。我妻子战战兢兢地拉着我。紧挨着我面前的是那男子的脸，比我的手还窄，像一具蜡像那样，极其干净，蓄着黑山羊胡子。"您为什么吓唬我们？"我喊道，"您在这里干什么？""对不起！"那男子说，"我是您妻子的爱慕者。感觉到她的胳膊肘搁在我的身体上，使我感到快活。""埃米尔，我求你了，你要保护我！"我妻子大声说。"我也叫埃米尔，"那人说，用一只手支着脑袋，像是在一张沙发床上那样躺着，"到我这儿来吧，美人儿。""你

---

　　① 　选自《笔记和散页断片》，标题为编者所加。——编者注

198

这个流氓，"我说，"你敢再说一句，我就把你推到楼下正厅里去。"仿佛我确信这句话还未说出来，我就要把他推下去。可是这件事不那么简单，他似乎牢牢地固定在栏杆上，就像是砌在栏杆上似的，我想把他推开，却推不动他。他只是笑了笑，说："算了吧，你这个小傻瓜，别过早地耗尽了你的力气，战斗才开始，这场战斗当然会以你的妻子满足我的欲望而告终的。""绝不会！"我的妻子喊道，随后便转过脸来对我说，"哎哟，你推他下去嘛。""我推不动，"我大声说，"你看见了，我多么使劲，可是这事实在蹊跷，就是推不下去。""唉，天哪，唉，天哪，"我的妻子哀叹，"我可怎么办呀。""你安静些，"我说，"我求你了，你一着急事情反而更糟了，我现在有了一个新的计划，我用我的那把刀子把这儿的丝绒割下来，然后把它和那家伙一同扔下去。"可是现在我找不到我的刀子。"你知道，我的刀子在哪儿吗？"我问。"我把它放在大衣口袋里了吧？"我几乎就要往衣帽间里跑去，还是我妻子使我头脑清醒过来。"现在你要把我一个人撇下，埃米尔。"她喊道。"可是我没有刀子呀。"我大声回答说。"拿我的。"她说，并颤抖着手指在她的小口袋里寻找着，但是后来她自然只掏出来一把微型珠母小刀。

假　象①

　　世界上存在着恐惧、悲伤和寂寞，他懂，但是这也仅仅是因为，它们都是含糊而一般的、只触及表面的情感。所有其余的情感他一概否认，说是我们所列举的如此种种都只是假象、童话、经验和记忆力的影子。

　　怎么会是另外一个样子呢，他说，因为真正的事件永远也不会为我们的情感所达到或者甚至超过的。我们只在那个真正的、转瞬即逝的事件之前和之后经历它们，它们是梦一般的、只限制在我们身上的虚构的东西。我们生活在半夜里的寂静之中，我们转身向东或向西，经历着日出和日落。

---

① 选自《笔记和散页断片》，标题为编者所加。——编者注

苦行者[①]

某些苦行者是贪得无厌的人，他们在生活的各个方面进行绝食，想由此同时达到如下的目的：

1. 一个声音应该说：够啦，你禁食已经够久了，现在你可以像别人那样吃饭，而且这不能算作吃饭。

2. 同一个声音应该同时说：现在你已经在强制下禁食这么久了，从现在起你将带着欢乐禁食，这将会比饭菜还香（可同时你将真的吃起饭来）。

3. 同一个声音应该同时说：你已经战胜了世界，我解除你的义务，即吃饭和禁食（可你将同时既禁食又吃饭）。

此外，还有一个一直都在对他们说着话的持续不断的声音：你虽然禁食不彻底，但是你有这个善良的愿望，这就够了。

---

① 选自《笔记和散页断片》，标题为编者所加。——编者注

痛　苦[①]

我能经历死亡，不能忍受痛苦。由于试图逃脱痛苦，我明显地增强着痛苦。我能顺从死亡，不能顺从受难，我没有内心的激动，这就好比是全部行装都已经收拾好，已经拉紧的皮带折磨人地一再重新被拉紧，可就是不启程。不置人于死地的痛苦，这是最糟糕的。

---

① 　选自《笔记和散页断片》，标题为编者所加。——编者注

自　由[①]

　　两个男子坐在一张制作粗糙的桌子旁边，一盏煤油灯挂在他们的上方。这里远离我的家乡。

　　"我落入你们的手里了。"我说。

　　"不，"一个男子说，他身子笔挺地坐着，左手使劲掐住自己的大胡子，"你是自由的，所以你也就完了。"

　　"那么，我可以走了？"我问。

　　"是的。"那人说，一边对他的邻座悄悄说些什么，一边友好地抚摸他的手。那是一个老汉，身子直溜而且很强壮。

---

　　① 选自《笔记和散页断片》，标题为编者所加。——编者注

自己的位置[①]

　　许多人在等待，一大群人，在黑暗中渐渐辨认不出了。他们想干什么？他们显然提出了某些要求。我将听取这些要求，然后作出回答。但是我不会到外面的阳台上去的。即便我想去也去不了。冬天阳台门是锁上的，钥匙不在手头。但窗户跟前我也不去。我不愿意见任何人，我不愿意让人搞乱了自己的思想。写字台前，这就是我的位置，双手支着脑袋，这就是我的姿势。

---

　　① 选自《笔记和散页断片》，标题为编者所加。——编者注

斗　争^①

　　我在斗争。没人知道这一点。有些人有所感觉，这是不可避免的，但是没有人知道。我履行着我每天的义务，可以看到我的精神有些不集中，但不是很严重。当然每个人都在斗争，可是我甚于他人。大多数人像在睡眠状态中斗争，他们如同在梦中挥动着手，想要赶走一种现象似的。我却挺身而出，深思熟虑地使用我的一切力量来斗争。为什么我要从这些吵吵嚷嚷、然而在这方面却是战战兢兢的寂静的人群中挺身而出呢？为什么我要把注意力都吸引到我身上来呢？为什么我的名字上了敌人的第一份名单呢？我不知道。另一种生活对我来说似乎没有生活的价值。战争史书上把这样的人称为具有士兵天性的人。但事情并非如此，我并不希望胜利，我在斗争中感到快乐，并非因为它是斗争，使我快乐的唯一理由是有事可干。作为这样的斗争，它带给我的快乐显然比我实际上所能享受到的要多，比我所能赠予的要多，也许将来我不是毁灭于这种斗争，而是毁灭于这种快乐。

---

　　①　选自《笔记和散页断片》，标题为编者所加。——编者注

徒然的爱 [1]

我爱一个姑娘，她也爱我，可是我不得不离开她。

为什么？

我不知道。那样子，就仿佛她被一批手持武器的人团团围住了似的。他们向外举着长矛，不管我什么时候趋近过去，我都撞在长矛尖头上，受到伤害，不得不退回。我吃了许多苦头。

姑娘对此不负责任吗？

我以为不负责任，或者说得确切些，我不知道。上述的比喻并不完整，我也被手持武器的人包围着，他们向里举着长矛，就是说，长矛是对着我的。每逢我向姑娘挤过去，我总是先被包围着我的武士们的长矛缠住，这一关就通不过。也许我从来没有到过围住姑娘的武士们的跟前，万一我去过的话，我也是已被我的那些长矛手刺得鲜血淋淋，失去知觉了。

姑娘保持独身了吗？

不，另外一个男人已经挤到她身边，轻而易举，未受阻挠。我过度疲劳，筋疲力尽，那样漠不关心地在一旁看着，仿佛我就是空气似的，他们的脸就在这空气中互相贴住，初次接吻。

---

[1] 选自《笔记和散页断片》，标题为编者所加。——编者注

冤　屈[①]

他很强壮，越来越强壮。他似乎靠别人负担生活费用。人们不妨把他想象成荒野里的一头动物，晚上，它独自缓慢、悠闲、晃晃悠悠地去饮水。他的眼睛是混浊的，人们往往不觉得；他两眼盯着的东西他倒是真的看清了。可是妨碍他的不是精神涣散，不是工作繁忙，而是一种麻木不仁。他显然不是一个酒徒，但他的昏花的眼睛却是酒徒的眼睛。也许他受了冤屈，也许是这冤屈使他变得如此深沉，也许是他总是遭受冤屈。这似乎是那种不明确的冤屈，年轻人常常会觉得自己肩上压着这种冤屈，但是只要他们还有这个力气，他们终究是会把它甩掉的，可是他却已经老了，尽管也许不像他看上去那么老。他现在老态龙钟，脸上布满着几乎是咄咄逼人的、自上而下的皱纹，隆起的西装背心罩在肚子上。

---

① 　选自《笔记和散页断片》，标题为编者所加。——编者注

航行之后[1]

　　我们靠岸了。我上了岸。这是一个小码头，一个小地方。几个人在瓷砖地面上闲荡，我和他们搭讪，但听不懂他们的话。他们说的大概是一种意大利方言。我喊我的舵工过来，他懂意大利语，但是此地这些人说的话他也听不懂，他否认那是意大利语。不过对这一切我并不很在意，我唯一的要求是，没完没了的在海上航行以后可以稍许休息一会儿。这个地方和别的地方都一样适合休息。我再次上船，进行了必要的安排。所有的都暂时留在船上，只有舵工陪伴我。我离开陆地太久已经很不习惯，占据了我的心灵的，除了对陆地的渴望以外，还有一种捉摸不定的、无法摆脱的对陆地的恐惧，所以我让舵工陪着我。我还到下面的妇女舱里去看了看。我的妻子正在给我们的小儿子哺乳，我抚摸她的柔嫩的热烘烘的脸，把我的想法告诉她，她抬头向我露出赞同的微笑。

---

[1]　选自《笔记和散页断片》，标题为编者所加。——编者注

做作业①

　　吃罢晚饭之后，我们还围绕桌子坐着，父亲向后靠在靠背椅里——我见过的最大家具之一。父亲半睡半醒地抽着烟斗，母亲在缝补我的一条裤子，俯身看着手里的活计，其他一概不注意，舅舅高高耸着身子，鼻子上架着夹鼻眼镜，就着灯光，正在读报。我在胡同里玩了一整个下午，晚饭后才想起有一项作业要做。我已经拿出本子和书来，可是太疲倦了，只有用歪歪斜斜的线条点缀本子封面的力气了，身子越来越下沉，几乎趴在练习本上了。这时，本来早就应该上床睡觉了的邻居家的小男孩埃德加悄没声地穿过房门走进来，奇怪的是，我从这扇门往外看到的竟不是我们那间黑乎乎的穿堂，而是高挂在冬季广袤大地上空的那轮明澈的月亮。"来，汉斯，"埃德加说，"老师在外面雪橇里等着呢。没有老师的帮助这作业你怎么做呀？""他愿意帮助我吗？"我问。"愿意，"埃德加说，"机会难得，他正要去库梅拉，他坐在雪橇里心情非常愉快，他不会拒绝任何请求的。""父母会允许我吗？""你别去问他们……"

---

①　选自《笔记和散页断片》，标题为编者所加。——编者注

假胡子①

　　那是一道很难的习题，我怕是做不了这道题了。时间很晚了，现在着手做这道题已太晚了。在胡同里把一个下午都玩掉了，没有把这事告诉父亲，而父母本来也许会帮助我的。现在大家都睡了，我独自对练习本坐着发愣。"现在谁会来帮助我？"我轻声说。"我。"一个陌生男人边说边徐徐在我右侧桌子较短的一边的一把椅子上坐下，就像在我父亲，在这位律师那儿，当事人蜷缩着身体坐在父亲的写字台的一侧那样，胳膊肘支在桌上，伸直着两条大腿。我曾想发火，可是这位原来竟是我的老师。他自己布置的作业，他做起来当然得心应手。他或友好或高傲或讥讽地点点头，表示同意这个看法，我摸不透他的心思。但是他真的是我的老师吗？从外表上粗粗一看他完全是的，可是走近细细一看，就有问题了。譬如他长着一副像我老师那样的胡子——硬挺、稀疏，凸出的灰黑色胡子盖住了上唇和整个下巴。可是如果向前朝他弯下身去，那么你便会觉得这是一副人造假胡子，而且，这位所谓的老师向我俯身过来，用手从下面扶住胡子，托起它供我检查，这也并不减少这种疑虑。

---

　　① 选自《笔记和散页断片》，标题为编者所加。——编者注

单刀直入 [①]

如果你想让人引见进一个陌生的家庭，你就找一个共同的熟人，请他帮忙。你找不到这样的人，那你就耐心等待良机吧。

在我们居住的这个小地方不乏这种机会，今天没有机会，明天就一定会有。没有这样的机会，你也不会因此去摇撼世界这座大厦的柱子的。没有你，这一家人是忍受得了的，而你起码不会比人家还忍受不了。

这一切都是不言而喻的，只有K.不明白这个道理。他最近脑袋里产生了一个念头，想去我们庄园主的家里，他不采用社交的途径，而是单刀直入。也许他觉得通常的途径太无聊，这倒是对的，但是他试图采取的途径，是异想天开。我这么说，并不是夸大我们庄园主的意义，一个理智、勤奋、值得尊敬的人，但也不过如此而已。K.找他有什么事？他想在庄园谋一个职位？不，他没有这个意思，他自己就富有，过着无忧无虑的生活。他爱庄园主的女儿吗？不，不，他不在这样的怀疑之列。

---

① 　该篇是《城堡》的一段习作。标题为编者所加。——编者注

211

徒费口舌[1]

　　一个农民在街上截住我，请我和他一道回家去，说是也许我能帮助他，因为他和他老婆吵架了，弄得他不得安宁，还说他的孩子们也都头脑简单不成器，只会游手好闲，无所事事，或者胡作非为。我说，我愿意跟他走，但是我，一个陌生人，是否能帮他的忙，这恐怕就难说了。对孩子们我也许还可以指点一下，但是对女人我恐怕就无能为力了，因为妻子好争吵，其根源一般都在于丈夫的性格。由于他不愿意这样争吵，他一定努力在改变自己，但没有成功，那么我怎么会成功呢。我充其量可以把这妇人的争吵癖引到自己身上。就这样，我与其说是在对他说话，毋宁说是在对自己说话。后来我坦率地问他，我付出的辛劳，他可以给我多少报酬。他说，对于这个问题我们很容易取得一致，如果我顶点事，我想要多少，只管提出来好了。一听这话，我收住脚步说，这种一般性的允诺对我来说是不够的，他每月给我多少，必须达成明确的协议。他对我要

---

[1]　不妨把这个片断看作是用讽刺体裁对《以色列和以色列在各族人民中间的和平使命》这个题目所作的一种改写。——原注

求按月拿工资感到惊讶。我对他的惊讶感到惊讶。难道他以为，两个人一辈子造成的过失，我在两个小时内就能弥补过来，他以为，过了两个小时之后我就会接受一小袋豌豆当工钱，感激涕零地吻他的手，穿上我的破衣烂衫，在寒风刺骨的公路上继续漫游？不！农民默默无语，低着头，但神情紧张地注意倾听着。相反，我这样说道，我将不得不长时间地待在他家里，以便先了解清楚情况，正式寻找使情况得到好转的方法，然后我还得继续逗留更长的时间，以便在可能的范围内，真正建立秩序，然后我就会年老体衰，压根儿就走不动路，只好歇息，享受他给我的报答。

"这可不行，"农民说，"你大概是想在我们家里定居下来，到头来还会把我赶走。这样的话，我就是在自己原有的负担上再添上这个最大的负担。""没有相互的信任我们当然无法取得一致意见，"我说，"我对你不是也很信任吗？我无非只想得到你的一个诺言，这诺言你也可以违反的嘛。我把一切事情按你的愿望办妥之后，你可以不顾一切承诺把我打发走的嘛。"农民看着我说："你不会走的。""你愿意怎么干就怎么干吧，"我说，"随便你怎么想我都可以，但是你别忘了——我只是出于友情才对你说这话，即使你不用我，你在家里也会忍受不下去的。你和这个女人以及这些孩子怎么继续生活下去？既然你不敢把我接到你家里去，那么你还不如立刻放弃你的家，放弃这个还将会给你带来烦恼的家。跟我来吧，我们一同漫游，我将不会对你的不信任耿耿于怀。""我不是个无牵无挂的人，"农民说，"我和我妻子共同生活了十五年多了，难哪，我根本不明白，这怎么可能呢，但是尽管如此，我没有做过这种种使她变得可以让人忍受的试验，我不能离开她。这时，我在马路上看见了你，于是我就想，我可以和你一起做最后这次大的试验。来吧，你要什么，我都给你。你要什么呢？""我要的不多，"我说，"我不想乘人之危。你只要时时刻刻把我当长工看待就可以，我什么活都会干，对你会有用处的。可是我不愿意当那种跟别的长工一样的长工，你不能给我下命令，我必须按我自己的意愿干活，一会儿干这，一会儿干那，然后就什么也不干，一切都由我自便。你可以请求我干一样活儿，但是不要强求。你发现我不愿意干这个活儿，你得一声不响地忍受。钱我不需要，可是衣服、内衣、裤子和靴子，如果有必要的话，必须严格按我现在穿在身上的这个样子给我置办。你在村里弄不到这些衣物，那你就得进城去买。但是对此你不必害怕，我现在穿在身上的，几年都坏不了的。我吃一般的长工伙食就可以，只是，我必须天天有肉吃。""天天？"他赶紧插嘴问，仿佛所有其他条件他全都同意似的。"天天。"我说。"你也有一副特殊的牙齿，"他说，并试图以此来为我的特殊愿望开脱，他甚至把手伸进我的嘴里去摸我的牙齿。"这么尖利，"他说，"简直像狗牙。""总之，我天天要吃肉，"我说，"啤酒和烧酒，你喝多少，我就喝多少。""那就多了，"他说，"我必须喝很多。""那就更好，"我说，"不过你可以少喝点，这样，我也就可以少喝了。也许你只是因为家庭生活不幸才喝这么多的吧。""不，"他说，"这怎么

214

能联系在一起呢？不过我喝多少，你就应该喝多少；我们一起喝。""不，"我说，"我不和任何人一起吃、喝。""独自一人？"农民惊讶地问，"我简直让你的种种愿望给搞糊涂了。""这并不多呀，"我说，"我的愿望也几乎快说完了。我还需要油，点一盏小油灯，要整夜在我身边亮着。小油灯在我的包里，一盏极小的油灯，只需要一点点油。这根本不值一提，只是为了完整起见我才把这件事提出来，免得事后发生争执，付工钱时争吵起来我可是受不了。商谈好的东西你拒不给我，我这个一向慈和善良的人决不会善罢甘休，这一点你要记住。该给的你不给我，哪怕是一件小玩意儿，我就能够在你睡觉的时候放一把火把你这所房子烧掉。但是只要你不拒绝给我明文规定应该给我的东西，甚至你时不时还出于爱心添上一件小礼物，哪怕是不值一文钱的小玩意儿，那么我就会在所有事情上忠诚、矢志不移、竭诚服务。我的要求不超出我所说过的范围，另外，要在八月二十四日，我的命名日，给一小桶五升朗姆酒。""五升！"农民大吃一惊说。"唔，五升，"我说，"这并不多嘛。你大概想压低我的要求，可是为了照顾你的利益，我已经尽量节制我的需求，以致有第三者听见的话，我简直非感到难为情不可。如果有第三者在场我绝不会这样和你谈话。这件事也绝不要让别人知道。喏，这件事也没有人会相信的。"但是农民说："你还是走你的路吧，我将独自一人回家并自己设法去和妻子和解。最近我经常揍她，现在我要放松一点，她也许会感激我的。我也经常打孩子，我总是拿马厩里的马鞭抽他们，我要收敛一些，也许情况就会变好。诚然，我已经有所收敛，情况却并没有好转。但是你的要求我无法满足，就算我想要满足你的话，我的经济状况也不允许。不，不可能的，每天吃肉，五升朗姆酒，但是即便承受得了的话，我妻子也不会允许的，而如果她不允许的话，这件事我就干不成。""那干吗还费这么多口舌，"我说……

教师与督学[①]

　　那是一所企业学徒工夜校，他们得到了几道简单的计算题，现在他们必须进行书面演算。可是所有的座位上都在高声喧嚷，不管多么努力，谁也无法进行计算。最安静的是上面讲台上的教师，一个瘦削、年轻的大学生，他不知怎么地竭力相信学生们正在做他们的作业，所以他居然可以用拇指压着耳朵，去研读自己带来的期刊。这时有人敲门，来者是夜校的督学。孩子们立刻静了下来，他们的全部力量已经释放出来，现在才有可能安静。教师则将班级记录簿放在他的期刊上。督学还是个年轻人，不比年龄大的学生大几岁，用疲倦的、显然有点近视的眼睛扫视全班学生。然后，他登上讲台，拿起记录簿，不是为了打开它，而是为了露出教师的期刊来，他示意教员坐下，自己则坐在第二把椅子上，半傍着他，半对着他。然后进行了下面这场谈话，全班同学都注意倾听他们的谈话，后面几排学生为了看得清楚些，都站了起来。

　　督学：这儿根本不在学习。我在楼下就听见吵闹声了。

---

　　① 选自《笔记和散页断片》，标题为编者所加。——编者注

教师：班上有几个特别调皮的孩子，但是别的学生都在做一道计算题。

督学：不，没有人在做作业，您坐在这上面研究罗马法，那人家还能怎么样。

教师：是这么回事，我利用学生做笔头作业的时间读点书，我想略微减轻些今天晚上的工作，白天我没有时间读书。

督学：好，这话听起来完全无可厚非，但是我们不妨考虑一下，我们这儿是什么学校？

教师：企业合作社学徒工夜校。

督学：这是一所高级学校还是低级学校？

教师：一所低级学校。

督学：也许是最低级的学校之一？

教师：是的，最低级的学校之一。

督学：这是对的，这是最低级的学校之一。它比国民小学还低级，因为教材不是重复国民小学的教材内容，便是最简单的基础知识。所以我们大家，学生、教师和我这个督学，在一所最低级的学校工作和学习，或者说得更确切些，我们应该按我们的义务在一所最低级的学校里工作和学习，这也许是有损名誉的吧？

教师：不，没有哪种学习是有损名誉的。况且，对于学生们来说，学校只是一块跳板。

督学：那么对于您来说呢？

教师：对于我来说其实也是。

权力与女人 [①]

"你的权力以什么为基础？"

"你以为我有权力？"

"我以为你很有权力。我欣赏你的权力，同样也欣赏你行使权力时的那种克制，那种不谋私利，或者不如说，你对你自己行使这一权力时的那种决断力和信念。你不仅仅克制你自己，甚至同你自己作斗争。你为什么这样做，个中的原因我不打算问你，你自己知道就可以了，我只问你权力的来源。我以为我之所以有理由提出这样的问题，是因为我已经认识到这种权力，这是迄今许多人都未能做到的，并且我已经感觉到这种权力的威胁——由于你的自我克制，今天它还没有超出这个范围，感觉到它具有某种不可抗拒的力量。"

"你的问题很好回答：我的权力以我的两个妻子为基础。"

"你的妻子？"

"是的。你认识她们吧？"

"你是说昨天我在你的厨房里见到过的女人吗？"

---

① 选自《笔记和散页断片》，标题为编者所加。——编者注

"正是。"

"那两个胖女人？"

"正是。"

"这些女人，我几乎没注意她们。她们看上去，对不起，就像两个女厨娘，不是很干净，衣服穿得邋里邋遢。"

"嗯，她们是这样的。"

"唔，每逢你说什么，我总是立刻就相信，只是，现在我觉得你比从前，比我知道这女人的事之前更不好理解了。"

"可是这并不是什么谜，这很明显嘛，我讲给你听吧。我和这两个女人一起生活。你在厨房里见过她们，但是她们很少做饭，饭菜大都是对面的饭店里买来的，这一次蕾西去买，下一次阿尔巴去买。其实也没有人反对在家里做饭，但是这太难了，因为这两个女人相处得不好。也可以说她们相处得很好，但是只有当她们平安无事地生活在一起的时候才是如此。譬如她们一连数小时之久不睡觉，安安静静地并排躺在狭窄的沙发榻上，凭她们那肥胖的躯体这也就已经不是一件微不足道的小事了。但是一干起活儿来她们就相处不好，她们立刻就要争吵，争吵马上就会变成殴打。所以我们达成一致意见——通情达理的话她们是很听得进去的，即尽可能少干活。而且这也符合她们的实际情况。譬如她们以为已经把寓所打扫得特别干净了，其实它脏得让我一跨进门槛就恶心，但是我一旦跨出这一步，我也就不难习惯了。

"一不干活，争吵的由头也随之消失了，尤其是对于嫉妒她们是全然陌生的。哪儿还会有什么嫉妒呢？我几乎区分不清她们了。也许阿尔巴的鼻子和嘴唇比蕾西的更带点黑人味儿，但是有时我又觉得恰好相反。也许蕾西的头发比阿尔巴少些——本来她的头发就已经少得够呛——但是难道我注意到这一点了吗？我几乎依然区分不清她们俩。

"我晚上才下班回家，只有星期天白天我见到她们的时间才多些。由于我喜欢下班后尽可能久地独自在外面逛荡，所以我很晚才回家。为了节俭，我们晚上不点灯。我确实没有这笔钱，为供养这两个能不停地吃东西的女人，我耗费掉了我的全部工资。于是，我在黑乎乎的寓所门口敲门。我听见，那两个女人怎样呼哧呼哧地来开门。蕾西或阿尔巴说：'是他。'两个女人喘得更厉害了。如果在那儿的不是我而是一个陌生人的话，她会对此感到害怕的。

"然后她们就开门，我一般总要开个玩笑，大门刚开了一条小缝我就挤进去，同时抓住两个女人的脖子。'你，'一个女人说，这意味着：'你真不像话，'两个人咯咯咯地笑了起来。于是她们就只顾着和我厮混，若不是我从她们身上抽出一只手来把门关上，这扇门整宵都会开着的。

"然后总是那条穿堂，这条几步路长、走半个多小时之久的路，她们几乎是抱着我走的。过了毫不轻松的一个白天之后我确实疲倦了。我时而把头靠在蕾西的肩膀上，时而又靠在阿尔巴的软乎乎的肩膀上。两个女人都几乎赤裸着身体，只穿一件汗衫，白天大部分时间里她们都是这样，只有当有客人来时，就像最近你来访时那样，她们才穿上几件脏兮兮的衣服。

　　"然后我们来到我的房间，通常都是她们把我推进去，但是她们自己却待在外面并把门关上。这是一种游戏，因为现在她们在争斗，谁可以先进来。这不是什么嫉妒，不是真正的争斗，只是逗着玩儿。我听见她们互相或轻或重的拍打声、喘气声，意味着真正呼吸困难的喘气声，时不时还夹杂着几句话。最后，我自己打开房门，她们冲进来，情绪激动，身着撕碎的汗衫，带着呼出的呛人的气味。然后我们就滚到地毯上，然后就渐渐安静下来。"

　　"唔，你为什么不说话了？"

　　"我离题了。刚才怎么了？你向我询问我的所谓的权力的来源，我举出了女人。喏，是这样的，我的权力来自女人。"

　　"来自于纯粹的与她们的共同生活？"

　　"来自于共同生活。"

　　"你变得这么沉默寡言了。"

　　"你看见了，我的权力有限度。不知是什么东西在命令我沉默。再见。"

奇怪的动物[①]

　　在我们的犹太教堂里有一头如一只黄鼬般大小的动物。它的模样常常可以看得很清楚，它容许人走近到两米左右的距离以内。它的颜色是一种浅蓝灰色；它的毛皮还没有人抚摸过，所以对此无可奉告，人们几乎想断言，连毛皮的真正颜色也还是个未知数，也许这看得见的颜色只不过是粘在毛皮上的尘土和灰浆而已，这种颜色也像犹太人教堂内墙上的灰泥，只是稍许浅了一点。撇开它的胆怯不谈，这是一头极其安静的动物；它若不是经常受惊吓的话，它大概根本不会换地方的。它最喜欢待的地方是妇女部的栅栏，它带着明显的快意紧紧抓住栅栏的网格，伸展开躯体，望着下面的祷告室，这个大胆的姿势似乎令它感到高兴。可是教堂仆役却得到一项委托，就是不许这动物待在栅栏边上。它本来倒是会习惯这个地方的，可是由于妇女们怕这动物，人们不让它待在那儿。她们为什么怕它，这不清楚。诚然，第一眼看上去，它的模样是吓人的。特别是那个长长的脖子，那张三角脸，那一排几乎是水平方向突出的上

---

　　①　选自《笔记和散页断片》，标题为编者所加。——编者注

端牙齿，上唇上方一排长长的、突出于牙齿之上的坚硬的浅色粗毛，这一切都可以令人感到害怕，但是不久人们便不得不承认，这头似乎令人可怖的动物并不具有危险性。它离人远远的，比林中的动物更易受惊，似乎除了与这栋楼房外与任何事物都没有联系，它自己的不幸大概就在于：这座楼房是一座犹太人教堂，一个有时十分热闹的地方。倘若人们可以使这头动物听明白的话，人们自然就可以安慰它说，我们的山区小城的这个教区一年比一年缩小，它已经难以筹措到维持这座犹太教堂的费用。过些时候这座犹太教堂变成一座谷仓之类的场所，这头动物便可以得到现在痛感缺乏的安宁，这并不是绝无可能的事情。

当然，只有妇女们怕这头动物，男人早已对它漠然处之了。一代人把它指给另一代人看，人们经常能碰到它，最后不再看它一眼，连第一次见到它的孩子们也不再感到惊讶。它变成了犹太人教堂里的家畜，犹太人教堂为什么不可以有一头特殊的、哪儿也没见过的家畜呢？若不是因为那些妇女，人们就几乎不会知道这头家畜的存在。但是甚至连妇女们也并不是真的害怕这头动物，日复一日地惧怕这样一头动物，这也未免太奇怪了。她们自我辩解说，这头动物通常离她们比离男人们近得多，这话也对。这头动物不敢到下面男人们那儿去，人们还从未在地板上见到过它。人们不让它到妇女部的栅栏边上去，那么，它就只好待在对面墙上同样高度的地方。那儿墙面有一个非常狭窄的突出部分，几乎还不到两指宽，环绕着犹太教堂的三面，这头动物有时就在这个突出部分上跳来跳去，但是通常都安静地蹲在妇女们对面某个地方。几乎不可思议的是，它怎能如此轻捷地使用这条窄道，还有，它在那上面走到一头后又转身返回的那种方式是值得一看的。它已是一头很老的动物了，但是它做起最危险的空中跳跃来毫不犹豫，这个动作也从来不会失败，它在空中一转身，便又顺着原路跑回。当然，这动作人们见过几次后，也就看厌了，就没有兴趣老是瞪着眼睛去看它。况且，激动妇女们的内心的，既不是惧怕，也不是好奇，一旦她们专心致志作祷告，她们就会完全忘却这头动物。虔诚的妇女们也是会这样做的，如果其他妇女们允许她们这样做的话，这些女人却总是喜欢把注意力引到自己身上，而这头动物则是她们达到这个目的一个很好的借口。如果她们能够，如果她们敢于这样做的话，她们就会引诱这头动物更靠近自己身边，以便可以吓唬别人。但是实际上这头动物根本不愿趋近她们，只要它不受攻击，它就不管男人、女人，一概予以理会，看样子它巴不得隐蔽起来呢。在做祷告以外的时间里它就待在那个隐蔽的处所，显然是在墙上的哪个窟窿里，就是我们还没有发现罢了。当人们开始祷告时，它才受到嘈杂声的惊吓，跑了出来。它想看看发生什么事了，它想保持警惕，想得到自由，它有能力逃跑。由于害怕，它跑了出来；因为害怕，它连蹦带跳，不敢在祷告结束之前退回去。它之所以喜欢待在高处，自然是因为那儿最安全，在栅栏以及墙上突出部位跑起来最痛快。但是它并不总是待在那儿，有时它也窜到下面男人们那儿。

约柜①的帷幕装在一根闪亮的黄铜杆上，这根黄铜杆似乎很吸引这头动物，它相当频繁地偷偷溜过去，但总是安安静静地待在那儿。即使它在那儿紧挨着约柜，人们也不能说，它打搅了别人，它似乎在用它那发亮的、永远睁着的、也许没有眼皮的眼睛凝视做祷告的众教徒，但一定是没看任何人，而只是迎着它觉得正在威胁着自己的危险望去。

在这方面它似乎不比我们的妇女们明智多少，起码直至不久以前是这样的。有什么危险要害怕的呢？谁想拿它怎么样呢？难道它不是多年来一直活得挺自在的吗？男人们不理会它在场，多数妇女很可能会不高兴，如果它消失不见了的话。由于它是屋里唯一的一头动物，所以它根本就没有敌人。这一点，随着时间的推移，它本来是可以认识到的。声音嘈杂的祷告可能很是吓着了这头动物，但是这种祷告也只是每天重复一次，节日期间有所增加，始终有规律，不会有间断，即使是最胆小的动物也会习惯的。尤其是，如果它看到，这不是追踪者们发出的嘈杂声，而是一种它根本不理解的嘈杂声。可是它对这种嘈杂声却怕成这样。这是对早已过去的时代的回忆还是对未来时代的预感呢？也许这头老牲畜比分别在这座犹太人教堂聚集过的三代人知道得更多？

人们讲述说，据说许多年以前人们确实曾试图把这头动物赶走。这种说法可能是真的，但是更有可能仅仅是杜撰出来的

---

① 犹太人保藏刻有摩西十诫的两块石板的木柜。

故事而已。有案可查的倒是，当初人们从宗教法的立场出发曾研究过这个问题，即可不可以让这样一头动物留在教堂里。人们取来各种著名犹太教经师的意见书，意见是相左的，多数人主张赶走它并重新举行教堂落成典礼。但是颁布不痛不痒的法令，这是容易的，实际上却不可能逮住这头动物，所以也就不可能将它赶走。因为只有当人们逮住了它并将它赶得远远的，人们才大体上可以有把握说已经把它甩掉了。

教堂仆役声称记得，他那位也当过教堂仆役的祖父就很喜欢讲这件事。说是这位祖父小时候就常常听说如何摆脱不了这头动物的故事，他是个爬墙能手，在虚荣心驱使下，一个阳光灿烂的上午，整座教堂都沐浴在阳光下，他曾偷偷溜进去，带着一根绳子，一把弹弓和一根弯曲的棍棒。

威　胁[1]

　　特别是在十年制完全中学的头几年里，我的学习成绩很不好。对于我母亲来说，对于这位沉静的、骄傲的、不断用极大毅力控制着自己惶恐不安的本性的妇人来说，这是一种痛苦。她对我的能力抱有颇高的期望，但是出于害羞没有向任何人承认过，所以也就没有一个知心朋友可以与之商谈并确认这种期望。我的不成功就更加令她感到痛苦。我的不成功当然是无法加以隐瞒的，在某种程度上可以说是自己主动承认的，并且制造出了一大批令人厌恶的知情人，这就是全体教师和同学。我成了她的一个不幸的谜。她不责罚我，她不争吵。我至少并不是过分不努力，这一点她是看到的。起先她以为这是教授们对我要弄的一种阴谋，这个信念她从来没有完全摆脱过，可是转入另一所学校学习以及我在这所学校的成绩几乎更坏，这两点却有点儿动摇了她对教授们不怀好意的信念，当然没有动摇对我的信念。可是我在她的伤心地询问的目光下继续过着我那无拘无束的孩提生活。我不贪图功名，只要通过考试，我就满意了，要是考试通不过的话，将是一种威胁，整个学年都存在着的一种威胁……

---

① 　选自《笔记和散页断片》，标题为编者所加。——编者注

上流社会 [①]

你说，你在那个世界好吗？

对于这个探询我健康情况的问题，我违反习俗给予了坦率、具体的答复。我的身体很好，因为和从前不一样，现在我生活在一个上流社会圈子里，有众多的关系网，有能力用我的知识、用我的答复去满足大量急欲与我交往的人的要求，至少他们一再前来，热情如初。我再说一遍：你们来吧，我随时欢迎你们。虽然我并不总是明白，你们想知道些什么，但是也许这根本就没有必要。我这个人对你们来说是重要的，所以我的话也重要，因为它们有助于了解我这个人。我的这些猜想大概没错，所以我回答的时候就随便说，希望你们会感到高兴。

在你的回答中，有些事情我们不清楚，你愿意依次给我们解释一下吗？

你们怕什么，你们客气什么，你们这些孩子，你们只管问吧，问吧！

你谈到一个上流社会，你在那个社交界里活动，这都是些

---

① 选自《笔记和散页断片》，标题为编者所加。——编者注

什么人?

是你们呀,是你们自己呀。你们这样的几个同桌就餐的客人呀,在另一个城市就有另一批这样的人,在许多城市都是如此。

原来这就是你说的:在社交界里活动。可是你等一等,如你所说的,你是我们学校的老同事克里胡贝尔,你是不是呀?

当然,我是。

瞧,作为老朋友,你来看望我们,我们忘不了你,用我们的渴望把你拽来,减轻你一路上的劳顿,是这样吧?

是,是,当然是。

但是你却过一种离群索居的生活,我们不相信,你在我们这个城市之外,有过什么朋友或熟人。你在那些城市拜访谁呀,谁喊你到那儿去的?

独特性的悲剧[1]

在同学中我是笨的，但不是最笨的。有些老师仍不时地向我父母和我断言我最笨，但他们这么说仅仅是出自许多人的狂想，这些人认为要是敢于作出如此极端的判断，他们便占有了半个世界。

但人们普遍地真的认为我是笨的，他们拿得出有力的证据。假如有一个陌生人一开始对我印象不坏，并把这种印象告诉别人的话，那么他就会从人家向他提供的这种证据中得到教训。

为此我经常生气，有时也哭泣。这是我在当时的窘境中感到不安和对未来的窘境感到失望的唯一时刻。当然不安和失望那时只是理论上的，只要投入一项工作，我的心就安稳了，失望就消失了，简直像一个从幕后奔上舞台的演员，在离舞台中心很远的地方停顿了片刻，双手（比如说）放在额前，而这时激情（这马上就会成为必要的）在他心中不断高涨起来，尽管他眯着眼睛咬破嘴唇，也掩饰不住自己的激情。半消半留的不安感推起了正在上升的激情，激情又增强着不安感。一种新的

---

① 选自《笔记和散页断片》，标题为编者所加。——编者注

不安不可遏制地形成了，包围了二者，也包围了我们。因此，结识陌生人，这是一件令我感到厌烦的事。有些人就像从一所小屋里用望远镜看湖面或看山脉和单纯的空气那样顺着我的鼻梁看我，这时，我就会烦躁不安。有人提出可笑的论断，统计学上的谎言，地理学上的谬误，异端邪说——既遭禁止又荒唐，抑或卓越的政治观点，评述当前事件的值得重视的意见，值得称道的主意，令讲话者及其同伴们几乎同样感到惊讶，而一切又通过眼神、握一握桌子边缘或通过人们从椅子上跳起来的动作而得到证实。一旦他们开始这样做，他们便立刻停止持续不断地、严峻地看一个人，因为他们的上身便会自动改变其通常的姿势前倾或后仰。几个人简直会忘记自己的衣服（屈膝折腿，只撑住脚尖，或者使劲把皱巴巴的上衣紧贴在胸口），许多人用手指头紧紧握住一副夹鼻眼镜，一把扇子，一支铅笔，一副长柄眼镜，一支香烟，而大多数人，不管身体多结实，都热得脸上直冒汗。他们的目光从我们身上移开，犹如一只举起的胳臂放落下来。

我被准许进入我的自然状态，我可以随意等候，然后在一旁倾听，或是离去，上床睡觉，这正是我一直期盼着的事，因为我常常打瞌睡，因为我腼腆。这就像舞会上的一次大休息，只有少数人决定休息时离去，大多数人都在某个地方站着或坐着，这时，被人们忘却的乐师们不知在什么地方进饮食以便振作精神，好继续演奏。只是，四周不怎么安静，多半并不是每一个人都知道现在休息，而是大厅里同时正在举行许多场舞会。

我能离去吗？如果有一个人因我、因一个回忆、因许多别的事以及基本上因我的种种一切感到情绪激动，哪怕只是轻微感到情绪激动——也许听了一个人的讲述或受到一个爱国思想的激励，一开始便试图看清这种激动情绪？他的眼睛，甚至他的整个身体连同身上穿的衣服都变得昏暗起来，话语中断了……①

通过这一切，我还感觉到了我的恐惧。我怕一个人，我曾毫无感情地把手伸给他，倘若不是他的一个朋友大声叫喊过他的名字的话，我都不知道这个人姓甚名谁，并且说到底，我曾在这个人的对面坐了好几个小时，完全心平气和，只是有点儿感到疲乏。一如年轻人惯常的那样，这个成年人甚至很少只把目光投向我。

有几次，我们姑且这样假设，我让我的目光和他的目光相遇，试图更久地注视他的蓝眼睛，我这么个闲散人，没有人指望我，无论是……或者是人们正式离开这伙人。如果这一点不成功，那么，这无非也就是证明了曾进行过尝试这一事实罢了。好，我没成功，我一开始便显示出这种无能，以后一刻也不能将其掩盖，然而即便是笨拙的滑冰者的双脚也都愿意滑向另一个方向，两只脚一起从冰面上滑出去。假如……② 有一个聪明人，他既不在这百人队伍的前面，也不在其旁边或后面，以便让人家一眼就能发现他，而是在这百人队伍的中间，人家只有

---

① 以下约缺两页。——原注
② 缺一段文字。——原注

站在一处很高的地方才能看见他，而且即便那样也只看见他怎样消失不见。我的父亲就曾经这样评价过我，特别是在我的祖国的政界，他是个很有声望的卓有成效的人。也许是在十七岁那年，我开着房门在房间里读一本印第安人的书，我偶然听到了这个评语。这几句话当时引起了我的注意，我把它们记住了，但是它们并没有给我留下丝毫印象。通常都是如此，对年轻人的一般性评价对他们本人不会产生什么影响的。因为要么内心还完全平静，要么不断地受到外部刺激，他们感觉到自己的本性是响亮和强健的，就像一支团队乐曲。但是这个一般性的评价对于他们来说却有着未知的先决条件、未知的意图，所以，各方面便对它充耳不闻；它就像池塘里小岛上的散步者，水面上既没有船也没有桥，散步者听见音乐，自己却没有被人听见。

我说这话并不是要攻击年轻人的逻辑……

每个人都是独特的，并有义务发挥其独特性，但是他必须喜欢他的独特性。就我所知，人们不管在学校还是在家里都在努力消除人的独特性。这样会减轻教育工作的负担，但也会减轻孩子们生活的分量。当然在这之前，孩子们还得被迫经历痛苦，比如说，当一个孩子晚上正在读一篇扣人心弦的小说时，一种单单针对他的训诫不可能使他明白他必须中断读书去睡觉的道理。假如人们在这种情况下对我说：时间太晚了，眼睛会看坏的，明天早晨会睡过头，很晚也起不来的，这个蠢故事是不值得这么读的。这样我虽然不会明确表示反对，但我之所以不表示反对，也仅仅是因为这一切训诫连值得考虑的边儿都没有达到。因为一切都是无限的，或者是不确定的，所以也等于是无限的。时间是无限的，因此不存在太晚的问题；我的视力是无限的，因此不会看坏；甚至夜也是无限的，因此不必担心早上起床的问题。而我对书不是根据愚蠢或者聪明来区分的，只是根据它是不是吸引我，而这一本是吸引我的。当然我那时不会这么说，结果是：我讨厌去请求允许我继续读下去，而决定在不允许的情况下我行我素。这是我的独特性。人们用关掉煤气灯而让我待在黑暗中的举动压制了我的独特性，人们解释说：大家都睡了，所以你也必须睡觉去。看到这情况，我不得不相信他们，尽管这对于我来说是不可理解的。谁都不像孩子们有那么多改革的愿望。尽管这种压制从某些方面看并不算错，但这事像其他任何类似的情况一样，化成了激励的力量，强调这种情况的普遍性并不能磨钝这力量。从而我相信，正是在那个晚上世界上没有一个人比我更爱读书了。当时，对我来说用所谓普遍现象的说法并不能驳倒这一点。当我看到人们不相信我对读书具有不可克服的欲望时，我这种感觉就更加强烈了。只是渐渐地，在很久以后。也许在这欲望已减弱了的时候，我才认为，许多人也曾有过同样的读书欲，但都被自己克服了。不过当时我只感到受到了不公正的待遇，我悲伤地去睡觉，憎恨开始滋长起来。这憎恨决定了我在家庭中的生活，从某一方面讲，它从此成了我一生的基调。这禁止读书虽然只是一个例子，但它是一个颇具代表性的例子，因为其影响是很深的。人们不承认我的独特性，但由于我感觉到它的存在，所以我在这方面总是十分敏感和警惕，于是在他们对我的这种态度中看到了一种最后的判决。既然人们对我这种外露的独特性都作了判决，那么我那些掩藏着的独特性的命运就更糟糕了，我掩藏它们，是因为我自己认识到其中有些微不合理之处。比如我有时没有准备第二天的功课，晚上就读起书来了。这作为对义务的耽误来看恐怕是很不好的，但不应就此对我作出绝对批评，而应作有分析的批评。作有分析的批评时应该看到，这种忽视义务并不比长时间的阅读糟糕，特别是由于我对学校和对权威的畏惧使这种忽视义务的行动本身大受限制。由于读书而没有准备的某些作业，第二天一早或者在学校里我会利用当时很好的记忆力很快补上的。问题是，我长时间读书的独特性所遭到的判决，现在通过我自己的手段延伸到那掩藏着的忽视义务的独特性上去了，结果使我的心情压抑不堪。那情形就好像某个人用一根鞭子打人，但不把人打痛，只是碰一碰以示警告，而他自己却把鞭子解开，把一个个尖头对准自己，按照自己的想法刺进其内心并挠动，而那只陌生的手还一直静静地握着鞭柄。如果说，即便在那时我还没有这么厉害地惩罚过自己，那么无论如何这一点是可以肯定的，即我从我的独特性中从来没有引出那种真实的好处：最后能具备持续的自信心。显示独特性的后果反而是：要么我恨压制者，要么我把这独特性视为乌有；这两种后果从自欺欺人的角度看也联系得起来。但是我如果那时只掩藏着一种独特性，那么后果是：我恨我自己或者恨

236

我的命运，把我自己看成坏种或者可诅咒的人。这两类独特性的关系多年来表面上已发生了很大的变化。我越走近为我敞开的生活之门，那些外露的独特性就越增加。但这并没有使我得到解脱，那些掩藏着的独特性并没有因此而减少。通过细致的观察可以发现：人们是永远不可能坦白一切的。甚至往昔那些看上去似乎彻底坦白出来的事情，后来也显示出还有根子留在内心深处。即使没有发生这样的情况，在我几乎不间断地进行着的松懈整个心灵结构的行动中，只要出现一种暗藏的独特性就足以深深地震撼我，使我到处都抓不住可以靠一靠的东西，使一切适应环境的努力付诸东流。即使我什么秘密也不保留，把一切都抛得远远的，从而得以干净清爽地立于世间，过去的混乱也马上会重新回到我的胸中，塞满我的心胸，因为照我的看法，那些秘密必然不能完全被认识清楚，被正确地评价，因而通过普遍化的方式又回到我的身上来，重新占据我的心灵。这不是错觉，而只是认识一种特殊形式，至少活着的人谁也摆脱不了它。比如说，有一个人向他的朋友承认说，他是吝啬的，那么他在此刻，在这个他寄托了评判权的朋友面前，似乎就从吝啬中解脱了出来。此刻这朋友将采取什么态度也是无所谓的，不管他否认这种吝啬的存在也好，或者建议怎么摆脱吝啬也好，或者甚至为吝啬辩护也好。甚至即使这朋友由于他这一坦白而宣布结束与他的友谊，也没有什么要紧。要紧的倒是，这人也许并不是作为悔过者，但作为诚实的罪人向公众说出了他的秘密，并希望通过此举能重新夺回那美好的和——这是最重要的——自由的童年时代。但他夺得的不过是一种短暂的愚蠢和以后长期的痛苦。因为在这悭吝人和朋友之间，在桌子上的某个地方放着钱，这悭吝人必须把钱搂过来，而且伸出手去的动作越来越快，在半道上那坦白的作用固然越来越弱，但还不失为一种解脱；在半道以后就不然了，情况就反过来了，那坦白就仅仅照亮着那只向前伸动着的手。坦白的作用只有在行动前或行动后才有可能是有效的。行动本身不允许任何东西与它并存，对于那只正在搂钱的手是没有言语或悔过可以解脱的。要么必须把这行动，即把那只手消灭掉，要么必须处在吝啬之中……

强调独特性——绝望。

内心独白①

一九一一年十月十三日

在办公室口授一篇给一个区长官公署的较长的通告。在结尾时（本该一蹴而就的）却卡住了，我无可奈何地看着打字小姐 K，她在这种时候总会特别活跃，挪动座椅，咳嗽，手指在桌上敲敲点点，弄得房间里的人全都注意到我的不幸。我寻找着的灵感现在具有使她静下来的价值，但它价值越高越是难以找到。我终于想出了"痛斥"一词及整个句子，但仍怀着一种厌恶和羞愧，把这些词句含在嘴里不肯吐出，仿佛它是一块生肉，一块从我体内割下的肉（我就是感到这么费劲）。我终于把它说了出来，但是大为吃惊：我身上的一切都为文学创作而准备着，这么一种工作不啻是一种神仙般的消解和一种真正的生命活力。而在办公室里，我却为了这么一件讨厌的公文，不得不从有能力获此幸福的躯体上割下一块肉来。

一九一一年十月二十八日

尽管咖啡馆的老主顾们和雇员们喜欢这些演员②，但是他们

头脑中鄙视的成见吞没了敬意，他们轻蔑地将这些演员视为饿殍、流浪汉、犹太鬼子，就像在历史上的那些时代中一样。总跑堂要把勒韦扔出大厅，开门的侍者——一个过去的妓院雇员和现在的皮条客——大吼大叫，恨不得吃了奇西科，只不过因为她在看"狂野的人们"时出于激动想要把什么东西递给演员们。

一九一一年十一月二日

今天早晨许久以来第一次尝到了想象一把刀在我心中转动的快乐。

一九一一年十一月九日

前天做了个这样的梦：

到处在演戏。我一会儿在高高的楼座上，一会儿在舞台上。我几个月前喜欢过的一个姑娘也在演戏，她恐慌地紧紧抓着一个椅背，绷直了柔软的身体。我在楼座前指着那女扮男装的姑娘，我的同伴不喜欢她演的角色。一场戏中的布景那么大，以致别的什么都看不见了，看不见舞台，看不见观众席，看不见黑暗，看不见舞台灯光，好像是所有的观众都在场景中，那么多人。场面表现的是旧环城路，像是从尼克拉斯大街的路口看出去的那样。尽管从这个角度本来看不见市府钟楼的广场和内环城路，但是通过舞台短暂的旋转和缓慢的晃动真好比从金斯基宫那个角度纵览内环城路了。要想尽可能把整个布景展示无遗是没有什么意义的，因为它已经这么完备，要是错过了布景上的某一个地方，那是会叫人遗憾得要哭的。就我所知这是地球上，也是有史以来最美的布景。秋天浓重的云控制着光线。被遮住的太阳的光分散地照射在广场东南角一些带画面的玻璃窗上。由于一切都跟实物大小一样，没有一点失真的地方，便使人们产生了强烈的印象，似乎有些窗门被不太强也不太弱的风吹得一开一合，由于房子很高而听不见响声。广场倾斜度很大的路面几乎是黑的，台茵教堂在它的老地方，但它前面立着一座小皇宫，宫殿的前院里非常整齐地排列着原来立在广场各处的纪念物：玛丽亚纪念柱，市府大楼前面那古老的喷泉（我还从来没有见过它呢），尼克拉斯教堂前的喷泉，胡斯纪念碑破土处周围的木板围墙。

人们在观众席上容易忘记，当时仍在演戏，就像当初在舞台上和各道幕布中间一样，表演的是一场皇家庆典和一次革命。革命声势是那么大，巨大的人流在广场的斜面上上下下，在布拉格从来还没见过这样的场面，人们显然是由于布景的关系才把场地移到了布拉格，本来这场革命应该发生在巴黎的。刚开始时看不见任何盛宴的场面，宫廷人员显然已经到宴会厅去了。这时革命爆发了，人民冲进了宫殿，我自己顺着前院里喷泉的台阶跑到了外面，皇宫的人已经不可能再回到宫殿里去了。皇家马车一辆辆从爱森路那儿飞快地赶来，太快了，以致不得不在离宫殿进口处老远的地方紧急刹车，僵滞不动的轮子在石铺路上擦了过去。这是在盛大节日或搬家时见过的那种车上面的人们所做的造型动作，四周环绕着花环，所以车面是平的，从平板上向四面垂下一块五彩的布帘，把轮子遮住。这样人们更意识到了他们的慌忙意味着恐惧。那些马在宫殿大门前竖起了前蹄，正是这些马无意识地把他们从爱森路飞快地拖到了这里。这时许多人从我身边经过，拥向广场，大多是观众，我见过他们从那条路上过来，他们也许现在刚好到场。他们中也有一个我认识的姑娘，但我不知道是谁，她旁边走着一个风度翩翩的年轻人，穿着一件黄褐色小格子的双排扣大衣，右手深深地插在口袋里。他已向尼克拉斯大街走去。从这时候起我们什么也看不见了。

席勒在什么地方说过：关键的是（或者近乎关键的是）"把情绪化为性格"。

一九一一年十一月十八日

昨天在工厂^①。坐电车回来，伸开腿坐在一个角落里，看着外面的人、商店点燃了的灯，有车驶过的高架桥的墙、不断看到的唯有背影和脸庞。从城市前沿的商业街延伸出一条公路，路上除了回家的人们外没有任何人间味道。火车站区域的电灯切割出阴影，一家煤气厂低矮的成圆锥形的烟囱耸立在黑暗中，外国女歌手德·特列维尔演出的海报在墙边摸索着，拐入公墓旁的一条街道。从这里开始，我又从野外的寒冷中回到了城市

---

① 指卡夫卡妹夫的工厂。

居民住宅的温暖之中。人们默默地将陌生的城市作为事实来接受，那里的居民自顾自地生活着，无须渗入我们的生活方式中，一如我们不能够渗入他们的生活方式中一样。但人们不得不加以比较，这是无可抗拒的。可是人们知道得很清楚，这种比较没有道德上的价值，甚至连心理学的价值都没有。话说回来，人们也经常可以放弃这种比较，因为生活条件的太大的差别自动免除了我们这番辛劳。

我们的父母城邦的前沿地区对于我们来说虽然也是陌生的，但在这里，进行比较是有价值的。半小时的散步总是能再一次向我们证实，这里的人一部分生活在我们的城市之内，一部分生活在可怜的、黑暗的、像一条庞大的山隘般布满了蚀痕的边缘上，尽管他们生活在如此巨大的共同利益圈子里，这是城市之外的任何群落所无法比拟的。所以我每次步入城市前沿总带有一种混合的感情，掺杂着恐惧、孤独、同情、好奇、高傲、游兴、男子汉气概，回来时则怀着舒适、严肃和安闲，尤其在从齐茨可夫区回来时。

一九一一年十二月三日

单身汉的不幸，无论真假，很容易被周围人猜出来；以致他——如果他是出于爱好神秘而成为单身汉的——会诅咒自己的决定。当他走来走去时，尽管外衣纽扣扣得整整齐齐，双手插在高高的上装口袋里，胳膊肘成锐角，帽子掩着脸，一种虚假的、与生俱来的微笑掩饰着嘴巴，正如夹鼻眼镜遮掩眼睛一样，裤子之窄小超过了瘦腿的美感要求，可是每个人都知道他的处境，谁都可以告诉他，他在受着什么煎熬。吹拂他的寒风发自他的内心，朝着他的内心注视的是他的双重面孔的另外那悲哀的一半。他简直是不停地搬着家，但每次总是期待一段时间，有其规律性。他走得离活人越远（最可恶的玩笑是：他必须像个奴隶一般为这些活人干活，他对此是有意识的，却又不能表露这种意识），他就越感到只需要一个更小些的房间便满足了。当其他人必须被死神击倒时——即使他们一辈子都是在病床上度过的，尽管由于他们的虚弱，他们早就该倒下了——但他们总还会抓住他们所爱的、强壮健康的血亲和姻亲；而他呢，这个单身汉从生命的中途开始便似乎出于自愿地只求越来越小的空间。一旦他死去，棺材对他正合适。

一九一一年十二月二十三日

写日记的一个优点是，能够令人宽慰地、清楚地认识各种变化过程。人们永远避免不了这些变化，一般来说自然是相信它们，感觉到它们，并承认它们；但如果通过承认这些变化可换来希望或安宁，人们却又总是无意识地否定这些变化。在日记中可以找到证据，证明人们曾在今天看来难以忍受的境况中生活过，环顾过，把观察结果写下来过，就是说这只右手像今天这样动作过。我们由于有可能纵览当时的境况而变得更聪明，但更须承认我们当时在进行不知天高地厚的顽强努力时是无所畏惧的。

一九一一年十二月二十七日

我写作时产生的虚假感可以用这么一种情景来描述：有个人在地面两个洞前等待着一个现象出现，而这个现象只会从右边这个洞里出来。恰恰是这个洞里可以隐隐约约看见有什么东西堵塞着，以致现象出不来；从左边那个洞里却有现象一个接一个地冒出来，试图将等待者的目光吸引过去。而随着洞中冒出的东西越来越多，这个目的便毫不吃力地达到了，该洞中冒出的现象最终把那正确的洞口也掩盖住了，无论人们如何抗拒亦无济于事。这时候，等待者却不愿离开这里，无论如何也不愿意，他与现象结下了不解之缘。但由于冒出的一个个现象匆匆消逝，它们的力量在出现过程中便已消耗完了，等待者内心不能得到满足。如果这些现象因虚弱而停滞，等待者将用手往上掏，并朝四面八方驱散，以便让其他现象继续冒上来。这是因为长时间的持续观察使等待者心焦难耐，而且他们仍然抱着这个希望：在假的现象枯竭后，真的就会冒上来。上面这幅情景描绘得多么乏力。在真实的感觉与比喻的描写之间隔着一种无关联的前提，犹如架了一块木板。

一九一二年五月四日

不停地想象着一把宽阔的熏肉切刀，它极迅速地以机械的均匀从一边切入我体内，切出很薄的片，它们在迅速的切削动作中几乎呈卷状一片片飞出去。

一九一二年六月二十一日

我的头脑中有个阔广的世界。但是如何解放我并解放它，而又不致粉身碎骨呢？宁可粉身碎骨一千次，也强于将它留在或埋葬在我心中。我就是为这个而生存在世上的，我对此完全明白。

一九一三年八月二十一日

现在我在我的家庭里，在那些最好的、最亲爱的人们中间，比一个陌生人还要陌生。近年来我和我的母亲平均每天说不上二十句话，和我的父亲除了有时彼此寒暄几句外几乎就没有更多的话可说。对我已婚的妹妹和妹夫们我除了跟他们生气压根儿就不说话。理由很简单：我和他们没有任何一丁点儿的事情要说。一切和文学无关的事情都使我无聊，叫我憎恨，因为它打扰我，或者说它阻碍我，尽管这只是假定的。

今天得到了克尔恺郭尔[①]的《法官手册》一书。不出所料，他的情况与我尽管有重要的区别，但十分相似，至少他与我都处于世界的同一边，他像一个朋友那样与我心心相印。

---

① 克尔恺郭尔（1813—1855），丹麦作家、神学家和哲学家，存在主义哲学创始人。

一九一三年十一月十九日

读日记使我激动。这是因为当前我不再有一丝一毫安全了吗？一切在我看来皆属虚构。每一句别人的议论，每一次偶然的一瞥都在我心中把一切——甚至已经忘怀了的、完全不清晰的一切，统统向另一边掀过去。我比以往任何时候都更不知如何是好，能感觉到的只有生活的强大力量。我心中一片空虚迷茫，活像在夜里、在大山中一只失群的羊；或者像一只跟着这么一只羊跑的羊。如此失落孤独，却又没有诉苦的力量。

一九一三年十二月十四日

现在我在陀思妥耶夫斯基的作品里读到了与我的"不幸存在"如此相像的地方。

一九一四年一月十二日

供我施展的可能性是存在着的，这没问题，但它们在哪块石头底下压着呢？

被拽着向前，在马背上——

青春的荒唐。对青春的畏惧，对荒唐的畏惧，对非人生活的无意义的增长的畏惧。

一九一四年五月二十七日

假如我没有搞错，那么我就是更接近目标了。这就像在什么地方的一片林中空地上正在进行一场精神战斗。我钻入森林，一无所见，由于虚弱便又匆匆钻出来。离开森林之际，我经常听见，或者自以为听见那场战斗中武器叮当作响。也许战斗者们的目光正透过林中的黑暗在找寻我，但我对之所知甚少，或只知假象而已。

大雨如注。迎向大雨吧，让钢铁般的雨柱将你穿透；在水中滑行吧，它会载你漂去；不，待着别动，挺直身子，准备迎接那突如其来，且无穷无尽倾泻而下的阳光。

一九一四年十二月十三日

在回家途中我对马克斯说，躺在床上死去我会感到心满意足的，只要不痛得特别厉害。我当时忘了补充，后来又故意不再提起，因为我写的最佳作品的成功原因便在这种能够心满意足地死去的能力之中。所有这些杰出的、有强大说服力的段落总是写到某人的死亡，这个人死得十分痛苦，承受着某种不公正待遇或至少是某种冷酷的遭遇，这对于读者，至少在我看来，是有感染力的。但我却相信，诸如在等死的床上能够感到满足这类描写暗中具有游戏的性质。我希望能作为这么一个弥留者死去，所以有意识地利用读者集中在死亡上的注意力，头脑比他① 清醒得多。我估计他会在等死的床上叫苦的，而我的倾诉是尽可能完美的，不像真的倾诉那样会突然中断，而是既美

---

① 指小说中垂死的人。

且纯地发展着。就像我总是向母亲倾吐苦经那样，实际上的痛苦远甚于所倾诉的。在母亲面前我当然不会像面对读者一样要用那么多艺术手法。

一九一七年九月十九日

我总觉得不可理解，为什么几乎每一个有写作能力的人都能在痛苦中将痛苦客观化。比如说我在苦恼中（其时苦恼也许仍在脑袋里火烧火燎）竟能坐下来并书面告诉人家：我是苦恼的。是的，我还能更进一步，根据自己似乎与这苦恼完全无联系的才能选择各种华丽的词藻，简单地或反思地奏响所有联想的管弦乐器让思路驰骋。而这样的表达绝非谎言，它平息不了痛苦，它只不过是力量的残余，是痛苦将我的一切力量挖出来并显然消耗得干干净净之时，出于仁慈而留下来的一点儿力量。那么这残余的是什么呢？……

在和平中你寸步难行，在战争中你流尽鲜血。

一九一七年九月二十五日

一时的满足我还能从像《乡村医生》那样的作品中获得，前提是，这样的作品要能够写成功（机会飘忽不定）。至于幸福，却只有在我能够将世界升华到纯洁、真实、不变的境界时才能获得。

一九一七年九月二十八日

倘若检验一下我的最终目的，就会发现，我所追求的并不是成为一个好人和符合最高法庭的要求，而是截然相反：纵览一下人与兽的群体，认识他们根本的嗜好、愿望、道德理想，追溯到它们的本源——那些简单的规范，我自己也尽快朝他们所去的方向发展，以求所有人对我都满意。这样使人满意（这里出现了飞跃），即我既不失去大家的爱又作为唯一不用下油锅的罪人，能够公开地，当着所有人的眼睛，将居于我内心的卑劣的东西抖搂出来。总而言之，我所关心的唯有人类的法庭，而且我想欺骗这个法庭，当然是无骗局的欺骗。

二月四日[①]

长时间躺着，睡不着，斗争意识产生了。

在一个谎言的世界上，谎言不会被其对立面赶出这个世界，而只有一个真理的世界才会被赶走。

永恒可不是时间上的静止。

在永恒的概念问题上令人繁难的是：那种我们无法理解的解释必须在永恒中经历时间并从中得出我们自己的合理解释，就像我们这样。

---

① 以下八段选自《八本八开本笔记》第四本，没有标明年份，从前面衔接看，当为 1918 年。——编者注

一代一代的链条不是你的本质的链条，但确是现存的各种关系。——哪些关系？——一代代的死亡就像你一生的一个个瞬间。——区别就在这里面。

生活叫作：置身于生活之中，用我们在其中创造了生活的眼光看生活。

你在某种意义上否定这个世界的存在。你把生存解释为一种休息，一种运动中的休息。

你能够遏制世界的苦难，这是你分内的事，也是符合你的天性的，但也许还是这种遏制是你唯一能够避免的苦难。

在巴尔扎克的手杖柄上写着：我在粉碎一切障碍。在我的手杖柄上写着：一切障碍都在粉碎我。共同的是"一切"。

我从生活的需求方面压根儿什么都没有带来，就我所知，我与生俱来拥有的仅仅是人类的普遍弱点。我用这种弱点（从这一点上说，那是一股巨大的力量）将我时代的消极的东西狠狠地吸收了进来。这个时代与我可贴近呢，我从未与之斗争过，从某种程度上说，我倒有资格代表它。对于这个时代的那微不足道的积极东西，以及对于那成为另一极端、反而变成积极的消极事物，我一份遗产也没有。

一九一九年七月六日

老是同样的思想、欲望、恐惧。但是比以往平静，就好像有一项伟大的发展正在进行，而我感觉到了它在远处的震颤。说得太多了。

一九一九年十二月八日

星期一是节日，是在果园、饭店、美术馆度过的。痛苦和欢乐、罪孽与无辜，犹如两只紧紧互握而分不开的手，必须把它们切开，在肉、血和骨头之间切开。

一九二一年十月十九日

在生活中不能生气勃勃地对付生活的那种人需要用一只手把他的绝望稍稍挡在命运之上——这将是远远不够的，但他用另一只手可以将他在废墟下之所见记录下来，因为他之所见异于并多于其他人。他毕竟在有生之年已是死了的啊，而同时又是幸存者。这里的先决条件是，他不需要将双手和超过他所拥有的力量全部用来同绝望作斗争。

一九二二年一月十六日

最近这个星期就像遭遇一场崩溃，和两年前的一天夜里情况一模一样，这是别的时候从来也不曾经历过的。一切好像都终结了，包括今天，看起来也没有什么两样。这可以用两种不同的方式去理解，而同时似乎也可以这样来解释：

第一，谓之崩溃，即不可能睡，不可能醒，不可能忍受生活，更正确地说，忍受生活的连续性。两个时钟走得不一致。内心的那个时钟发疯似的，或者说着魔似的或者说无论如何以一种非人的方式猛跑着，外部的那个则慢腾腾地以平常的速度走着①。除了两个不同世界的互相分裂之外，还能有什么呢？而两个世界是以一种可怕的方式分裂着，或者至少在互相撕裂着。内心行进的狂野可能有各种理由，最明显的理由是自我观察。它不让产生安静下来的想法，每一种想法都奋起追赶，以便尔后自己又作为新的自我观察的想法继续让人追赶。

一九二二年一月二十一日

没有先辈，没有婚姻，没有后代，怀着拥有先辈、婚姻和后代的热烈欲望。它们全都向我伸出手来：先辈、婚姻、后代，但对我来说太遥远了。

对于所有人来说都有人工的、可怜的替代物：先辈，婚姻和后代都不例外。人们痉挛地创造了它，然后走开。如果痉挛不曾使人完蛋，那么替代物之令人丧气也会使人完蛋。……

---

① 卡夫卡这里用形象的语言说的"两个时钟"可以理解为超验领域与经验领域，即他在超验领域（内心的时钟）思考得非常远，非常深，而经验领域（外部的时钟）却障碍重重，走不快。这实际上是表达他的内心世界与现实的矛盾。

出生前的踌躇。假如有轮回转世的话，那么我连最底下一级台阶都还没踏上。我的生活是出生前的踌躇。……

说你抛弃了我，也许很不公道。但我处于被抛弃状态，有时处于可怕的被抛弃状态，这是真的。

一九二二年一月二十七日

写作有一种奇怪的、神秘的、也许是危险的、也许是解脱的慰藉：从杀人者的行列中跳出，观察事实。观察事实，在这过程中创造出一种更高的观察方式，更高，而不是更尖锐。它越高，便越为"行列"之不可及，越无依赖性，越遵循自己的运动法则，它的道路便越是无法估量地、更加快乐地向上伸展。

一九二二年二月十二日

划船时的恐惧，在平滑雪地上行走的战战兢兢，我今天读过的一个小故事又引起那个长期未予重视、却时时在我近旁的念头：我过去没落的原因是否仅仅确系极端的自私自利，确系那围绕着我的恐惧，诚非围绕更高的"我"的恐惧，而是围绕着我那平庸的舒适感的恐惧。这念头是如此确定不疑，以致我从我自身派出了复仇者（一个特别的现象：右——手——不——知——道——左——手——干——什——么）。在办公室里我一直还在盘算着，仿佛我的生活明天才开始，这期间我正处于终点。

一九二二年五月十九日

两个人在一起时他觉得比一个人时更孤单。如果他同另一个人在一起凑成了两个人，那第二个人将会来抓他，而他将只能听任摆布。在他一个人的时候，尽管整个人类都来抓他，但无数伸出来的胳膊将互相纠缠，于是一个也抓不着他。

魏玛之行①

（1912 年 6 月 28 日至 7 月 29 日魏玛至容波恩之游）

星期五,六月二十八日

火车由国家车站开出。相处愉快。在索柯伦延长停车时间,脱去外衣,直躺在长椅上。艾尔波菲尔,村落和别墅排列有致,令人赏心悦目,如同海岸风光。德累斯顿,时鲜货比比皆是。营业员衣着整洁、举止端庄,说话心平气和。由混凝土技术建造的建筑物外表坚实,但这种技术在美国给人的印象却不是这样的。易北河河水平静,其旋涡形成了大理石花纹。

莱比锡,同我们的侍者谈话。奥佩尔斯旅馆,半新的火车站,古建筑的美丽残骸,适用的房间。从四点开始被活埋了,因为马克斯为隔断噪声不得不关上了窗门。巨大的噪声,听上去像是一辆车拖着一辆车,连绵不断。柏油路上的马蹄声犹如疾奔的赛马。远去的电车铃声通过其间歇点出街道和广场的所

---

① 在所有古典作家中,歌德是卡夫卡最崇敬的对象。1912 年夏他与挚友勃罗德赴德国东部魏玛,怀着朝圣般的心情朝拜歌德工作了半个世纪之久的德国文学圣地。这篇游记可看出卡夫卡的记事风格。——编者注

在。晚上在莱比锡。马克斯对地理的直觉，我的迷失道路。然而我认准了王府的一扇美丽的凸肚窗，后来也为导游所证实。一个建筑工地在挑灯夜战，好像是在奥尔巴赫地下酒家 [①] 那儿。对莱比锡无法消除的不满。诱人的东方咖啡馆，"鸽棚"、啤酒馆。举止不便的长胡子啤酒馆父亲，他的太太斟酒，两个强健的高个子女儿做招待。桌子都有抽屉，木桶中有隔光栅，打开盖子冒出臭味。一位瘦弱的常客，红通通的瘦削的面颊，起皱的鼻子，同一大群人坐在一起，后来独自留下，那姑娘端着自己的啤酒杯坐到他身边。一幅十二年前死去的常客的画像，他光顾这里达十四年之久。他举起杯子，杯子后是一副骨架。莱比锡有许多抱成一团的大学生，许多单片眼镜。

星期六，六月二十九日

早餐。那个星期六不开汇款收据的先生。散步。马克斯去罗沃尔特处。图书博物馆。面对这么多书难以自持。出版业所在的这些古老的街道，尽管马路笔直，还有些较新的、毫无雕饰的房子。公众阅览厅。在"玛娜"吃午饭，差劲。威廉酒馆，位于一个院落中的昏暗的酒馆。罗沃尔特，年轻，红脸，鼻子与面颊间静止的汗珠，臀部以上才有动感。巴塞维茨伯爵，《犹达斯》的作者，高，神经质，干巴巴的脸，腰部的摆动，保

[①] 位于莱比锡旧博览会楼内的一家著名酒店，是歌德构思《浮士德》期间经常光顾的地方。

养良好的强壮的身体。哈森克莱弗，小小的脸上有许多暗处和光点，也是偏蓝的颜色。三个人都挥动着手杖和胳膊。酒馆中千篇一律的寻常午餐。大而宽的酒杯，放入柠檬片。品图斯，《柏林日报》记者，胖胖的，平脸，此后在法兰西咖啡馆修改一篇关于《来自那不勒斯的约翰娜》（昨天晚上首演）的批评文章的打字稿。法兰西咖啡馆。罗沃尔特相当认真地要我搞一本书。出版商亲自承担义务，及这种行为对德国文学的通常平均面的影响。在出版社。

火车五点开往魏玛。车厢中有个年龄较大的小姐，肤色黝黑，下巴和面颊有着美丽的圆线条；她的长袜的接缝处是怎样围着她的腿转动，她用报纸遮住脸，我们注视着她的腿。魏玛。她戴上一顶宽大的旧帽子，也在这里下车。后来当我站在集市广场上参观歌德故居时，我又看到过她一次。到开姆尼图斯旅馆得走一段很长的路，几乎失去了勇气。寻找浴室。人们介绍给我们的是三间一套的寓所。马克斯得在一个有老虎窗的洞穴中睡觉。基什山的露天游泳池，天鹅湖。夜里去歌德故居，一眼就认了出来，通体为黄褐色。感觉到我们以前的一切经历都在这一瞬间的印象中流过。无人住的房间窗户里一片黑暗。明亮的朱诺① 胸像。摸摸外墙。所有房间的白色百叶窗都往下放了一点。十四扇临街的窗户，垂着的链条。没有任何图画能把这

---

① 朱诺，古罗马传说中司婚姻、生育的女神。

全部重现出来。不平整的广场，喷泉，随着广场的坡度上升的房子形成断断续续的建筑线条，昏暗、略呈长方形的窗户嵌在黄褐色之中。这是魏玛最令人瞩目的民居。

星期天，三十日上午

席勒故居。驼背女人，她迎上前来说了几句话，主要是用一种含有歉意的语调解释那些纪念品放在这里的原因。台阶上的克利奥^①［塑像］是个写日记的女子形象。一八五九年十一月十日一百周年诞辰的纪念像，拓宽了的、修葺一新的房子。意大利风景画，出自贝拉乔奥之手，歌德送的礼物。不再是人的鬈发，又黄又干，有如鬃毛。玛丽亚·巴甫洛夫娜，柔美的脖子，脸上长着又长又大的眼睛。各种各样的席勒头像。设备讲究的作家住处。等候室，接待室，书房，睡觉的卧室。他的女儿尤诺特夫人像他。《根据小经验大规模植树》，父亲的书。

歌德故居。供参观的房间。匆匆看了一眼书房和卧室。看着这些总会让人悲哀地想起死去的先祖们。那个自歌德死后不断扩大的花园，把他的工作室光线遮暗的山毛榉。

当我们还坐在下面的楼梯间时，她和她的小妹妹在我们面前跑过。楼梯间的一只灵猩狗石膏像在我的怀念中和这种奔跑联系在一起。后来我们在朱诺室^②里再次见到她，在通向花园的

---

① 克利奥，司撰写历史的缪斯女神。
② 可能指婚房——歌德夫妇卧室。

房间中向外看时又看到她。我觉得曾多次听到她的脚步声和说话声。从阳台栏杆中间伸出两枝丁香。走进花园已太迟,看到她已在上面一个阳台上。她后来也下来了,同一个年轻男子一起。走过她身边时,我为她使我们注意到花园表示感谢。但我们并未就此离开。她的母亲来了,花园中出现了交际场面。她站在一丛玫瑰旁。我在马克斯的推动下走了过去,得知了前往提福特郊游一事。我也要去。她同她的父母走了。她提到一家饭店,从那里可以看到歌德故居的门。天鹅饭店。我们坐在常春藤架之间。她走出了房门。我跑过去,向他们全体作自我介绍,获准同他们一起走,然后我又跑回 [饭店]。后来这一家人来了,只有父亲没来。我想同行,不行,她们先去喝咖啡,我跟她父亲随后前去。她说,我得在四点钟进屋。与马克斯分手后,我去接父亲。在大门口同马车夫说了几句话。与父亲一起离开。谈到西里西亚、大公爵、歌德、民族博物馆、拍照和绘画以及这个神经质的时代。出于神经紧张同一个小姑娘玩了会儿球。同男人们一起出发,走在我们前面的是两位太太,在她们前面的是那三位姑娘。一只小狗在我们中间跑来跑去。提福特的宫殿。参观时同那三位姑娘走在一起。许多歌德故居中有的东西这里也有,而且更好些。对维特的各种画像的解释。来自哥希豪森的那位姑娘的房间,砌死了的门,补做的柜台。然后同父母上路。在公园里拍了两次照,一次在一座桥上,看来不成功。归途中终于完全加入了他们的行列,但谈不上有什么深的关系。雨。叙述档案馆中的布莱斯劳狂欢节戏谑。在房子前告别。我在赛芬街的徘徊。马克斯已经睡了。晚上三次不可思议的见面，她同她的女友。我们第一次陪伴她们。每天晚上六点后我都可以到花园里去。现在她必须回家了。接着又见了一次面，在为决斗准备好场地的圆形广场上。她在同一个年轻男子谈话，与其说是亲切的，不如说是敌意的。我们一直把她们送到了歌德广场，她们为什么不待在家中呢？她们应该尽快回家去。她们显然没有回家去过，是被那年轻男子追逐着或是为了与他相遇。她们现在为什么从席勒街跑了出来，奔下几级石阶，跑到旁边的广场上去？在隔着十步的距离同那年轻男子说了几句话后，看来是拒绝了他的陪同，她们为什么掉转头来，又单独跑了回来？是我们打扰了她们吗？我们只不过在她们旁边走过时道了声寻常的问候。后来我们慢慢地往回走；当我们走到歌德广场时，她们又从另一条街向我们迎面跑来，显然非常惊恐，差一点扑到我们怀里。我们出于爱护转过身去。但她们于是又绕道走了。

星期一，七月一日

放射形路口的花园房舍。在房前草丛中画画。背下了休憩椅上写着的诗句。折叠床，睡觉。院子里的鹦鹉喊着"格蕾特"。徒劳地去了一趟艾尔富特大街，她在那里学缝纫。洗澡。

星期二，七月二日

歌德故居，阁楼。在管房人那里看了照片。四周的孩子们。

261

关于拍照的谈话。始终注意寻找同她讲话的机会。她同一个女友走进去学缝纫，我们被留在外面。

下午，李斯特故居。技艺高超。旧钢琴。李斯特从五点工作到八点，然后上教堂，然后睡第二觉，从十一点开始访友。马克斯在游泳，我去取照片，先与她相会，同她一起走到大门口。父亲给我看照片，我拿来照片立架，最后我必须走了。她在她父亲背后毫无意义地、徒劳地向我微笑。可悲。突然想起，把这些照片拿去放大。走进药店为底片的缘故又走回歌德故居。她在窗口看着我，并打开了窗子。——多次遇见格蕾特。在吃草莓时，在正举行一场音乐会的维特花园前。她衣着宽松，身子灵活。那些从"俄罗斯大院"走出的身材魁梧的军官们。各种各样的制服，瘦长的、强壮的都穿着这些深色的服装。——偏僻的街上的殴斗。"你一定是个好家伙！"（Dreckorsch？）人们拥在窗前。走开的一家人，一个醉汉，一个背篓的老妪和两个追随着她的男孩。

我们很快就得离别，这使我喉咙里堵得慌。发现了"梯沃利"①。墙边那些桌子被称为"侧阳台"。那位老蛇女，她丈夫的职业是魔术家。女性的德语大师。

星期三，七月三日

歌德故居。要在花园里摄影留念。看不到她，但我获准过

---

① 位于罗马东面的意大利城市，有许多罗马建筑遗迹。

一会儿去接她。她举手投足总是微微颤抖。但只有当有人对她说话时，她才动弹。要拍照了，我们俩坐在长凳上。马克斯告诉那个人怎么拍。她跟我约定第二天幽会一次。奥廷根透过窗子看到我们，不许马克斯和我摄影，当时我们正站在照相机旁，四周无人。我们最终没有拍成！那时那位母亲还是和蔼的。

除了学校组织的和免费的以外，每年参观者达三万人。——游泳。孩子们一本正经地、平心静气地摔跤。

下午去大公爵图书馆。特里波尔胸像。领袖的赞誉。总是一眼就认得出来的大公爵，强健的下巴和粗豪的嘴唇，手插在扣得紧紧的上装中。大卫［·丹吉］作的歌德的胸像，向后翘起的头发和紧绷的大脸。由歌德促成的将一座宫殿变成一家图书馆的工程。帕索夫的几尊胸像（漂亮的鬈发青年），查哈利亚斯·维尔纳[1]，瘦削的、打量着人的、向前逼来的脸。格鲁克[2]，根据在世时的脸浇铸，嘴里那些洞孔是他当时呼吸时用来插管子的。歌德工作室。穿过一扇门，便进入冯·施泰因夫人[3]的花园。由一个囚犯用一棵巨大的橡木做成的楼梯，没有一根钉子。

同木匠的儿子弗利茨·温斯基在公园里散步，他谈吐严肃，边谈边用一根树枝向灌木丛抽打着。他也将成为木匠，四处漫游。现在木匠的漫游已同他父亲的时代不同，火车宠坏了人们。要想当导游，必须会几种语言，或者在学校里学，或者买这类

---

[1] 查·维尔纳（1768—1823），德国作家。
[2] C.W.格鲁克（1714—1787），德国音乐家。
[3] 指施泰因男爵夫人（1742—1827），歌德的女友。

书。他对这个公园所知道的，既不是从学校学来的，也不是从导游们那儿听来的。令人感兴趣的导游讲解，换一个地方用就不合适了。比如关于罗马公司只能说：这扇门是为供货商开的。

树皮小屋，莎士比亚纪念碑，卡尔广场上我周围的孩子们。关于海军的谈话。孩子们的严肃神情。谈论船的沉没。孩子们的优越性。许诺给买个球。分饼干。花园音乐会演出《卡门》。整个身心都融入了。

星期四，七月四日

歌德故居。一句响亮的"是的"证实了约好的幽会。她站在门内向外看。这是错误的解释，因为我们在一起时她也向外看着。我又问了一遍："风雨无阻？"——"是的。"

马克斯到耶拿去拜访迪德利希斯。我去公爵陵①。与军官们一起。歌德的棺木上放着金质的桂冠，是布拉格的德国妇女们于一八八二年捐献的。在墓地找到了所有的人。歌德家庭的墓。瓦尔特·冯·歌德，一八一八年四月九日生于魏玛，一八八五年四月十五日卒于莱比锡，"随着他的死歌德家族的血脉断绝了，但歌德的名字将永垂不朽"，卡洛琳娜·法尔克夫人的墓志铭，"当上帝收走了她自己的七个孩子时，她成了不相识的孩子们的一个母亲。上帝将抹去她眼眶边的所有泪珠。"夏洛特·冯·施泰因：一七四二——一八二七。

---

① 即歌德、席勒陵墓，因他俩的灵柩与公爵共一墓穴。

游泳。下午没睡觉，眼睛一直盯着外面阴郁的天空。她没来赴约。

只见马克斯和衣而卧。两个人都不愉快。倘能将苦恼从窗口泼出去多好。

晚上希勒同他的母亲在一起。——我离开桌边跑过去，以为可以去见她。错了。然后大家走到歌德故居前，问候了她。

星期五，七月五日

徒劳的歌德故居之行。——歌德、席勒档案馆。棱茨[①]的信。一八三〇年八月二十八日：法兰克福市民致歌德的信。

"昔日的麦恩城一些市民长期以来已习惯于举起酒杯欢迎八月二十八日，他们若能有幸在这座自由城的市区亲自欢迎那位踪迹罕至的法兰克福人——他是这个日子带来的[②]，他们将赞美上天的恩泽。"

然而年复一年，希望、期待和心愿始终未能实现，于是端着闪光的酒杯，他们的手越过森林和原野、边界和关口，伸向幸福的茵梦城，请求他们尊敬的同乡惠予他们在精神上与他们干杯，允许他们歌唱：

　　如果你愿意宽恕

---

① 棱茨（1751—1792），德国诗人。
② 歌德于 1749 年 8 月 28 日出生于莱茵河畔的法兰克福。

你忠诚的追随者，

我们将永不停息

追求你的指示，

把一知半解远远抛开

而在完、美、善之中

坚决生活下去。

一七五七，"高贵的祖母！……"

耶路撒冷致凯斯特纳："我能否为了一次即将进行的旅行向阁下您请求获得您的手枪①？"迷娘歌②，没费一事。

取来了照片。送去了。毫无意义地闲立着。六张照片中只给了三张。而且给的是其中较差的，意在希望那位管理人给重拍一下，以证实自己并不差，可是毫无这种可能的迹象。

游泳。直接从那里前往艾尔富特大街。马克斯去进午餐。她同两个女友一道来。我把她叫到一边。原来，昨天她有事提前十分钟离开了，直到现在她才从她的女友们口中得知我昨天曾等候她。她对舞蹈课也很恼火。她肯定不爱我，但有几分尊重。我给了她一盒巧克力，盒子饰有一颗小小的心并扎了一根彩带，然后陪她走了一段。她说了几句明天十一点在歌德故居

---

① "手枪"，德文 die Pistole（-n），是流行于十六、十七世纪的一种金币名。

② 迷娘歌，歌德长篇小说《威廉·迈斯特的学习年代》中少女迷娘唱的歌谣。

前约会。这只是一个借口，她必须做饭，还有：偏偏在歌德故居前面！但我还是接受了。可悲的接受。回到旅馆中，马克斯躺在床上，我在他身边坐了一会儿。

下午前往百乐宫。希勒和母亲。车子一直在一条林荫道上行驶，真美。宫殿布局之整齐令人吃惊，它由一个主体和四个位于两侧的小房子构成，一切都是低矮的，色彩柔和，中间是个水柱不高的喷泉，向前方可眺望魏玛。大公爵已有几年没到这里来了。他是个猎人而这里无猎可狩。平静、殷勤的仆役，胡子刮得干干净净，脸四四方方，透出的悲哀也许如同在别人统治下活动的所有民众一样。这是牺口的悲哀。玛丽亚·巴甫洛夫娜，卡尔·奥古斯特大公爵的儿媳妇，玛丽亚·费多洛娃和被绞死的皇帝保罗的女儿。许多俄罗斯特点。景泰蓝，铜制的容器上镶上金属线条，在线条之间上了陶瓷釉彩。那些有着穹顶的卧室，那些尚可住人的房间里的照片带来唯一的现代气息。不加观察便可分门别类！歌德的房间，位于下面一个角上。奥赛尔的几幅屋顶画，经重绘已面目全非。许多中国货。"昏暗的侍女房"。有两排观众席的露天剧院。以靠背连接的长凳构成的马车，座位挨着座位，专供女士们乘坐，而骑士们在一旁驱马随行。在那辆沉重的车上，玛丽亚·巴甫洛夫娜和她的丈夫在三匹马的拖拽下，二十六天完成了从彼得堡到魏玛的结婚旅行。露天剧场和大花园是由歌德设计的。

晚上去保尔·恩斯特家[①]。在街上向两位姑娘询问作家保

---

① 保尔·恩斯特（1866—1933），德国新古典主义作家。

尔·恩斯特的住处。她们先是思索着看着我们，然后一个捅了捅另一个，仿佛想要记起一个一时想不起来的名字。您说的是维尔登布鲁赫[①]？那另一个问我们。——保尔·恩斯特，嘴上留着小胡子，下巴留着山羊胡子，总是待在椅子里或者跪着，即使在激动时（由他的批评者引起的）也不拔腿就走。住在荷恩。一座别墅，似乎全部被他家里人住满了。一盘子香味扑鼻的鱼被人从楼梯下端了上来，在我们的注视下又送回厨房中去了。——艾克斯培狄士斯·施密特神父走了进来，我在旅馆楼梯上已经见过他一次。在档案馆里为搞一本奥托·路德维希[②]的书而工作。想带水烟袋进档案馆。骂一家报纸为"虔诚的毒蛤蟆"，因为它攻击了由他编写的《圣贤传奇》一书。

星期六，七月六日

——去约翰尼斯·施拉夫家[③]。年老的、与他很像的姐姐接待了我们。他不在家。我们晚上将再来拜访。

同格蕾特散了一小时步。看来她似乎是得到母亲的许可的，她走到街上还透过窗户同母亲讲话。罗莎·克莱德，我的心肝。晚上盛大舞会的喧哗。同她之间似无任何关系。断断续续的、不断从头开始的交谈。一会儿走得特别快，一会儿又走得特别

---

① 恩斯特·冯·维尔登布鲁赫（1845—1909），德国作家。
② 奥托·路德维希（1813—1865），德国作家。
③ 约翰尼斯·施拉夫（1862—1941），德国作家，德国自然主义创始人之一。

慢。千方百计地绝对避免让这一点表现出来：我们之间没有一丝一毫的联系。是什么力量推动我们一起穿过公园的，仅仅是我的自尊心吗？

傍晚到施拉夫家。在这之前去找了格蕾特。她站在虚掩的厨房门前，穿着一身在很久以前备受推崇的舞会礼服，一点都不如她平时穿的服装好看，眼睛哭肿了，显然是由于她的主要舞伴之故，他本来就给她带来了许多烦恼。我向她作了永久性的告别。她并不知道我要走，但即使知道，她也不会在乎的。一个送来玫瑰的女人还打扰了这番简短的告别。街道上到处都是来上舞蹈课的男男女女们。

施拉夫。并不像同他闹翻了的恩斯特向我们灌输的那样，是住在一个阁楼间里。谈笑风生的人，一件扣得严严实实的上装紧绷着强壮的上身，只有两眼神经质地、病态地抖动着。主要谈的是天文学和他的地球中心说体系。其他一切：文学、评论、美术全都附属于这种体系，因为他对之锲而不舍。到圣诞节时一切将见分晓。他对未来的胜利毫不怀疑。马克斯说，他面对天文学家的处境同歌德面对光学家的处境相似。"相似，"他回答道，手始终紧握着放在桌上，"但要有利得多，因为我拥有无可争辩的事实。"他的小望远镜是用四百马克买来的。他根本不需要用它来发现［天体］，也不需要数学。他是个十足的幸运儿。他的工作领域宽广无边，因为他的发现有朝一日会得到承认，会在所有领域中（宗教、伦理、美学，等等）产生巨大影响，进行这种伟大的探索理所当然地是他的天职。当我们到达他家时，他正在把他五十寿辰之际发表的评论文章剪贴在一本大书中。"他们对待这类事情是温和的。"

在此之前同保尔·恩斯特在魏比希特散步。他对我们时代，即霍普特曼、瓦瑟尔曼、托马斯·曼[1]的时代表示蔑视。也不管我们的看法如何，他在一个老半天才能让人领会的短小从句中称霍普特曼为涂鸦者。再就是关于犹太人、复国主义、种族等等的模糊不清的见解，总的说来只有一点是值得注意的：这是一个竭尽全力充分利用自己的时间的人。——当别人说话时，他隔一会儿就说一句干巴巴的、机械的"是的，是的"。有一次我甚至不再相信他的话了。

七月七日

二十七，哈雷的行李搬运夫号码——现在是六点半，在格莱姆[2]纪念碑附近一屁股坐倒在已找寻良久的长凳上。如果我是个孩子，我一定会叫人背着我走，大腿酸疼极了。——与你告别之后，我还一直没有感觉到孤单。虽然如此沉闷，但还谈不上孤独。——哈雷，小莱比锡。那里和哈雷的一对教堂塔楼，都由小木桥在高高的空中连接起来。——有这么一种感觉，那些东西你不是马上，而是过后才会读到，这种感觉令我不安。——自行车俱乐部，他们在哈雷市场上汇集，准备去郊游。

---

[1] 霍普特曼（1862—1946）、瓦瑟尔曼（1873—1934）、托马斯·曼（1875—1955），均为德国作家。
[2] 指路德维希·格莱姆（1719—1803），德国作家。

单独参观一座城市或哪怕只参观一条街都是困难的。

可口的素食午餐，同其他开饭店的不同，素食对吃素的老板们来说并不可口。战战兢兢的人们从一边向我们走来。

同四个布拉格犹太人同车离开哈雷：两个风趣得令人愉快的中年壮汉，一个像 K. 博士，一个像我父亲，只是个子小得多；再就是一个瘦弱的、被炎热打击得狼狈不堪的年轻丈夫和他那令人厌恶的、但身材不错的年轻太太，她的脸似乎产自 × 家。她在读一本伊达·波伊-艾德著的三马克一本的乌尔施坦[1]的长篇小说，这本书有着一个出色的名字，可能是乌尔施坦想出来的：《天堂中的一瞬》。她的丈夫问她是否喜欢这本书。但她刚刚开始读。"到现在为止还什么都说不上来。"一个皮肤干燥、面颊和下巴上美丽地分布着浅黄色胡子的德国人好奇地对这四个人的一举一动都报以友好的迎合态度。

铁路旅馆，楼下临街的房间，前面有个小花园。进城去。一座地地道道的古城。桁架建筑似乎是一种比较能持久的建筑样式，所有的横梁都弯曲了，镶板不是凹陷就是凸出，但房子的整体依然如故，顶多随着时间的变迁有点破败，但实际上反而变得更牢固了。我还从未见过人这样动人地倚在窗旁。窗户中间的框条多半都是固定的。人们的肩膀靠在框条上，孩子们围着框条转。在一条深深的走廊里，穿着星期日盛装的健壮的姑娘们以舒展随便的姿势坐在最下面几级楼梯上。泼妇之路，

---

① 乌尔施坦是柏林的一家出版社。

斗嘴的战场。在公园里同小姑娘们坐在一条板凳上，我们称之为姑娘凳，不许小伙子们侵占。波兰犹太人，孩子们叫他们犹太佬，而且在他们离开后不愿立即坐在他们坐过的板凳上。

犹太人开的旅馆 N.N，用希伯来语写的牌子。这是一座经久不修的宫殿式建筑，庞大的楼梯建筑伸展在狭窄的街道上。我跟上一个从旅馆里走出来的犹太人，与他搭话。过了九点了。我想要知道一点这座市镇的情况，但什么都没得到。在他眼里我是很可疑的。他不断看着我的腿。但我毕竟也是犹太人。接着我可以在 N.N 住下了。——不，我已经有一个住处了。——是吗？——他突然走到我身边，问我一周前是否去过肖彭施台特。在他的房门口我们告别分手，他为摆脱了我而深感高兴。我并没问，他就补充告诉我到犹太教堂去怎么走。

人们穿着睡衣站在楼梯上。陈旧无意义的镂字。想到在这些街道上、广场上、花园板凳上、小河畔从舒适宽裕的生活中变得不幸的种种可能。会哭的人应该在星期天到这里来。闲逛了五小时后，晚上回到我的旅馆，站在面向一个小花园的平台上。旁边那张桌旁坐着旅馆主人，同他们在一起的是个年轻的、模样像寡妇的活泼的女人，面颊瘦得过分，头路分开，头发蓬松。

七月八日

我住的房子叫"鲁特"，造得相当实用，四扇气窗，四扇大窗，一扇门。相当安静。只有远处有人在踢足球，小鸟唱得十分响亮，几个赤身裸体的人静静地躺在我的门外。除了我以外，大家都没穿游泳裤。美好的自由。在公园、阅览室等处可以观赏漂亮的、胖胖的小脚丫子。

七月九日

在三面敞开的草屋中美美地睡了一觉。我得以像个房主一样倚在我的门旁。在夜里各种各样的时间中站起来，总是听到老鼠或鸟的折腾声，它们在草屋四周的草丛中发脾气或振翅。那身上斑块犹如豹子的先生。昨天晚上关于服装的报告。中国女人的脚被裹得很小，以便获得一个很大的臀部。

那医生，原先是军官，矫揉造作的、看上去疯疯癫癫的、像哭一样的、粗俗无忌的笑，走起路来风风火火。马茨达兹南的信徒，生就一副严肃的脸，胡子刮得光光的，嘴唇的形状适宜于抿紧。他走出他的门诊室，人们经过他身边走进去。"请往里走！"他在人们后面笑着。他禁止我吃水果，但有一个保留：我不一定听他的。我是个有文化的人，应该听听他的报告，这些报告也印出来了，应该研究一下这事，形成我的见解，然后照此行事。

摘自他昨天的报告："即使如果谁的脚趾全部畸形残废，但只要他拔着其中的一个脚趾，深呼吸，那么他的脚趾就会随着时间的推移而变直。"进行一定的锻炼之后，性器官会生长。根据这些行为准则，"夜间进行风浴十分有益（兴头上来，我就滑下床，走到我草屋外的草坪上），但不要过多地接受月光的沐浴，这是有害的。"我们现在穿的衣服是根本无法洗涤的!

今天早晨：洗脸、按摩、一起做操（我的名字叫穿游泳裤的人），唱几首赞美诗，围成一大圈玩球。双腿细长的两个漂亮的瑞典小伙子。从戈斯拉来的一支军乐队的音乐会。下午把干草翻了个个。晚上胃的情况变得很糟，出于烦恼，我一步也不想走动。一个上了年纪的瑞典人在同一些小姑娘玩捉人游戏，完全进入了角色，以致他边跑边叫："等着吧，我会把达达尼尔海峡封锁起来，不让你们通过。"他指的是两丛灌木中的通道。当一个年纪不算太小的不漂亮的保姆走过去时，（他叫道：）"这里有可以敲几下的东西"（她的背脊裹在黑色白点的衣服里）。始终存在着毫无理由的需求，想一吐衷肠。为此而观察每一个人，看是否有可能为他做此事，看他能否获得一个机会。

七月十日

脚扭伤了，疼。装上了青饲料。下午同一个来自瑙海姆的非常年轻的中学教师去伊尔申堡散步。他明年也许会去维克尔多夫。男女同校，自然疗法，柯恩，弗洛伊德。关于由他带队的姑娘们和男孩子们的郊游的故事。暴雨，大家都淋得湿透，必须就近找个旅馆，在一间房子里把衣服全脱了。

夜里肿起的脚引发的高烧。小兔子跑过去的噪声。当我夜间起来时，看见我门前草坪上坐着这么三只兔子。在梦中，我听到歌德诵咏，极其自由舒展，随意发挥。

七月十一日

同一位弗里德里希·Sch. 博士交谈，市政府官员，布来斯劳，曾在巴黎待了很久，在那里学习城市建设，当时住在一家面向巴黎皇宫的旅馆里，在此之前住在天文台旁一家旅馆中。一天夜里隔壁住进了一对情侣，那姑娘兴奋得发出不知羞耻的大叫，直到他隔着墙表示要去请个医生来，她才平静了下来，这样他才得以入睡。

我的两位朋友常打扰我，他们出去要经过我的草屋，他们总要在我的门口站一会儿，或聊上几句，或邀请我去散步。但我也为此而感谢他们。

一九一二年七月的《新教传道报》谈到在爪哇的传教："尽管有许多人指责传教士们的三脚猫的医疗实践（这在很大范围内进行着），而这种指责是有道理的，但这种医疗实践却又是他们的传教行动的主要辅助手段，是不可缺少的。"

当我——自然多半隔着一定距离——看着这些全身赤裸的人慢慢从树丛中穿过时，我有时会产生轻微的、浮浅的不舒服的感觉，他们若奔跑，情况也不见得就好一些。现在我的门口有一个从未见过面的人光着身子站住了，缓慢而和蔼地问，这里是不是我的住处。这本来是毫无疑问的事。他们就是这样悄无声息地走来的。一个人突然站在那里，你压根儿就不知道，他是从哪里冒出来的。那些赤条条跃过干草堆的老先生我也不喜欢。

晚上朝着施塔佩尔堡方向散步。同这两个我给他们互相介绍过和推荐过的人一起去。废墟。十点回来。在我草屋前的草坪上，有一些轻手轻脚走过的人，他们的背影在远处消失了。夜间当我穿过草坪去上厕所时，三个人在草丛中等着。

七月十二日

Sch. 博士的叙述，一年都在旅游。接着是长时间在草丛中争论基督教问题。那个年纪大的蓝眼睛的阿道夫·尤斯特，什么病痛都用泥土来治，他提醒我警惕那个禁止我吃水果的医生。"基督教联盟"的一个成员捍卫上帝和《圣经》的言论；朗读一首《旧约》中的圣诗，以证明他刚刚所讲的内容。我的 Sch. 博士因他的无神论而丢脸。 illusion[①]、autosuggestion[②] 这些外来语帮不了他的忙。一个不认识的人问道，美国人两句话里总有一句诅咒，为什么他们还活得很好呢？大多数人虽然活跃地参加辩论，其真正的观点却无法确认。一个人迫不及待地谈起花节，而那些"卫理公会教派"的信徒们却缩在后面。那个"基督教教徒"的成员同他美丽的小男孩一起，从一只纸袋里掏出樱桃和干面包作为午餐，要不就是成天躺在草地上，面前打开三本《圣经》，做着笔记。他走上正确的道路才三年。来自荷兰的 Sch. 博士在画他的油画草图。那是 Pont Neuf[③]。

装干草。在艾卡尔广场。

---

① 英语：错觉、幻想。
② 英语：自我暗示。
③ 巴黎的一座桥名。

两姐妹。矮小的姑娘。一个长着长脸，举止随便，灵巧得可上下翻飞的嘴唇，柔和地耸成尖锥的鼻子，不完全坦率的、清澈的眼睛，脸上焕发着智慧之光，以致我激动地看了好几分钟。当我看着她时，我感到好似微风拂面。她的更女性化的妹妹转移了我的目光。——一个初来乍到、严肃刻板的小姐，看上去脸色有些发青。这位金发女郎留着乱蓬蓬的短发，柔软、细长，如一条皮带。裙子、胸衣和衬衣，此外一无所有。她那步子!

晚上同 Sch. 博士（43 岁）在草坪上。散步，伸展、按摩、敲打和抓挠。一丝不挂，不知羞耻。——当我晚上从写字室出来，那股芳香。

七月十三日

摘樱桃。路茨读金科尔的《灵魂》给我听。饭后我总要读一章圣经，这书每个房间里都有。傍晚，孩子们在玩耍。普特卡默来的小苏珊娜，九岁，穿着粉红色短裤。

七月十四日

站在梯子上，提着小篮子摘了些樱桃。上午艾卡尔广场上的礼拜仪式。神仙的赞歌。下午把两位朋友打发到伊尔申堡去了。

我躺在草地上，那个"基督教联盟"成员（高个子，体形漂亮，肤色晒黑了，尖胡子，看上去很愉快）从他的学习场地走进更衣棚，我悄悄用目光追踪着他，但当他走出更衣室时，却不是回到原处去，而是向我走来，我闭上眼睛，但他已经在自我介绍了：H. 土地丈量员，并给了我四本小册子供闲时阅读。离开前他还说到"珍珠"和"指摘"，他想以此暗示，别把这些书拿给 Sch. 博士看。它们是：《失去的儿子》《买下了，或不再属于我（卖给了不信的信徒）》，由小故事构成。《有文化的人为什么不能相信〈圣经〉？》，《自由万岁！但是：什么是真正的自由？》我读了一点，然后走回去找他，试着（对他的尊崇使我惴惴不安）向他说明，为什么当前慈悲降临到我头上的前景不存在。为此他对我讲了一个半小时（快结束时，一个年长的、瘦瘦的、满头白发的红鼻子先生加入了进来，他披着床单，说了一些不清楚的评论），他美妙地驾驭着每一句话，这只有出于真诚才有可能办到。那不幸的歌德，把许多存在弄得不幸。许多故事。说到他父亲在他家里亵渎上帝时，他，H.，如何不许父亲讲话。"父亲，你可能会对此感到震惊并由于惊惧而说不下去，但我觉得是理所当然的事。"说到父亲临死前在床上如何听到上帝的声音。他发现我已经接近了慈悲。——我打断了他的所有引证，向他指出那内在的声音。好效果。——

七月十五日

读了库纳曼的《席勒》。——那位先生老把一张给他太太的明信片放在口袋里以防路遇不幸。——路得记①。——我读席勒。

---

① 《圣经·旧约》中的一卷。

278

不远处草上躺着一个赤裸裸的老先生，一把雨伞支开在头上。

当初穿着白衣服的刻板的小姐现在穿着褐色与蓝色服装，在这些色彩的影响下，她的肤色发生了如此清楚的、死板生硬的变化。

柏拉图的《理想国》。——给 Sch. 博士树立了样板。——福楼拜（书中）关于卖淫的一页。——裸体对具体人的整体印象产生重要影响。

一个梦：风浴协会用一场斗殴消灭了自己。该协会分出的两派先是互相讥嘲了一番，接着一派中有个人走出来向另外那些人叫道："路斯特隆和卡斯特隆①！"另一批人："什么？路斯特隆和卡斯特隆？"前者说："当然。"于是斗殴开始了。

七月十六日

库纳曼。——古依多·冯·吉尔豪森先生，退役上尉，曾为《致我的剑》等作词、谱曲。英俊的男子。出于对他的尊贵的崇敬，我不敢抬头看他，汗水暴流（我们是赤身裸体的），话讲得很轻很轻。他的印章戒指。——那位瑞典青年的鞠躬。那红发中年人由习惯造成的呼吸粗重的讲话方式。——在公园里穿上了衣服同一个已经穿好了衣服的人谈话。错过了前往哈尔茨堡的集体旅游。——晚上，在施塔佩尔堡举行射击比赛。同

---

① 似无意义，但路斯特隆（Lustron）的词头（Lust）意为"纵欲"，"卡斯特隆"（Kastron）词头 Kastr 似与"阉割"（Kastration）有关。

Sch. 博士和一个柏林的理发师在一起。一片宽广的、缓缓朝着施塔佩尔堡的城堡山上升的平地，这儿长着些古老的菩提树，只可惜被一条铁路路基切割得不伦不类。射击小屋，射击手站在屋内向外打枪。老农们在作射击记录。三个吹哨者披着女人的头巾，头巾在他们背后披落。古老的、无从解释的习俗。有些人穿着传统的旧的长罩衣，颜色是普通的蓝色，是最优质的亚麻布做的，值十五马克。几乎人手一杆猎枪，前膛式的。他们给人以这么一种印象，好像他们全都由于做地里的活而累弯了腰，尤其当他们排成两行时，这种印象就更强烈。几个上了年岁的头领头戴高礼帽，腰佩军刀。人们捧来了马尾巴和其他一些古老的象征物，一阵激动，然后是乐队奏乐，人声鼎沸，接着是沉寂和鼓声以及口哨声，人声更加沸腾了，终于在最后一阵鼓声和口哨声中扛来了三面旗帜，达到最终的狂潮热浪。口令和退下。那老头身穿黑色西装，头戴黑帽子，有点萎靡不振的脸，不太长的胡子长满脸的周围，浓密，柔滑，自得无以复加。上一届射击冠军也戴着高礼帽，腰系一条像看门人的打扮那样的宽腰带，但完全是用小金属片缝制而成的，一块块金属片上都刻着每一年的射击冠军的名字和相应的手工艺标记（比如射击冠军是面包师，那上面就刻上一块面包等等）。开幕式的队列在音乐声中退下，尘土飞扬，从阴云密布的空中射下的光线瞬息万变。一个与其他人一同行进的士兵长着娃娃脸（一个正好在服役的射手），走路一跳一跳的。人民的军队和农民的战争。我们跟着他们穿街走巷。他们一会儿近，一会儿远，因为他们要在各位射击师傅面前停下，表演一番，并受到一些招待。队列的尾部弥漫着均匀的尘埃。最后那一对是看得最清楚的。有时我们完全看不见他们了。那高个子农民胸脯略有些凹陷，面部表情僵硬，一动不动，穿着翻口靴子，衣服像是皮质的，他费了多大的劲才离开门柱。三个女人一个挨一个排列着站在他面前，中间那个肤色深，很美，另外两个女人站在对面的农院门口。两棵巨大的树长在两家院落里，在宽阔的街道上方连成了一片。以前那些射击冠军的住房墙上挂着硕大的射击靶子。

舞场地板被一隔为二，从中间隔断，在那两排座位的隔屋中是乐队。暂时还是空空荡荡的，小姑娘们在光滑的地板上滑来滑去（休息的、聊天的演员们干扰着我，使我难以写下去）。我把我的"布劳什"①递给她们，她们喝了起来，年龄最大的那位第一个喝。缺少一种真正能交流的语言。我问她们是否已进过晚餐，她们完全没听懂；Sch. 博士问她们是否已吃过晚饭，她们有点明白了（他说得不清楚，穿插了过多的呼吸）；直到那理发师问她们是否喂饱了，她们才知道该怎么回答。我为她们要的第二杯布劳什她们不想喝了，但去坐旋转木马她们倒乐意，我同围绕着我的六位姑娘（从六岁到十三岁）飞奔到旋转木马那儿去。途中那个建议去坐木马的姑娘炫耀地说，那旋转木马属于她的父母所有。我们坐在一辆马车上旋转。这些女友环绕

---

① 一种德国啤酒。

着我，有一个坐在我的膝盖上。还有些小姑娘跟着拥来，想要共享我的钱囊，但我身边的姑娘们违背我的意愿，把她们推开了。木马主人的女儿监督着付款，不让我为陌生人掏钱。假如她们有兴趣，我乐意再转一次，但那木马主的女儿自己却说够了，然而她要到甜食帐篷去。我在自己的愚蠢和好奇心激励下，带她们到抽彩转盘那儿去。她们尽可能客气地使用我的钱，然后再去吃甜食。这是一个供应丰富的帐篷，商品陈列得干净而整齐和在城市里的大街上一样，那里都是些便宜的货物，就像我们的市场中那样。随后我们回到舞场。同小姑娘们在一起的经历使我产生的感觉比我的赐予更为强烈。这回她们又开始喝布劳什了，并实实在在地感谢了我一番，年纪最大的那个代表大家向我致谢，接着每个人都分别表示谢意。舞会开始时我们不得不离开了，时间已是九点三刻。

口若悬河的理发师，三十岁，长着尖角胡子，还有拔留的上须，很会对姑娘们献殷勤，但是爱他的老婆。他老婆在家经营业务，不能出门旅行，因为她很胖，受不了坐车的颠簸。即便是到利克斯村，她中途也要两次下电车步行，恢复一下。她不需要休假，只要有时候让她睡得长一点，她就满足了。他忠实于她，从她那儿能得到他所需要的一切。一个理发师面临着种种诱惑，那饭店老板的年轻老婆，那个买什么东西都必须多花钱的瑞典女人。他从一个波希米亚犹太人那儿买头发，那人叫普德伯特尔。曾有个社会民主党的代表团找到他，要求他发行《前进报》。他说："如果你们提出这样的要求，那么告诉你们，我跟你们不相干。"但最后还是让步了。当他是"年轻人"时（作为助手），曾在戈尔利茨。他加入了地滚球协会，一星期前还去布朗施威格参加了盛大的地滚球日。比赛。德国共有近二万有组织的地滚球手。在四条光辉的地滚球滚道上，三天之内每天掷球直至深夜。但是无法说谁是德国最佳地滚球手。

当我晚上回到我的草屋时，火柴找不到了。我从毗邻的草屋借来火柴，划燃了照亮桌下，看它是否掉下去了，那里没有，但水杯却在那儿。渐渐发现，凉鞋在墙边的镜子后面，火柴在一个窗台上，小镜子挂在一个凸出的墙角上，痰盂在橱顶上，《情感教育》①在枕头里，一个衣架在床单下，我的旅行墨水瓶和一条弄湿了的抹布在被窝里，等等。这一切都是对我没去哈尔茨堡的惩罚。

七月十九日下雨天

躺在床上，雨点在草屋顶上响亮密集的敲击犹如打在自己胸口上。突出的屋檐上的水珠仿佛沿街边点燃的一串灯光，然后落了下来。一位白发老人突然像头野兽般冲到草地上，在大雨中沐起浴来。夜里雨点敲打着，好像坐在一架小提琴共鸣箱里。早晨跑步，脚下是湿软的泥土。

七月二十日

上午同 Sch. 博士在林中。红色的土地和由它散发开来的亮

---

① 福楼拜的长篇小说，是卡夫卡所喜爱的读物之一。

光。树干腾空而上。山毛榉摇曳着有着宽阔平整叶子的树枝。

下午从施塔佩尔堡来了一支化装游行队伍，有巨人和装扮成熊的手舞足蹈的人，他摇摆着大腿和背脊。乐队后面队伍穿过花园。观众挤过灌木丛，奔向草坪。小个子汉斯·艾培，他是如何发现她的。瓦尔特·艾培在信箱上。全身用窗纱遮住的、装扮成女子的男人们，他们同那位在厨房当女佣的姑娘跳舞，而姑娘投身于似乎并不认识的乔装者的怀抱，这是有伤风化的一幕。

上午 Sch. 博士朗读了《教育》第一章。下午同他散步。关于他的女友的叙述。他是摩根斯特恩、巴鲁谢克、布兰登堡、波彭贝格的朋友。他晚上和衣睡在床上发出可怕的恸哭。第一次同波琳格小姐谈话，但她已经知道我的值得知道的一切。布拉格她是从《从施蒂利克①来的十二个人》中认识的。淡金色头发，二十二岁，看上去像十七岁，老是担心着她那听力不佳的母亲；已订婚，爱卖弄风情。

中午那位像皮带般的瑞典寡妇 W. 夫人离开这里。她通常的服装外面仅套上了一件小夹克衫，戴一顶灰色的、有小面纱的小帽。在小帽的勾勒下，她棕色的脸显得非常柔和，产生正常脸的印象的关键因素无非是距离和装束。她的行李是一个小背包，看来里面除了睡衣外没有多少别的东西。她就这样不停地旅游，从埃及来，到慕尼黑去。

———————————————

① 施蒂利克（亦可译为施泰尔玛克），奥地利的一个州。

今天下午当我躺在床上时，这里的人弄得我激动起来，其中有些人使我产生了兴趣。——从吉尔豪森来的先生唱的一首歌里这么说："知道吗？小妈妈，你有多可爱。"

晚上在施塔佩尔堡跳舞。射击节持续了四天，工作几乎都停顿了。我们看到了新的射击王，在他的背上写着十九世纪初以来历届射击王的名字。两个舞场都挤满了人。场子四周一对对舞伴排队站立着，每一对隔一刻钟才能进场跳个短舞。大多数人不说话，不是由于尴尬或什么特殊原因，而只是不说话罢了。一个醉汉站在边上，他认识所有姑娘，不是抓住她们就是至少伸出胳膊想要拥抱她们。被他触及的舞者们都不动声色。噪音够强烈的了，来自音乐和下面坐在桌旁的人们和酒台旁站着的人们的叫喊声。好一阵子我们一无所获地走来走去（我和Sch. 博士）。还是我同一位姑娘搭了话，在外面时她已经引起了我的注意，那时她正同两个女伴吃着哈尔伯城的芥末肠子。她穿着一件白色胸衣，绣过的垫领朝着肩膀和胳膊披落。她可爱地、忧郁地低垂着脸，上身微微下压，而胸衣则隆了起来。在这种倾斜的姿势中，那小翘鼻子更增添了她的忧郁感。整个脸蛋上布满了不规则的红棕色。我同她搭话时，她正从舞场旁的两级台阶上走下来。我们胸对胸地站着，她又折回了舞场。我们跳了起来。她叫奥古斯特·A，来自沃尔芬比特尔，在阿彭罗达一个叫克劳德的人开的饭店里干了一年半活。我有个怪毛病：人名说几遍也听不明白，当然也就记不住。她是个孤儿，十月一日将进一座修道院。她还没有把这事告诉她的女友们。她本打算四月份就去，但她的雇主不让她去。她进修道院是由于她恶劣的经历，但她不愿具体谈。我们在舞厅外的月光下走来走去，我刚结识的那伙小女友跟着我和我的"新娘"。尽管郁郁伤怀，但她还是很愿意跳舞，当我后来让她同 Sch. 博士跳时，这一点便表现得特别明显。她是在田地上劳动的，十点钟她必须回家去。

七月二十二日

G. 小姐，教师，有着猫头鹰般的年轻的、生气勃勃的脸，充满了活泼、紧张的表情，体态相对要随便些。艾培先生，来自布朗施威格的私人学校负责人。这是个比我强的人，说话注意节制，必要时会火一般热烈，是一种深思熟虑的、带音乐性的、从内在到表面都晃荡不定的说话方式。柔和的脸庞，柔和的、但布满两鬓与下巴的胡子，矜持的步履。他第一次与我同桌，我坐在他斜对面。一群静静地咀嚼着的人。他不时与别人搭讪几句，如果对方报之以沉默，那么这里也就沉默了。如果别处有谁说上一句话，他便静静听着，但不花多大力气，而是自言自语，就好像人家是对他讲的，而且也在听他讲似的，边说边看着他正在剥着皮的番茄。所有人的注意力都被吸引了过来，只有那些感到受了侮辱并对此置之不理的人，比如我。他不嘲笑任何人，而是用几句话垫着每个人的见解摇晃。假如没人应他，他就一边夹核桃或动手处理什么生吃必须处理的东西，一边轻声哼唱起来（桌上杯盘狼藉，无论什么乱七八糟的东西堆在盘子里，只要往里一推就不知是谁的了）。他能让所有的人关心他的事情，比如他声称必须把所有菜名记下来，并把记录寄给他的太太。在他使我们对他的太太着迷了几天之后，他又会想出关于她的新的故事来。他说，她患有忧郁症，必须到高斯拉尔的一家疗养院去，但接收她的先决条件是：她必须保证在那里待八个星期，并且要带个女护理人去，等等。据他计算（他坐在饭桌旁时也算给我们听），整个费用将超过一千八百马克。但他说这番话时一点不给人感到有引起别人同情的意图。但这么多的花费总得考虑吧，于是所有的人都考虑起来了。几天后我们听他说，他太太要到这里来了，也许这个疗养院对她来说就足够好了。吃饭时他得到消息，太太带着两个男孩刚刚抵达，并正在等他。他感到高兴，但还是从容不迫地把饭吃完，尽管这种进餐本来无所谓始终，因为所有食物都同时放好在桌上了。那位太太年轻、肥胖，只有服装式样表明她有腰部，长着聪明的蓝眼睛，留着高耸的金发，对烹调，市场情况等了如指掌。吃早饭时（他家里人还未来就座），他一面夹核桃，一面对 G. 小姐和我说：他的太太有忧郁症，肾受了损伤，她的消化功能很差，又有广场恐惧症，夜里快五点了才能睡着，那么当她早晨八点被叫醒时，"当然她就气得发疯"、"像狐狸一样发狂"。她的心脏一塌糊涂，她患着严重的哮喘病。她的父亲死在精神病院中。

译后记

　　卡夫卡是个奇才。他在短暂的一生中，带着崭新的人文观念和审美观念，以自己不同凡响的创作实绩，从根本上改变了德语语言和文学的固有面貌，为 20 世纪的德语文学乃至整个西方现代文学奠定了最坚实的基石，成为现代艺术一个非凡的探险者。

　　决定着卡夫卡的创作成就、标志着他的主要个性特色的除了小说外，还有寓言和随笔。作为一个业余作者，写作是卡夫卡观察和认识生活、思考人生的途径，也就是表达他的"内在需要"或"解放"他的"庞大的内心世界"的手段，也可以说是他寄托"巨大幸福"的一种过程。他写作的这一性质，决定了他的作品的幻想性与真实性的结合。而在获得这一创作品格的过程中，在运用题材和体裁的可能性上，除小说外卡夫卡进行了多种选择：寓言、箴言、随笔、日记、笔记、对话等都成了他的笔法，并且在他的全集中占了约三分之二的篇幅。卡夫卡的不少随笔，感情充沛、用词讲究，他的寓言则包含了他的人生观、世界观和重要的美学思想。至于他的笔记和日记更是他内心世界的自我剖白，它们或者凝炼着他的深刻哲理，或者吟叹着他的困惑和苦恼……。这些作品对于了解卡夫卡的思维方式、性格特征、生活境遇以及写作背景等方面无疑是不可或缺的。

在接触卡夫卡的作品时，有一个关键词必须掌握住：悖谬（paradox）。这是一个哲学概念，也是一个美学概念；前者属于逻辑范畴，后者属于诗学范畴。对于卡夫卡来说，这还是他的一种生存体验。弄清楚这个概念以后，则卡夫卡的思想上的那种飘忽不定、行为中的那种双重人格、作品中的那种荒诞不经就容易明白多了。

这本集子里所收的文字，内容是比较驳杂的，除了寓言、箴言、笔记、游记外，还收了一些也可当作小小说看待的故事速写。这些篇什颇能反映卡夫卡深邃的思想和他的散文风格。

今年是卡夫卡诞辰 110 周年，我们编了这一选本，以此作为纪念。为了使该书成为较好的选本，编者对一部分篇目作了必要的题注，另外对人名、地名、掌故等也作了详尽的注释。参加本书翻译的除署名者外，还有张荣昌、郭铭华、周何法，对他们的支持与合作表示衷心感谢。

叶廷芳

1993 年 5 月于北京